김현영 新무협 판타지 소설

각성
걸인

乞人覺醒
거지의 깨달음

2

걸인각성 2
김현영 新무협 판타지 소설

초판 1쇄 찍은 날 § 2001년 11월 20일
초판 1쇄 펴낸 날 § 2001년 11월 30일

지은이 § 김현영
펴낸이 § 서경석

편집장 § 문혜영
편집책임 § 권민정
편집 § 박영주 · 김희정 · 장상수
마케팅 § 정필 · 강양원 · 김규진

펴낸곳 § 도서출판 청어람
등록번호 § 제1081-1-89호
등록일자 § 1999. 5. 31
어람번호 § 제1-0027호

주소 § 경기도 부천시 원미구 심곡1동 350-1 남성B/D 3F (우) 420-011
전화 § 032-656-4452 팩스 § 032-656-4453
E-mail § eoram99@chollian.net

ⓒ 김현영, 2001

값 7,500원

ISBN 89-5505-164-6 (SET)
ISBN 89-5505-220-0 04810

※ 파본은 본사나 구입하신 서점에서 교환하여 드립니다.
※ 저자와 협의하여 인지를 붙이지 않습니다

김현영 新무협 판타지 소설

각성 걸인

乞人覺醒
거지의 깨달음

2

모든 일은 반드시 옳은 길로 돌아간다

도서출판 청어람

목차

1장 신물 건곤패 / 7
2장 자연과의 일체 / 33
3장 고진의 이야기 / 43
4장 오극전갈 / 57
5장 타구봉법 / 81
6장 이별의 아픔 / 87
7장 삶과 죽음에 대한 깨달음 / 101
8장 개방 방주로서의 위용 / 121
9장 천계의 바쁜 나날들 / 145
10장 구지걸외자라 불리우다 / 169
11장 개방에 들다 / 195
12장 양아치 소탕 / 211
13장 취직 사태 / 243
14장 동굴, 그리고 비참 / 255

마천우스토리 2(마천우 독극물 테러 사건) / 283

1장
신물 건곤패

신물 건곤패

 엽지혼은 괴이하다는 표정을 지으며 제자를 바라보았다.
 "그러니까, 낮에 내가 도라지국을 끓여주었다는 것이냐? 그리고 넌 그것을 먹은 후 몸에 이상한 현상이 나타났단 말이지?"
 엽지혼의 머리 속에 남아 있는 기억이라곤 어젯밤 별로 높지도 않은 언덕배기에서 살려달라고 애걸하던 장면과 뒤돌아설 때까지뿐이었다. 제정신을 차리자마자 두서없이 쏟아내는 제자의 말을 대충 듣고 그는 어이가 없었다. 하루밖에 지나지 않았건만 언덕에 매달린 사내는 죽었으며 제자의 몸엔 특이한 현상이 일어났다 하지 않는가.
 "거참, 이해할 수가 없구나. 어떻게 그런 곳에서 떨어져 죽을 수 있단 말이냐. 세상에서 가장 재수없는 사람이라고밖에는 달리 할 말이 없구나. 허… 거참. 혹시 네놈이 지금 나와 장난을 하고 있는 것은 아니렷다?"

표영은 두 손을 마구 흔들며 요란스럽게 말했다.
"사부님도 참, 제가 이제까지 말한 것은 한 치의 오차도 없는 사실 그대로라구요. 그냥 냅다 죽어버렸다니까요. 근데 그것보다 더 중요한 것은 사부님이 끓여주신 도라지국이었답니다. 전 그것을 먹은 후 젊은 나이에 결혼도 못해보고 이렇게 죽는구나며 얼마나 안타까웠는지 몰라요."
과장된 몸짓으로 말하는 제자의 말을 듣고 엽지혼은 기가 막혔다.
"허허허…… 그것 참. 내가 정말 도라지국을 끓여주었다 이거지?"
엽지혼은 얼굴 가득 사람 좋아 보이는 웃음을 머금었다. 하지만 마음까지 모두 웃고 있는 것은 아니었다. 분명 자신의 기억엔 아무것도 생각나는 것이 없는데 제자를 위험에 빠뜨릴 뻔했다는 것이다. 아직 몸을 살펴보지 않아 그것이 독초(毒草)인지 단정하긴 어렵지만 씁쓸함을 금할 수 없었다.
'밤 시간의 나는 분명 나지만 낮 시간의 또 다른 나는 도대체 알 수가 없으니……'
속으로 안타까움을 곱씹을 때 표영의 너스레가 이어졌다.
"사부님! 그런데 이상한 건 말이죠, 도라지국을 먹고 무척 고생한 것은 사실이지만 그 맛은 얼마나 기가 막혔는지 몰라요. 이제껏 살아오면서 먹어본 것 중에 최고였답니다. 게다가 지금은 몸이 날아갈 듯 가벼워져 마치 새가 된 것 같지 뭐예요. 훨훨~ 사부님, 근데 정말 그게 도라지였을까요?"
마치 새라도 된 양 표영은 양손을 펄럭이며 환하게 웃었다.
"껄껄껄, 녀석."
엽지혼도 우스운지 덩달아 너털웃음을 터뜨렸다. 예로부터 산삼(山

蔘)이나 귀한 영초(靈草)를 도라지나 다른 하찮은 것으로 인식하고 먹는 경우가 많은 것을 그는 잘 알고 있었다. 지금 제자의 신색(神色)을 보아하니 결코 독초를 먹은 것은 아닌 것이 분명했다. 그렇다면……. 그는 혹시나 하는 기대를 가지고 표영의 손목을 잡았다.
"그럼 한번 살펴보자꾸나."
엽지혼의 지금 상태는 무공을 온전히 소실한 채였다. 단전(丹田)이 파괴되고 중요 경락(經絡)이 끊어지는 바람에 그동안 쌓아놓은 엄청난 내공은 다 흩어지고 말았다. 그저 미세한 진원지기(眞元之氣:사람 몸의 원기(元氣))만으로 생명을 이어가고 있을 뿐인 것이다. 하지만 내공을 완전히 잃었다고는 해도 무인(武人)으로서의 감각과 그 지식까지 잃어버린 것은 아니었다.
무공을 전혀 모르는 일반 의원들도 진맥을 통해 환자 몸 안의 기를 느끼고 파악, 분석할 수 있다. 그런 점에서 바라볼 때 엽지혼은 어지간한 의원들보다도 월등한 감각을 지니고 있다 할 수 있었다. 지금은 비록 반미치광이의 꼬락서니지만 그는 과거 중원오대고수의 반열에 오른 이였다. 중원오대고수란 천선부(天仙府)의 부주(府主) 오비원, 혈곡(血谷)의 곡주(谷主) 단천우, 소림사 장로 각봉대사, 마천(魔天)의 천주(天主) 도의봉, 그리고 전대 개방 방주 천상신개 엽지혼을 일컫는 말이었다.
그런 엽지혼이기에 몸 안의 현상을 이해하는 것은 식은 죽 먹기나 다름없었다. 중원오대고수란 이름은 아무에게나 거저 불러대는 이름이 아닌 것이다.
가만히 눈을 감고 손목을 통해 진맥하던 엽지혼의 눈썹이 꿈틀거렸다.
'어, 어떻게… 이런 일이…… 임맥(任脈)과 독맥(督脈)이 뚫렸단 말

인가?!'
 임, 독맥 타통이란 말은 흔하게 할 수 있거나 들을 수 있는 소리가 아니었다. 무림인이라면 꿈에라도 소원하는 경지, 그것이 생사현관의 타통이자 임독맥의 타통이었다. 현재 강호에서 이러한 경지에 오른 사람은 고작 천선부주 오비원 정도일 것이다.
 '나조차도 이루지 못했었다. 그런데 이 아이가 어떻게……!'
 정녕 한 손가락 안에 꼽히는 고수였던 엽지혼조차도 다다르지 못한 경지인 것이다. 만일 무림인들이 엽지혼의 머리 속의 생각을 듣기라도 했다면 어떻게 행동할까. 아마 당장에라도 표영에게 달려들어 그 피라도 빨아 먹으려 난리를 쳤을 것이다. 그만큼 임독맥 타통은 엄청난 힘을 발휘할 수 있음을 의미했다.
 엽지혼은 이 믿어지지 않는 현실 앞에 이맛살을 찌푸리고 손목에 이어 머리 위 백회혈(百會穴)로 손을 가져갔다. 백회혈은 사람 몸의 가장 위쪽에 자리한 혈도다. 정수리의 숨구멍이라 표현하기도 하는데 몸의 모든 혈의 중심축과 같은 곳이라 할 수 있어 몸의 현상을 파악하기엔 안성맞춤이었다.
 "음……."
 엽지혼은 심각한 표정으로 침음성을 흘렸다. 혹시 자신이 잘못 파악한 것은 아닌지 다시 점검하고 또 점검했지만 여전히 돌아오는 답은 똑같았다. 임독맥 타통.
 그는 거기에서 더 나아가 임독맥을 뚫을 수 있게 한 힘에 대해 추적했다. 두 개의 거대한 기운이 서로 상생 작용을 일으키며 안정되게 몸 안에 감돌고 있음이 느껴졌다. 대개 두 개의 힘이 존재하면 서로 충돌을 일으키는 것이 상례다. 하지만 제자의 몸 안에는 전혀 격돌의 기운은 보이질 않고 오히려 서로를 유기적으로 돕고 있었다.
 '참으로 믿을 수가 없구나. 도라지를 먹었다고 했으니 그것이 하나의 힘인 것은 확실하다. 그런데 또 하나의 기운은 무엇이란 말인가?'
 엽지혼의 의문에 대한 답은 묵각혈망의 내단에 대한 것이었다. 하지만 내단은 국에 녹아져 국물로 복용하였으니 그 존재에 대해 표영도 엽지혼도 짐작할 수 없는 노릇이었다. 그럼 왜 두 개의 큰 힘이 서로 충돌을 일으키지 않고 보완하고 있는가.
 그것은 원래부터 천년하수오와 묵각혈망이 서로 상생의 이치를 띠고 존재하고 있었기 때문이다. 묵각 혈망은 천년하수오의 지기(地氣)를 도움받고 천년하수오는 외부의 적으로부터 묵각혈망의 보호를 받는 상태로 서로 공생한 터였다. 살아 있을 때도 이처럼 서로를 보완했던 두 영물은 그 기질상 표영의 몸 안에서도 서로를 유기적으로 돕고 있는 것이었다. 한편 표영은 머리 위에 손을 얹고서 한참이나 심각한 표정을 짓고 있는 사부를 바라보며 초조함을 금치 못했다.
 "사부님! 몸에 이상한 독이라도 퍼진 것입니까? 뭐가 잘못되었나요? 말씀 좀 해보세요."
 하지만 엽지혼은 아무 소리도 듣지 못한 듯 여전히 손을 올려놓고 깊이 생각에 잠겼다.
 '조금만 힘을 기울인다면 내공이 수십 갑자에 이르게 되는 것은 순식간이겠구나. 큰 대로(大路)가 뚫린 셈이니 작은 노력에도 큰 내력을 얻게 될 것이다. 이건 한낱 도라지에서 일어날 수 있는 일이 아니지 않는가. 현세에 보기 드문 대단한 영약을 복용한 후에나 가능한 일이지. 암, 그렇구 말구. 하하하… 이놈은 무슨 복을 타고났는지 도저히 믿어지지 않는 기연 중의 기연을 얻었구나.'

"사부님, 말씀 좀 해보세요~"

표영의 고함 소리에 엽지혼의 망상은 깨어지고 비로소 정신을 차렸다. 그는 아까완 달리 환한 미소를 지어 보이며 말했다.

"허허, 이놈아, 귀청 떨어지겠다."

"사부님, 제 몸은 어떻습니까? 아까는 심각한 얼굴을 하시더니 이번엔 왜 또 웃으시는 거죠? 저는 이제 죽는 건가요?"

타악.

엽지혼의 손바닥이 표영의 머리통을 갈겼다.

"껄껄껄, 녀석하곤. 그래도 일찍 죽기는 싫은가 보구나. 네가 먹은 것은 도라지가 아니라 대단한 영약을 복용한 것이다. 네놈은 이 사부에게 백번 절해도 고마움을 다 갚을 순 없을 것이야. 내가 그것을 가져다 주었다고 하지 않았느냐? 껄껄껄, 이제 너는 어지간해서는 맞아 죽기도 힘들게 되었으니 그런 염려일랑은 하지도 말아라."

정작 표영은 자신이 얼마나 대단한 기연을 얻었는지 실감하지 못했지만 사부가 거짓말을 할 리는 만무한지라 기쁨에 차 환호성을 터뜨렸다. 뭔지는 몰라도 좋은 일일 것은 확실하니까 말이다.

"정말이세요? 와아~ 다행이다. 아까 사부님이 심각해지실 땐 정말 얼마나 마음 졸였는지 모르실 거예요."

"네가 먹은 것은 아주 오래된 산삼이나 하수오 같은 것일 게다. 넌 아무래도 하늘이 돌보고 있나 보구나. 천복(天福)을 타고난 녀석 같으니라구. 껄껄껄."

엽지혼은 한바탕 웃다가 짐짓 아쉬운 듯한 표정을 지으며 말을 이었다.

"음… 그런데 한 가지 아쉬운 것이 있어. 너무 아쉬운 일이지…….

왜 내가 그것을 먹지 않고 네놈에게 주었는지 후회가 막심한걸. 음, 아까워. 정말 아깝단 말이야."

엽지혼은 진짜 아쉬운 것처럼 입맛까지 쩝쩝 다셨다. 표영은 장난 삼아 사부가 하는 말이라는 것은 알았지만 듣고 보니 마음 한구석이 찌르르 하니 아팠다. 농담 속에 진담보다 더한 진심이 담겨 있다고 했던가. 표영은 사부의 말속에서 '내가 먹었다면 혹시 몸을 고칠 수도 있었을 텐데'라는 말이 생략되어 있을 것이라고 생각했다.

'아! 난 나도 모르게 몹쓸 짓을 하고 말았구나. 왜 내가 그것을 먹게 되었을까. 사부님의 몸은 점점 악화되어 가지 않은가. 난 아무것도 해드린 것도 없이 도리어 좋은 것을 가로채고 말았구나.'

어색한 표정이 된 제자의 얼굴을 바라보며 엽지혼은 피식 하고 웃었다. 의외로 둔하게만 보았는데 마음이 예민하기 이를 데 없음을 본 것이다.

'허허, 정이 많은 녀석이야. 그냥 해본 소리였는데 마음에 걸렸나 보구나.'

그는 어색함을 깨뜨리려 크게 한바탕 껄껄거리며 주먹으로 머리를 쥐어박았다.

탁!

"이런 바보 같은 녀석 같으니. 네놈 앞에서 이젠 농담도 못하겠구나. 내 몸은 내가 누구보다 잘 알고 있다. 이 세상 어떤 의원이나 영약도 내 몸을 고칠 수는 없으니 미련한 마음 품지 말아라. 게다가 오래 살게 되면 네놈의 못난 꼴을 계속 봐야 할 테니 그것도 나는 원치 않아. 알겠느냐, 이놈아."

엽지혼의 말은 단순히 표영에게 듣기 좋으라고 하는 소리만은 아니었다. 실제 그의 몸은 하늘의 신이 내려와 고치지 않고서는 회복되기 힘든 상태였다. 정체를 알 수 없는 살수들에게 몸이 난도질당한 것도 있지만 그전에 서서히 독에 중독되고 있었던 것이다. 그 독은 살수들에게 공격을 당하기 전까지는 스스로도 감지하지 못하고 있던 것이었다. 독에 대해 추론해 본 결과 얻은 결론은 두 가지 독이 만나 효력을 발휘하는 종류의 독이었을 것이라는 정도였다.

"영아."

엽지혼이 아직도 못내 아쉬운 표정을 감추지 못하고 있는 제자를 가만히 불렀다.

"네, 사부님."

"이 사부는 이렇게 지내는 것에 대해 하늘을 원망하지 않는다. 아니, 오히려 감사하고 있단다. 왠 줄 아느냐? 후후후… 하늘은 말이야, 참으로 마음이 넓기도 하시니. 이 늙은이가 말년을 쓸쓸하게 보낼 것을 염려하신 나머지 하늘은 너를 보내주지 않으셨더냐. 난 너를 만난 것만으로도 그저 하늘에 감사할 따름이다."

표영은 마음이 뭉클해졌다. 더불어 가슴에서 뜨거운 덩어리 같은 것이 솟아 올라와 하마터면 왈칵하고 눈물을 쏟을 뻔했다. 숨을 크게 들이쉬고 가까스로 눈물을 참으며 표영은 웃음을 지으며 말했다.

"다음에 제가 도라지를 발견하면 아, 아니, 산삼을 발견하면 꼭 사부님께 드릴게요."

"후후후, 좋아. 남아일언 중천금이니 약속을 지켜야 할 것이야."

"그럼요."

"껄껄."

"하하하하."

사부와 제자는 기쁜 마음으로 소리 내어 웃었다. 그렇지만 사부와 제자의 마음은 각기 다른 생각을 떠올리고 있었다. 엽지혼은 제자의 따스한 마음에 풍요로움을 느꼈고 표영은 마음 깊이 사부를 염려했다. 아까 사부가 한 말대로라면 정녕 고칠 길이 없어지는 것이니 더욱 마음이 아려온 것이다. 그렇게 한참을 웃다가 표영이 갑자기 생각난 듯 엽지혼에게 물었다.

  "그나저나 사부님, 어제 그 사람은 대체 어떤 사람이었을까요? 저로선 왜 산비탈에 매달려서 살려달라고 했는지 이해할 수가 없답니다. 장난하는 것은 아닌 것 같은데 체력 단련을 위해서 그렇게 매달려 있었던 것일까요?"

  엽지혼은 제자의 말을 듣자 퍼뜩 한 가지 생각이 떠올랐다. 제자의 몸에 일어난 현상에 놀라느라 정녕 그 영초(靈草)가 어떻게 발견되게 되었는지를 간과하고 있었던 것이다.

  '음… 아무래도 기이한 영초는 매달려 있었던 사람과 밀접한 관련이 있을 것이다. 그런 대단한 것이 아무렇게나 놓여 있을 리는 만무하지 않겠는가?'

  그는 확인 차 처음에 들었던 말을 다시 한 번 물었다.

  "네가 낮에 보았을 때 그의 몸이 가득 거무스름하게 변했다고 했었지?"

  "네, 아주 새까맣더라니까요. 옷을 봐서는 한인(漢人)인 것 같은데 얼굴만 봐서는 괴물 같았다구요."

  "그렇다면… 독에 당한 것인가……."

  엽지혼은 오른손으로 턱을 매만지다가 자리에서 일어나며 말했다.

  "자, 그 사람을 한번 살펴보러 가자꾸나. 혹시 내가 알고 있는 사람

일 수도 있고, 의복이나 몸에 지닌 물건을 통해서라도 강호의 어느 파에 속한 사람인지는 대충 알 수 있을 것이다."

엽지혼이 비록 불의의 습격을 당해 이곳에 거주한 지 10년이 지났다고는 해도 강호 인물 중 어지간히 이름난 이들은 아직 잊지 않고 있었다. 그로선 혹시 친분이 있는 자가 죽었을 수도 있는지라 그저 지나칠 수 없었다. 현재로썬 죽은 자가 영초(靈草)의 주인일 가능성이 가장 농후한지라 이토록 대단한 것을 지녔다면 강호의 하류배는 아닐 것이다. 그렇다면 그를 알아보는 것도 어렵지는 않을 것이다. 그런 생각 속에 엽지혼이 자리에서 일어나 걸음을 옮기려 할 때였다.

"으윽! 사부님."

갑작스레 표영이 배를 움켜쥐고 몸을 구부린 채 신음성을 토했다.

"…낮에 먹은 것이 뭐가 잘못됐나 봅니다. 윽……."

곧 숨이 넘어갈 것같이 표영은 괴로워했다. 순간 엽지혼은 놀라 눈을 부릅떴다. 하지만 곧 이어 엽지혼은 눈가에 웃음을 머금고 태연히 그 하는 짓거리를 바라보았다.

'후후, 하마터면 속을 뻔했군.'

방금까지 샅샅이 몸을 진맥해 보지 않았다면 수작을 부리고 있는지 간파하지 못했을지 몰랐다.

"사부님! 죄송합니다만 저, 저는 가지 못할 것 같습니다. 어쩔 수 없이 사, 사부님께서만 다녀오셔야겠습니다."

표영 딴에는 머리를 쓴다고 쓰며 놀라운 연기력을 과시하고 있었다. 하지만 엽지혼은 두 주먹을 어루만지며 '뚜드득 뚜드득' 소리를 낸 후 가만히 중얼거렸다.

"후후후, 제자야. 그냥 갈 테냐, 아니면 이 자리에서 몇십 대를 맞고 갈 테냐?"

 강호에서 잔뼈가 굵은 엽지혼이다. 그는 제자가 겁에 질려 시체를 보러 가는 것을 두려워하고 있음을 단박에 알아차렸던 것이다. 서늘하게 들리는 사부의 위협에 표영이 언제 아팠냐는 듯 깡충 뛰며 몸을 일으켰다.

 "어라, 갑자기 몸이 개운한걸요. 하하하."

 "진작 그럴 것이지. 잔말 말고 어서 가자."

 표영은 말은 했지만 정말이지 가고 싶은 마음이 눈곱만큼도 없었다. 시체를 보러 간다면 필연코 무덤을 파헤쳐야 할 것이다. 낮이라면 대충 사부에게 떠넘기면 되겠지만 지금은 밤이 아닌가. 사부가 제정신인 상태이니 꼼짝없이 자신이 땅을 파고 시체를 끄집어내야 할 것이다. 낮에 봐도 무서운 시체를 밤에 파내야 하다니……

 표영은 진중한 어조로 말했다.

 "사부님! 드릴 말씀이 있습니다."

 "……?"

 엽지혼은 제자가 도무지 어울리지 않는 목소리와 표정으로 말하자 뚱한 얼굴로 바라보았다. 표영은 뒷짐까지 지고 선 천천히 동굴을 왔다 갔다 하며 말했다.

 "모름지기 사람의 목숨은 귀한 것이라고 했습니다. 험험, 그러기에 한번 죽어 땅에 묻은 사람을 다시 파낸다는 것은 인륜(人倫)에 어긋나는 일이라 할 수 있습니다. 험험, 이런 일이야말로 하늘도 땅도, 그리고 모든 사람들도 함께 분노하는 일인 겁니다. 그래서 생긴 말이 천인공조(본래는 천인공노(天人共怒)임)가 아닙니까. 어찌 고매하신 사부님께서 그런 천인공조 같은 일을 하신다는 말씀이십니까. 이건 결코 하늘이 용서하지 않을 겁니다. 그가 누구든 우리하고 무슨 상관이 있겠습니까. 그냥 잊어버리…… 아야야~"

눈까지 지그시 감고 한참 신나게 떠들던 표영은 귀가 떨어져 나가는 듯한 고통을 느끼며 질질질 동굴 밖으로 끌려 나갔다. 엽지혼은 별 쓸데없는 소리로 귀를 더럽혔다는 듯 한 손으로 귀를 파내고 한 손으로는 제자의 귀를 잡고 무덤이 있는 곳으로 향했다. 끌려가는 와중에서도 표영은 말을 멈추지 않았다.

"아야야~ 그러니까, 사부님, 무덤을 파내는 일은 사람을 두 번 죽이는 일이 된단 말입니다. 아야…… 아이고, 알았어요, 알았다고요. 귀 좀 놓으세요. 제가 걸어가겠습니다. 아야야~ 이러다 귀 떨어지겠어요~"

"그래, 이놈아. 사부는 천인공노할 악인이다. 어쩔 테냐. 이 녀석이 수백 마리의 개를 때려잡았다고 큰소리치더니 순 허풍이었구나. 이렇게 겁이 많아서야 어찌 강호를 활보하겠느냐."

"개하고 사람하고 어떻게 비교를 아야야~ 사부님~"

목멘 소리를 내봤지만 엽지혼은 그저 흡족한 미소를 지으며 질질 끌고 갈 뿐이었다. 실랑이를 하는 동안 어느덧 죽은 마교 교주 독무행이 묻힌 무덤에 이르렀다. 작게 솟은 무덤을 가리키며 엽지혼이 말했다.

"자, 파보거라."

역시 아니나 다를까 무덤을 파내는 일은 표영의 몫이었다. 달빛이 비춰주고 있다곤 해도 깊은 산중이다. 달빛마저 두려움을 안겨주는 데 일조했다. 바람에 나부끼는 나뭇가지들과 한 번씩 들리는 짐승의 울음소리는 절로 몸을 오싹하게 만들었다. 한번 무서움이 일자 뒤쪽에서 약간은 거친 숨을 내쉬고 있는 사부의 숨소리도 두렵게만 느껴졌다. 그 속에서 무덤을 보고 있자니 당장에라도 시체가 흙을 뚫고 공중으로 치솟아오를 것만 같았다.

부르르르…….

'사내대장부가 이까짓 일로 마음을 졸여서야 되겠어.'

스스로에게 최면을 걸어 용기를 북돋웠다. 하지만 그것도 그리 신통치만은 않았다.

'제길, 그래도 여전히 무섭기만 하잖아.'

표영은 어차피 파야 할 것이라면 후닥닥 해치우는 게 나을 것 같다고 생각하고 두 눈을 질끈 감았다. 그리고 온 힘을 다해 허리에 차고 있던 밥그릇으로 흙을 파헤치기 시작했다. 땀까지 뻘뻘 흘려대며 얼마나 파냈을까. 뒤에서 사부가 어깨를 툭툭 건드리며 말했다.

"너 지금 뭐 하고 있냐?"

그 말에 표영이 눈을 떠보니 엉뚱하게도 무덤이 아닌 그 오른쪽 옆을 파헤치고 있었던 게 아닌가.

'이쒸~ 이이익. 이게 뭐야.'

표영은 다시 울상을 지으며 이번엔 똑바로 무덤을 파 제꼈다. 영초와 내단 덕분에 몸에서 알 수 없는 힘이 넘쳐 난지라 피곤함 같은 것은 느낄 수가 없었다. 하지만 간덩이까지 커진 것은 아닌지라 마음은 두려움으로 한없이 떨릴 뿐이었다.

'시체님아, 시체님아, 벌떡 일어서면 안 되는 거 알고 있죠? 내가 시체님을 죽인 게 아니라고요. 난 분명히 똑바로 이야기해 주었잖아요. 손을 놓으라고 말이에요. 사람은 믿고 살아야 한다고 제가 얼마나 이야기를 했나요. 다음에 기회가 있을지 모르지만 제발 사람 말 좀 믿

고 사세요.'

　두려움이란 실제 부딪쳤을 때보다는 그것을 기다릴 때가 더욱 두려운 법이다. 어린아이들이 의원에게 침을 맞을 때도 그러하지 않던가. 줄을 서서 자기 차례가 오기를 기다리는 시간이야말로 실제 침을 맞는 순간보다도 더한 두려움과 초조함의 극치라고 할 수 있는 것이다.

　표영도 그러한 두려움에 사로잡혀 있었다. 어지간히 무덤을 파내게 되면서 불쑥 시체에 손이 닿게 되지나 않을지, 머리통을 만지게 되진 않을지 그저 초조하기만 했다. 그렇게 한참을 정신없이 파 나가는데 물컹하는 느낌이 손에 느껴졌다. 순식간에 표영은 온몸이 돌처럼 굳어졌다. 그것이 무엇인지는 보지 않고도 알 수 있었다. 머리에서는 시체와 관련된 그림을 떠올리지 말아야지라고 생각했지만 그럴수록 더욱 생생하게 무서운 시체의 모습이 떠올랐다. 사람의 몸이야 원래 물컹하지만 죽은 자에게서 느껴지는 그 물컹함이란 격을 달리하는 공포였다. 그 때를 맞추어 엽지혼이 표영의 어깻죽지를 덥석 하고 잡았다.

　"으아악~! 귀신이야!"

　터질 것같이 긴장하던 표영은 그만 소스라치게 놀라 고함을 내질렀다. 어찌나 큰 소리였던지 어깨를 짚었던 엽지혼조차 화들짝 놀랄 지경이었다.

　"이놈아, 정신 차리지 못해! 귀신은 무슨 얼어죽을 놈의 귀신이냐!"

　철썩—

　말과 함께 날아온 손바닥에 여지없이 뺨을 한 대 얻어맞고서야 표영은 정신을 차렸다.

　"뒤로 물러서 있어라."

　"네, 네, 사부님."

표영은 얼른 뒤로 돌아 사부의 허리춤을 잡았고 엽지혼은 가까이 다가가 조금 남은 흙 속에 손을 뻗어 시체의 가슴 부근의 옷을 잡고 쑤욱 끄집어냈다.

"음……."

어제와는 달리 맑게 갠 밤하늘의 달빛은 얼굴을 식별할 수 있도록 해주었다.

"독에 당한 것이 분명하군."

시체의 상태는 어제 죽은 사람의 얼굴답지 않게 온통 새까맣게 변해 있었다. 게다가 얼굴과 몸은 물에 푹 잠겨 있다 나온 것처럼 퉁퉁 불어 있었다.

"지독한걸."

개방은 독물을 다룸에 있어서도 어느 정도 식견을 갖추고 있었다. 거지로 살다 보면 야산에서 뱀이나 전갈 등을 볼 기회가 많고 또한 잡는 경우도 많다. 그러기에 대충 독의 증상이 어떤지 어떻게 해독해야 하는지 알아두어야 하는 것이다. 게다가 엽지혼은 전대 방주이자 중원오대고수 중 한 명이니 그 안목이야 말할 것도 없이 대단한 것이라 할 수 있었다. 하지만 그러한 엽지혼으로서도 지금 이 시체의 상태를 보며 뚜렷하게 어떠한 독에 당했는지 알 수가 없었다.

"얼굴이 너무 변해 알아보기조차 힘들게 되었구나."

혹시나 아는 인물일까 싶어 기대하고 있었건만 확인은 틀린 일이었다. 엽지혼은 시체의 입을 벌려 치아를 살폈다. 나이라도 파악하고자 함이었다. 치아를 통해 나이를 분석하는 것은 상당한 정확성을 지녔다. 이런 방법은 피부나 얼굴로 나이를 식별할 수 없을 때 주로 사용한다. 피부는 가꾸기에 따라 젊음을 유지할 수 있으나 어떠한 경우든 치아의 마모(磨耗)까지는 막을 수 없는 까닭이다. 하지만 치아를 살펴본 엽지혼은 얼굴 가득 난색을 표했다.

'이런……'

그건 치아가 고작 20대 초반 정도의 상태를 보이고 있었기 때문이다.

"이 정도 나이면 내가 알아볼 수 있는 사람은 아니로군."

20대 초반이라면 엽지혼이 활약하던 당시에는 10대 초반이었을 테니 안면이 있을 리가 없었다. 하지만 젊은 나이라는 점은 또 다른 의문을 던져 주었다.

'이 나이에 정체를 알 수 없는 극독에 당했다니…….'

그는 혹시 죽은 이의 신분을 알 수 있을 만한 다른 단서가 없나 몸을 뒤지기 시작했다. 반지나 팔찌, 혹은 목걸이를 통해 문파나 가문을 추측해 볼 요량인 것이다. 명망있는 세가나 각대문파에서는 나름대로의 표식이나 신물을 지니는 것이 기본이다. 그중 가장 흔히 쓰이는 것으론 반지였다. 하지만 손가락과 팔목엔 반지나 팔찌 등을 찾아볼 수가 없었다. 다음으로 목을 살피는데 목걸이 줄조차 보이지 않았다.

'이상한 일이군. 아무것도 없단 말인가?'

엽지혼이 실망스러워하며 목덜미를 스칠 때 미세하게 걸리적거리는 것이 느껴졌다.

'이건 뭐지?'

특이한 낌새를 느낀 엽지혼이 손에 걸리는 감각을 따라 쭉 몸을 훑었다. 목에 걸린 것은 놀랍게도 투명한 실이었다. 실을 잡아당기자 이어진 끝에서 동그란 모양의 직경 한 치(3센티)가량의 작은 명패가 모습을 드러냈다. 명패는 검은빛을 띠었는데 너무 짙은 나머지 특이하게도 은은한 빛을 발하고 있었다. 그건 척 보기에도 보통 물건이 아니었다. 달빛에 비춰진 명패는 좌우로 상상의 새인 봉황이 화려한 날개를 펴고 양쪽에 자리했고, 그 중간에 건곤(乾坤)이라는 두 글귀가 비상하듯 새겨져 있었다. 일단 엽지혼은 명패에 대한 것보다는 명패를 목에 걸게 만든 줄을 보고 놀람을 금치 못했다.

'천잠사로 만들어진 끈을 사용하다니……. 음, 역시 평범한 내력을 지닌 자는 아니었어. 천잠사까지 지니고 있는 걸 보아 어제 도라지로 착각했던 영약도 필시 이 사람의 몸에 지니고 있었던 것이겠구나.'

엽지혼이 천잠사에 놀란 것은 그 희귀성과 효용 때문이었다.

천잠사(天蠶絲)는 설산(雪山)에 사는 영물인 천잠이 설련실(雪蓮實)과 빙매실(氷梅實)을 먹이로 성장한 후 토해내는 일종의 비단실을 뜻했다. 그것은 질기고 단단하기가 천하에 비할 바가 없는 보물로 많은 무림인들이 눈에 불을 켜고 찾아 헤매는 도검수화불침의 신기한 보물로 통하고 있는 것이기도 했다.

투명하고 견고한 까닭에 드물게는 천잠사를 무기로 사용하는 이들도 있었다. 하지만 결코 쉽게 얻을 수 있는 것이 아닌지라 그것을 소유한 자라면 마땅히 그 신분도 범상치 않은 것임은 당연한 것이었다.

'조각된 '건곤'이라는 글귀의 음각(陰刻)은 그 솜씨가 예사롭지 않구나. 필시 뛰어난 장인의 손길이 닿은 것임이 분명해.'

엽지혼은 지금 천잠사를 보고 놀라고 있었지만 정작 천잠사는 명패에 비하자면 하찮은 것에 불과했다.

은은히 빛나는 묵빛의 명패는 만년흑옥석(萬年黑玉石)이었다. 만년흑옥석은 그것이 있다는 말은 들었을지언정 직접 보았다는 자는 찾아보기 힘들 만큼 희귀한 보물이었다. 만년흑옥석은 희귀성 못지 않게 진귀한 효용 또한 간직하고 있었다. 그것을 몸에 지니는 사람에게 따스한 온기를 느끼게 하는데 직접 기를 운행하지 않더라도 밤이든 낮이든 몸의 기를 조절해 주며 운행토록 하여 끊임없이 내력을 발전시켜 나가도록 해준다는 점이었다.

하지만 강호의 경험이 풍부하고 연륜이 깊은 엽지혼으로서도 이 명패가 흑옥석인지조차 알아보지 못했고 그 효용 가치는 더욱더 알지 못했다. 그때까지 허리춤에 매달려 전전긍긍하던 표영이 볼멘소리로 말했다.

"사부님."

"뭐냐."

"이제 볼일 다 보셨으면 안으로 들어가서 이야기하시는 것이 어떨까요?"

엽지혼은 씨익 웃었다.

"그러자꾸나. 자, 그럼 이제 묻어라."

"네?! 사부님이 하시면 안 될……."

"말이 많구나. 먼저 갈 테니 묻고 따라오거라. 대충했다간 혼쭐이 날 줄 알아라."

휘적휘적 걸어가 버리는 사부를 바라보며 표영의 얼굴은 벌레라도 씹은 듯이 변했다.

'이씨……. 어떻게 된 게 어제 낮에 일어난 일이 정반대로 일어나는 거냐.'

사부의 정신이 온전치 못할 때 시체를 묻게 했던 그 일이 고스란히 자신에게로 돌아온 것이다. 그래서 인과응보(因果應報)라는 말이 생긴 것이 아닐까. 표영은 시체를 향해 푸념을 늘어놓았다.

"으이구, 시체님아~ 왜 하필이면 이곳에서 죽어 저를 고생시키는 겁니까. 앞으로 또 죽으실 리는 없겠지만 혹시라도 죽게 되면 장소를 가려가면서 죽어야 해요. 알겠죠?"

표영은 알아듣지도 못하는 상대를 향해 몇 차례 더 중얼거리다가 두려운 마음에 후닥닥 묻고선 부리나케 동굴로 도망쳤다. 표영이 동굴 안으로 들어설 때 엽지혼은 자리에 앉아 뚫어져라 명패를 주시하고 있었다.

"건곤(乾坤)이라… 내 이제껏 이런 문파가 있다는 소리는 들어본 적이 없는데……. 내가 강호를 떠난 후에 만들어진 신흥 문파인 걸까?"

엽지혼은 자신의 경험과 기억을 최대한 찾아보며 추론해 보았지만 알 길이 없었다. 하지만 모르는 것은 사실 당연한 것이다. 이 명패는 바로 마교 교주를 나타내는 신물(神物)이었기 때문이다. 어느 무림문파에나 그 조직의 지존을 뜻하는 신물이 있기 마련이다. 예를 들어 개방은 타구봉, 소림사는 녹옥불장, 아미파 같은 경우는 서천보살자로 된 백팔염주 등이 그런 의미를 지닌 것들이었다.

건곤패는 마교 내에서 교주를 대함처럼 받들도록 되어 있기에 마교인들에게는 그 어떤 신성함보다 더욱 고귀한 물건으로 여겨졌다. 하지만 마교가 멸망한 지 200년이 지난 상황이다. 제아무리 경험이 풍부하고 대단한 엽지혼이라 할지라도 마교의 신물에 대해 알 수는 없는 것이다. 이미 마교는 사람들의 기억 속에서 오래전에 사라졌을 뿐만 아니라 그 신물에 대해서는 극히 외부로 알려지지 않은 까닭이다.

"이것이 문파 이름이 아닌 신분을 표시하는 것이라면 하늘과 땅이라, 참으로 광오한 말이 아닐 수가 없구나. 하늘과 땅을 다스린다. 하늘과 땅을 통치한다. 하늘과 땅을 지배한다. 대충 이 정도의 뜻을 지닌 것일까?"

표영은 아직도 아까의 두려움과 찜찜함에 사로잡혀 사부 옆에 찰싹 달라붙었다. 자꾸만 뒤통수가 근질근질한 게 뒤를 돌아보면 아까 본 새까만 시체가 흉악한 몰골로 쳐다보고 있을 것만 같았다. 이럴 땐 무슨 말이라도 해야 기분이 좀 나아지는 법인지라 표영은 생각나는 대로 지껄였다.

"사부님, 그것은 아마도 하늘과 땅 사이에 내가 있어 사람을 돕겠다… 뭐, 이런 뜻 아닐까요?"

엽지혼은 의외적인 제자의 말에 고개를 슬쩍 들어 바라보았다.

'나는 자꾸만 부정적으로 생각했건만 이 아이는 사물을 건전한 방향으로 바라볼 줄 아는구나. 기특한 녀석.'

그것이 비록 어쩌다 나온 말이라 할지라도 마음에 없으면 말이 되어 나오지 않는 법이다. 그의 연륜은 그런 기질을 감지하기에 부족함이 없었다. 엽지혼은 이어 고개를 끄덕이며 말했다.

"허허, 그럴 수도 있겠지. 만일 그 젊은이가 정파인이라면 그런 뜻으로 쓰였을지도 모르지. 녀석, 오랜만에 그럴싸한 말을 하는구나."

표영이야 얼떨결에 한 말이었지만 엽지혼은 어린 제자가 마냥 대견스럽게 느껴져 머리를 쓰다듬었다.

'나는 나 자신도 모르게 모든 것에 적의를 품고 바라보고 있었구나.'

예전의 그의 모습은 호탕하고 밝기만 했었다. 허나 불의의 습격을 당하고 암중에 배신을 당한 후론 마음까지 불신에 찬 상태가 된지라 씁쓸하지 않을 수 없었다. 그나마 말년에 받아들인 제자가 마음이 순수한 게 더없이 위안이 되었다.
'이 녀석만큼은 훌륭하게 자라주었으면……'
엽지혼은 따스한 시선으로 표영을 바라보며 말을 이었다.
"너의 말을 들어보니 네게 해줄 말이 생각나는구나. 다름 아닌 개방인으로서 지켜야 할 방규에 대한 것이다. 여러 문파 마다에는 각자 규율과 법도가 있어 질서를 갖추고 내실을 다지게 된다. 그처럼 개방에도 방규가 있어 전체 개방을 흐트러지지 않게 한단다. 하지만 다른 문파와는 달리 개방엔 단 한 가지의 규율만이 존재한다. 그것이 바로 '의(義)를 숭상하라' 라는 말이지. 실로 간단하기 그지없지만 의를 행한다는 말처럼 의미가 깊고 어려운 것도 없을 것이다. 너는 늘 마음속에 '의(義)' 를 잊지 말고 실천해 나가도록 하여야 한다."
사부가 무슨 말을 꺼내려고 이런 말을 하는지도 모른 채 표영은 대수롭지 않게 답했다.
"그거야 뭐, 착하게 살면 되겠죠."
"하하… 좋다. 그런 의미에서 앞으로 이 건곤패는 네가 지니고 다니도록 하거라."
불쑥 내민 건곤패를 바라보며 표영은 기겁했다. 안 그래도 찜찜하던 차에 시체의 목에 걸린, 왠지 재수없어 보이는 물건을 달고 다니라니……
"네?! 그, 그것은 시체님의 것인데 어찌 제가 가질 수 있겠습니까. 안 됩니다, 사부님. 어릴 적부터 어머니께서는 절대 다른 사람의 물건을 탐내서는 안 된다고 했습니다."
표영이 언제 그런 말을 들을 기회나 있었겠는가. 늘 잠만 자고 밥도 먹지 않아 속만 썩여온 터에 그런 교훈의 말을 들을 시간조차 없었다.

아니, 훔치려고 해도 게으름 때문에 불가능한지라 표영의 모친 화연실이 그런 염려를 할 필요도 없었던 것이다. 허나 잔머리가 비상하게 발전하고 있는 표영인지라 있는 말 없는 말을 주워다 서슴없이 뱉어 내고 있을 뿐이었다. 그렇다고 엽지혼이 생각을 거둘 사람은 결코 아니었다.

"네놈이 하늘과 땅 사이에서 사람들을 돕는다고 했지 않느냐. 아마 죽은 자도 너의 말을 듣고 네 녀석이 지니는 것을 기뻐할 것이다. 자신이 못다 이룬 꿈을 이루어주는 것이 될 테니 말이다. 너는 부디 하늘을 두려워할 줄 알고 땅 위의 사람들을 공평하게 대할 줄 아는 사람이 되도록 하여라. 네가 건곤(乾坤)을 생각하며 좋은 마음을 품었듯이 힘을 믿고 연약한 자를 괴롭히는 악인을 벌하고 어려운 사람을 도우면서 살아가는 지침으로 삼도록 하거라."

사부의 뜻은 알겠지만 표영은 받아들일 엄두가 나지 않았다. 시체도 그냥 시체가 아니잖은가. 퉁퉁 불어 있는 데다 새까만 게 생각만 해도 몸이 오싹해졌다. 거기에 목걸이를 차고 다녔다가는 평생을 두고 시체의 모습이 기억에서 떠나지 않을 것만 같았다. 더욱이 목에 차고 있으면 밥을 넘기기도 껄끄러울 것이 분명했다. 표영은 자신이 지어 보일 수 있는 최대한의 불쌍한 표정을 짓고 서글프게 말했다.

"사부님, 다른 것은 몰라도 이것은 그냥 사부님께서 차고 다니십시오. 제가 볼 땐 사부님같이 훌륭하신 분이야말로 이 목걸이의 주인이 될 만하다고 생각됩니다요. 예로부터 귀한 것일수록 제대로 된 주인을 찾아야 한다고 하지 않았습니까? 부디 인격이 고매하신 사부님께서 차고 다니십시오."

그 말에 엽지혼은 대답 대신 두 손을 마주 쥐고 뼈마디 부딪치는 소리를 냈다.

뚜드득.

뼛소리와 함께 이어지는 말.

"할 거냐, 말 거냐."

표영은 얼굴이 창백하게 변해 어색한 웃음을 터뜨렸다.

"아하하… 아하하… 아하하……."

뚜드득— 뚜드득—

답변을 재촉하는 뼛소리에 표영이 잽싸게 말했다.

"아하하… 아하하… 사부님도 참, 제가 언제 안 한다고 했나요. 자, 어서 주세요."

표영은 낚아채듯 건곤패를 뺏어 목에 걸었다.

"아~ 이거 폼나는데요."

엽지혼도 만족한 듯 고개를 끄덕거렸다.

"너도 좋지? 그래, 내가 보기에도 아주 잘 어울리는구나. 하하하하."

표영은 마음이 무거웠지만 애써 환한 웃음을 지어 보이고는 말했다.

"사부님, 잠깐 바람 좀 쐬고 오겠습니다."

동굴 밖으로 나온 표영은 시체가 묻힌 무덤 쪽을 바라보며 작은 소리로 중얼거렸다.

"시체님! 시체님! 저는 정말 잘못없습니다. 이건 제가 가지려고 했던 게 아니라구요. 예로부터 어른을 공경하라는 말이 있으니 늙으신 사부님의 말씀을 듣지 않을 수 없지 않겠어요. 혹시라도 나중에 시체님을 아는 사람이 달라고 하면 그땐 드릴 테니 원망하는 마음을 품지 마세요. 시체님의 죽음은 제가 얼마나 안타깝게 생각하는데요. 알았죠?"

차가운 땅에 묻힌 재수없는 천마지체 마교 교주 독무행이 이런 말을 듣는다면 마음이 어떠할까. 아마도 무덤을 뚫고 나와 방성대곡을 하였으리라. 가까스로 얻은 천년하수오와 묵각혈망의 내단을 빼앗겼다(?). 그리고 이젠 마교 교주의 절대적 상징인 건곤패까지 고스란히 바친 꼴이 되었고. 이 얼마나 어처구니없는 일일 것인가. 훗날 이 일은 앞으로 독무행과 조우하기로 예언되어 있는 이들조차 엉뚱한 주인을 쫓게 될 터이니 참으로 운명이란 알 수 없는 것인가 보다. 결국 마교의 오뇌자 신기천의 예언은 하나는 빗나가고 또 다른 하나는 정확한 성취를 이루고 말았다.

2장
자연과의 일체

자연과의 일체

　표영은 동굴 앞쪽에 자리한 커다란 나무를 바라보고 서 있었다. 아니, 정확하게 말하자면 나무가 아닌 떨어지는 잎사귀를 바라보고 있었다. 때는 가을. 생기발랄하던 나뭇잎들은 시간의 흐름을 거스르지 못하고 쓸쓸히 근본 본체에서 떨어져 나와 땅으로 내려앉았다. 인간의 삶도 이와 같지 않던가. 젊음이 다해 노화가 일면 피부는 힘을 잃고 머리는 하나둘 빠져나간다. 모든 생명체는 결국 그 힘을 다할 날이 오게 되는 것이다. 갈색의 옷으로 갈아입은 잎사귀들은 맥없이 공중을 비산하며 마지막 몸짓을 보이다가 계속해서 떨어져 내렸다. 그 앞에서 표영은 마치 무아지경에라도 든 양 미동도 하지 않고 바라보고 있는 것이다. 표영의 머리 속에 무공의 구결들이 빠르게 지나갔다.

　"바람이 일어 잎사귀를 격동하듯 온몸에 일주하는 기(氣)를 바람처럼 일으켜 혈을 자극한다. 또한 나를 대적하는 상대의 기도와 그의 움직임을 느끼며 몸을 흐르게 한다. 발을 뗌에 있어 허공을 밟듯 하되 단전에서 강한 기운을 이끌어 충문혈과 혈해, 양구혈을 지나게 한다. 일단 그곳에서 힘을 다시 회오리쳐 족심혈과 용천혈로 뿌리면 몸은 바람을 탄 낙엽처럼 움직일 것이다……."

이것은 경공술 낙엽부영의 구결이다. 본격적인 무공 수련이 시작된 것이다.

마교 재건의 희망 천마지체 독무행의 죽음, 그리고 우여곡절 끝에 표영이 기연을 얻게 된 후 엽지혼은 무공을 전수하길 서둘렀다. 그가 이처럼 조급해진 것은 크게 두 가지 이유 때문이었다. 첫째는 자신의 몸이 점차 악화되어 감을 온몸으로 느끼고 있는 탓이었다. 하루하루 죽음의 사자가 다가오고 있어 아무리 길게 잡아도 4개월을 넘기기 힘들 것만 같았다. 그의 얼굴과 마음엔 어느덧 죽음의 그림자가 드리워지고 있었던 것이다.

그로선 죽기 전에 표영이 홀로 설 수 있도록 만들어주고 싶었다. 또한 그의 마지막 바람은 이질적으로 변해 버린 개방을 제자가 원래대로 회복시켜 주었으면 하는 것이었다. 서두름의 두 번째 이유는 예상치 못했던 제자의 기연 때문이었다. 처음의 계획대로라면 굳이 서두를 필요까진 없었다.

원래는 일단 무공구결을 온전히 깨우치게 하고서 세상에 나가 비천신공(卑賤神功)을 연마케 하고자 함이었다. 개방의 무공을 가장 극대화시킬 수 있는 방법은 비천신공이 근본 바탕이 되어야만 했다. 비천신공은 비천한 환경과 고난의 길을 통해 내공이 진보해 가기에 거지 생활을 하면서 차츰 신공이 진보해 간다. 그 후엔 신공의 진전을 따라 그 후엔 하나씩 무공을 터득하면 된다. 하지만 상황이 달라져 버렸다. 제자는 이미 내공 방면에 있어서 어쭙잖은 고수들보다 훨씬 뛰어난 상태가 돼버린 것이다. 즉, 굳이 비천신공의 성취를 본 후에 수련해야 할 필요가 없어진 것이다. 물론 그렇다고 비천신공이 앞으로에 있어서 전혀 의미가 없어진 것은 아니었다. 개방의 여러 무공들이 진정한 힘을 발휘하기 위해선 비천신공이 필수적이기 때문이다. 반드시 앞으로의 내공의 방향은 비천신공으로 유지하고 키워 나가야만 한다.

어쨌든 그는 이 두 가지 이유를 통해 자신의 생명이 다하기 전 제자의 늠름한 모습을 보고 싶었다. 이를 위해 그는 자신을 희생하기를 주저하지 않았고 표영의 반대에도 불구하고 그 고집을 꺾지 않았다.

"너는 앞으로 3개월 안에 5할 정도의 성취를 내게 보이도록 해라. 그 기간 동안은 일체 다른 것을 생각지 말고 오로지 무공을 연마하는 데 온 정신을 집중해야 할 것이다."

"무공 연마를 위해 낮에는 내 몸의 수혈을 짚어놓아라. 단지 식사 때만 잠깐 깨워 함께 식사를 하고 다시 수혈을 짚어야 한다. 연약한 마음을 품고 연마를 게을리 했다간 내가 밤에 깨어났을 때 가만두지 않겠다."

표영은 사부의 말을 수용하기 힘들었지만 엽지혼의 마음은 확고하게 굳어져 있어 흔들림이 없었다.

"진정 네가 날 위하는 마음을 품고 있다면 내가 시키는 대로 따라주어야 한다. 내가 바라는 것은 하루 속히 네가 훌륭한 무인의 모습을 갖추는 것이다."

"앞으로 익히게 될 개방의 무공들은 모두 자연의 이치와 사람의 근본 마음에 닿아 있다. 그 속에는 희로애락(喜怒哀樂)과 대자연의 숨결이 묻어 있다. 개방의 무공은 구결을 암기하고 그대로 따라한다고 해서 큰 힘을 얻을 수 있는 것은 아니다. 기(氣)란 보이지 않는 힘이기에 마음이 기와 한 덩어리가 되었을 때 비로소 바라는 바가 이루어지는 것이다. 허나 네가 무공을 연마하는 중 한 가지 주의해야 할 것은 자칫 심마에 빠지는 일이 없어야 한다는 점이다. 자연의 숨결은 감당하기 힘들게 다가오므로 승화시킬지언정 그 속에 휩싸이지 않도록 해라. 마음을 모질게 먹고 부단히 나아가야만 한다."

이러한 엽지혼의 간곡함으로 인해 표영은 낙엽부영이라는 경공을 익히려 떨어지는 잎사귀를 바라보고 있는 중이다. 바람이 한번씩 불때면 잎사귀들은 우수수 지면으로 떨어졌다. 이렇듯 낙엽을 바라보고 있은 지 10일째가 되자 처음에는 볼 수 없었던 많은 것들이 이제 눈에 익숙히 잡히기 시작했다. 사부가 들려준 말이 떠올랐다.

"구결을 떠올리며 낙엽의 슬픔과 낙엽의 눈물을 보아라. 그리고 그 속에서 낙엽이 어떻게 삼라만상(森羅萬象)의 이치에 순응해 가는지를 느껴야 할 것이다."

표영은 처음엔 낙엽의 슬픔이라든지 눈물 따위가 있을 리 없다 생각했다.
'사람이나 짐승도 아닌 한낱 나뭇잎사귀 따위가 무슨 생각을 하겠으며 눈물까지 흘리겠는가.'

하지만 열흘이 된 지금에 있어서는 사부의 말이 조금씩 이해되기 시작했다. 낙엽의 소리나 그 눈물을 보지 못했지만 아련히 다가오는 낙엽의 쓸쓸함을 보게 된 것이다. 한번 마음이 움직이자 더할 수 없이 구결과 자연이 하나로 일치되었다. 순간 표영의 눈이 번쩍함과 동시에 몸이 움직였다. 그 몸 동작은 마치 하나의 잎사귀라도 된 양 표홀하고 현란하기 그지없었다. 비록 절반의 깨달음으로 시전하는 것이었으나 그 움직임에는 가벼움 속에 힘이 있고 표홀함 속에 신기막측한 변화가 깃들어 있었다.

　낙엽부영이 펼쳐진 것이다. 낙엽부영의 착안은 잎사귀의 변화에서 비롯되었다. 잎사귀에는 안쪽에 세밀한 선이 있어 바람의 방향에 따라 예측할 수 없는 변화를 보이게 된다. 바람에 따라 움직이는 잎사귀는 꺾였다가 솟아오르고, 혹은 내리꽂히는 수만 가지 변화를 가진다. 그러하기에 낙엽부영의 경공이 극에 다다를 시엔 시전자는 모든 위치와 공간에서 자유로워질 수 있게 된다. 그런 이치로 낙엽부영에는 특별한 보로(步路:발걸음의 길)라는 것이 없었다.

　대개 어느 문파의 경공술이든 발의 움직임의 기본적인 틀이 있고 그 속에서 사방(四方)과 팔방(八方)으로 변화를 이루어 익히게 된다. 하지만 낙엽부영에는 그런 것 자체가 없었다. 잎사귀의 향방을 예측할 수 없듯이 낙엽부영도 상황과 여건에 따라 예측 불허한 움직임을 구사하는 것이다. 틀이 존재하고 그 틀 위에 변화가 이루어진다면 어떤 방법으로든지 깨뜨려질 수밖에 없을 것이다. 그러나 그 틀이 아예 존재하지 않는다면…….

　낙엽부영의 위력은 바로 여기에 있었다. 허나 위력적인만큼 그것을 익히는 과정에서는 극도의 정신력이 필요했다. 개방의 무공 거의 전부가 이런 자연의 이치와 삶의 이치를 통해 만들어진 것이기에 심지(心址:마음의 터)가 얼마나 견고한지, 정신 세계가 얼마나 큰지에 따라 성취가 달라졌다.

비천신공(卑賤神功)의 중요성이 또한 여기에 있었다. 비천한 삶 속에서야말로 마음의 그릇이 커질 것이며 어떤 어려운 난관도 대수롭지 않게 대처할 정신력이 생겨나기 때문이다.

이 점에서 표영에겐 위험의 요소가 많았다. 낙엽부영 속에서도 인생의 무상함에 대한 깊은 성찰이 필요한지라 아직 여린 표영이 심마에 빠질 우려가 있었던 것이다. 비록 표영이 놀라운 기연으로 임독맥이 타동되고 강한 힘이 몸 안에 내재되어 있다고는 해도 아직까지 정신적 그릇마저 커진 것은 아니었기 때문이다. 하지만 언젠가 마음의 그릇이 바다처럼 커지는 날에는 그 움직임을 막을 자는 없을 것이다.

"너는 오늘 무엇을 보았느냐?"
밤이 되어 깨어난 엽지혼이 조용히 물었다.
"낙엽의 쓸쓸한 모습을 보았습니다."
"하하하. 좋다, 좋아. 낙엽부영의 공부는 그 정도면 충분하다. 네가 진정 낙엽부영의 큰 힘을 느끼게 되는 날은 낙엽의 눈물을 보게 되는 날이 될 것이다."
"네, 사부님."
표영의 얼굴은 진지하기만 했다. 본격적으로 무공을 연마하기 전의 말투와는 사뭇 다른 것이었다. 10일이라는 짧은 기간이었지만 대자연의 숨결에 접근해 무상함의 일면을 본 탓이었다. 게다가 그로 인해 사부의 모습이 떨어지는 낙엽처럼 표영의 마음에 느껴진 까닭이기도 했다. 이것은 주화입마 중 심마의 초기 단계였다. 가만히 대답한 표영은 이어지는 뒷말은 차마 뱉지 못하고 속으로만 중얼거렸다.

'아직 낙엽의 눈물을 보지 못했지만 사부님의 눈물은 보았습니다.'

하루가 다르게 건강이 악화되어 가고 있는 사부의 모습은 안타깝기 그지없었다. 허나 엽지혼은 어린 제자가 10일 만에 5할의 경지에 이른 것을 보고 그저 기쁘기만 했다.

"내일부터는 풍운보와 걸인만취, 그리고 연쌍비를 연마하도록 해라."

자신의 아픔은 뒤로한 채 엽지혼은 그저 제자의 성취가 기쁘기만 했다.

'내가 낙엽부영의 5할을 달성하기까지는 거의 1년이라는 시간이 걸렸다. 그런데 이 아이는 열흘 만에 그 과정을 달성하다니. 단순히 영약을 복용하였다고 해서 이루어낼 수 있는 경지가 아니지 않은가. 그동안 고생하며 비천하게 살아온 것이 큰 도움이 되었음이 분명하다. 게다가 오성이 지극히 뛰어나지 않은가. 하하하. 하늘이시여, 그저 감사할 따름입니다.'

그는 미소를 띤 후 내일부터 연마할 풍운보 등에 대해 설명하기 시작했다.

풍운보.

풍운보는 보법으로 바람과 구름의 흐름을 따라 몸을 움직이는 것이었다.

"바람은 어디에서 불어와 어디로 몰려가는가. 바람을 움켜쥘 수 없듯 풍운보를 시전하는 자를 잡을 수는 없음이다. 또한 구름은 어떠한가. 흩어지고 모아지며 짙어지고 옅어지며 그 형체를 수없이 바꿔가니 가히 종잡을 수 없다. 구름을 따라 바람을 쫓으며 그 흔적을 발견해야 한다. 비천신공을 연마하여 궁극에 이르게 되는 날 바람의 소리와 구름의 변화를 듣게 될 것이다. 그날은 풍운보를 완성하는 날이 될 것이며, 그 소리와 변화를 맞이한 순간 구결과 내기(內氣)는 하나를 이루고 몸은 자유로워질 것이다. 인생은 빈 몸으로 왔다가 빈 몸으로 돌아가는 것. 무엇을 잡으려 함이 얼마나 헛됨인가. 결국 바람을 잡으려는 것과 같을 뿐, 세상에 얽매임없는 삶이야말로 진정 자신을 찾을 수 있음이다."

그 울림을 듣는 순간 표영은 풍운보의 구결이 몸에 녹아지며 신형을 한줄기 바람처럼 날렸다.

걸인만취.

"사람이 술을 마심이 지나치면 본연의 마음을 잃고 개가 된다. 악인들은 그런 개와 같이 노망에 빠져 모두를 자신과 같이 취하게 만들고자 한다. 허나 정녕 자신은 취해 있음을 알지 못하지. 걸인만취의 움직임을 통해 그런 악인들이 취하였음을 느끼게 하고 어지럽게 하여 그들의 심령이 흔들리게 할 것이다."

연쌍비.

"제비가 물을 차고 날아오르듯 유연하고 자유스럽게 몸을 움직인다. 그 날렵함은 무엇과도 비교할 수 없음이니 날아다니는 새를 보며 그들의 자유를 느껴라. 걸인의 삶은 새와 같아서 그 오고 감이 실로 풍요롭기만 하다."

표영이 풍운보와 걸인만취, 그리고 연쌍비를 터득함에 걸린 시일은 채 30여 일을 지나지 않았다. 하나를 알게 되자 깨달음은 절로 마음에서 일어 어려움이 없었다.

3장
고전의 이야기

고진의 이야기

엽지혼은 제자의 가히 놀랄 만한 성취에 기쁨을 금치 못했다. 비록 절반의 성취만을 이루었다고는 해도 이룬 기간을 미루어보았을 때 나머지 5할을 이룸은 그다지 어려울 것은 없었다. 하지만 한편으론 너무 빠른 성취에 걱정되는 부분도 있었으니 그것은 요 근래 더욱 심화된 심마에 대한 우려였다.

"영아, 너는 아직까지 나를 걱정하고 있는 것이냐?"

"……."

표영은 아무 말이 없었다. 무공을 수련하면서부터 급격히 얼굴이 어두워졌는데 지금은 그 정도가 심해 깊은 우울증에 빠져 있었다. 개방의 무공은 그저 손과 발을 놀림이 아니라 마음과 몸을 일치시키는 과정이다. 그로 인해 인생의 무상함에 너무 가까이 접근한 것이다. 그리고 그 중심엔 사부에 대한 염려가 자리하고 있었다. 그러한 사실을 잘 알고 있는 엽지혼으로서는 주화입마에 빠지지 않도록 붙잡아주는 것이 우선이라 생각했다.

"내 말을 잘 들어라. 사람은 태어나 언젠가는 죽음을 맞이하게 된다. 그것은 나와 그리고 나 이전의 세대, 그보다 먼 오래전부터 계속된 일로 어느 누구도 죽음으로부터 자유로울 수는 없다. 과거 진의 시황제는 자신의 권세(權勢)와 영화(榮華)를 영원토록 누리기 위해 죽음을 벗어나려 했으나 천명을 벗어날 수는 없었다. 불로불사의 영약을 구했던 그도 한 줌의 재로 변하고 만 것이다. 사람이 태어나고 또 죽는 것은 중요하다 하지만 그보다 더 중요한 것이 인생에선 있다. 그것은 바로 인생을 어떻게 살았는가 하는 것이다. 그런 의미에서 나는 지금의 내 인생에 만족하고 있다."

엽지혼은 조용한 음색으로 다독거리듯이 말을 이어갔다.

"…전에도 이야기했다시피 하늘은 내게 마지막 기회를 주었다. 그 기회란 바로 너다. 이제껏 나는 충분히 살았다. 인생에서 볼 수 있는 것은 다 보았다. 아침에 찬연히 솟아오르는 햇살의 아름다움도, 산천의 풍요로움도, 바다의 장중함도 보았다. 그리고 이제 저물어가는 서쪽 하늘의 황혼을 바라보며 나는 조용히 내 삶을 정리하면 된다. 지금에 있어 미련은 없다. 물론 네 녀석을 만나지 않았다면 많은 미련을 간직한 채 아쉬움으로 떠날 수밖에 없었을 테지. 그런데… 나의 희망인 네놈은 바보같이 나의 기대를 저버리고 얼굴을 잔뜩 구기고 있다. 정녕 죽더라도 편히 눈을 감을 수가 없게 만들려고 하는 수작인 게지. 나는 네가 무공을 훌륭히 익혀 세상을 이롭게 하길 바라는 한 가지 소망뿐이다."

잠시 말을 멈춘 엽지혼이 한숨을 내쉰 후 말을 이었다.

"하지만 네놈은 그 마지막 소망마저 부숴 버리려고 하고 있다. 연약한 마음으로 심마(心魔)에 사로잡히는 게 정녕 네놈의 원하는 바더냐? 어떠냐. 너는 심마에 사로잡혀 주화입마를 당하고 나는 속병을 앓고 빨리 죽으면 되겠느냐. 어서 대답해 보거라, 이놈아."

 마지막 말은 짐짓 성낸 듯한 말투였지만 그 속엔 사랑이 가득 담겨 있었다. 그건 표영도 잘 알고 있었다. 하지만 단숨에 우울해진 마음을 떨쳐 내지는 못했다. 엽지혼은 그저 아무 말 없이 멍하게 있는 제자를 바라보며 다시 길게 한숨을 내쉬었다.

 "후유~ 못난 놈 같으니라구."

 지금까지의 무공 성취만 보자면 너무도 만족스러웠다. 하지만 주화입마에 빠지게 된다면 모든 것은 모래성처럼 무너져 내릴 것이다. 구도자의 가장 큰 적은 자신의 마음이다. 엽지혼은 그저 마음이 답답하여 다시 긴 한숨을 토했다. 표영은 땅이 꺼질 듯한 탄식 소리에 죄송한 마음이 일어 머리를 숙였다.

 "제자 어리석은 마음으로 사부님의 심기를 어지럽혔습니다. 용서하십시오."

 엽지혼은 그런 점잖은 대답이 마음에 들지 않았다. 손을 날려 머리통을 갈기며 쏴붙였다.

 "이런, 바보 같으니……. 네놈이 언제부터 그렇게 예의 바른 말을 했더란 말이냐. 고작 경공을 조금 터득했기로서니 성인군자라도 되었단 말이더냐. 난 성인군자를 별로 좋아하지 않으니 그럴 거면 내 눈앞에서 사라지거라. 10년 전에 먹은 만두국이 넘어올 것 같구나."

 표영은 사부의 말에 애써 미소를 지었다. 하지만 그건 어색한 웃음이 되어 나타날 뿐이었다.

"허허, 너석."

엽지혼은 오늘 마음에 응어리를 풀어주지 못하면 어떤 현상이 제자의 몸에 나타날지 모르는지라 다시금 입을 열었다.

"하나의 이야기를 네게 들려주마. 군사부일체(君師父一體)라는 말이 있다. 부모에게 효를 행하는 것이 기본적인 도리이듯 마땅히 사부에게도 부모를 대함과 같아야 한다는 말이다. 그런 의미에서 효를 예를 들어 말해 주마. 효(孝)에는 크게 두 가지가 있다. 하나는 자신의 만족감을 위해 행하는 효가 있고, 또 하나는 부모가 기뻐하는 효가 있다. 이 중 참된 효는 무엇이겠느냐? 과거 효자로 이름난 사람 중에 고진(孤眞)이라는 사람이 있었다. 고진은 부모를 섬김이 지극해 그 소문이 온 사방에 자자했다. 그 소문은 많은 사람들의 입에 오르내리게 되었다. 그러한 소문을 들은 사람 중에 이웃 마을에 살고 있는 조경이라는 사람이 있었다. 조경은 자신은 나름대로 효를 행한다고 열심히 함에도 불구하고 부모님이 기뻐하시지 않자 의문을 품고 있던 차였다. 그러던 중 고진이라는 효자에 대한 이야기를 듣게 되었고 대체 그는 어떻게 하기에 그토록 효행이 깊다고 이름이 높은지 궁금해졌다. 조경은 고진이라는 효자가 얼마나 지극정성인지 보고자 몰래 살펴보기로 했다. 조경이 몰래 숨어 지켜볼 때 고진이라는 효자가 나뭇짐을 가득 해오더니 마당에 지게를 내려놓는 게 보였다. 그 소리가 들렸음인지 부엌에서 일하고 있던 나이 든 어머니가 아들이 돌아온 소리를 듣고 기쁜 얼굴로 아들을 반겼다. 나이 든 어머니는 물동이에 물을 떠오더니 마루 쪽으로 아들의 손을 이끌고선 아들의 발을 정성스럽게 씻겨주는 것이었다. 그런데 더욱 놀라운 것은 고진이라는 효자의 행동이었다. 그는 아주 당연하다는 듯 거리낌없이 콧노래까지 불러가며 흥얼거리고 있었던 것이다. 몰래 훔쳐보던 조경으로서는 기가 막힐 노릇이었다. '이제까지 효자라고 소문난 것은 모두 헛된 이름뿐이었구나!' 하며 탄식한 것이다. 한참을 그렇게 바라보는데 두 모자가 뭐가 그리 좋은지 도란도란 이야기를 나누는 게 보였다. 그는 돌아서려다가 도대체 무슨 이야기를 저렇게 하는가 하고 이야기만 듣고 가야겠다고 생각하고 귀를 기울이게 되었다. 그 대화의 내용은 이런 말들이었다. '어머니, 오늘은 나무를 하러갔는데 뱀을 보았지 뭡니까?', '뭐라고? 뱀을 보았다니…… 그래서 어떻게 했느냐', '그 뱀이라는 녀석이 저를 물기라도 할 듯이 혀를 내밀며 다가오지 않겠어요. 그래서 제가 큰 소리로 말했죠. '에끼, 이놈아, 우리 어머니께서 어떤 분이신 줄 아느냐. 너 같은 뱀 천 마리 정도는 거뜬히 잡아다 회를 뜰 정도로 대단한 분이시다. 그런 분의 아들인 나를 감히 네가 해치려 하다니. 어서 썩 물러가지 못할까!' 그랬더니 글쎄 그 뱀이라는 녀석이 잔뜩 겁을 먹지 뭐겠어요. 그리고선 녀석은 꾸벅 머리를 조아리며 저에게 그러더라구요. '그렇게 훌륭하신 어머니를 두고 계신 줄은 몰랐습니다. 앞으로는 잘하겠습니다' 이렇게 말하고선 돌아가는 거예요. 하하하', '하하하, 이 녀석 알고 보니 늙은 어미를 놀린 게로구나'. 어찌 보면 유치하기까지 하고 별 시답지 않은 농담이었지만 듣고 있던 조경은 자신도 모르게 미소를 지었다. 그는 그때 문득 깨달음이 일었고 눈을 들어 두 모자를 바라보게 되었다. 그의 눈에 아까까지 불효막심해 보이던 고진이 태산처럼 크게 보이게 되었다. 그는 그때서야 비로소 깨달을 수 있었다. 진정한 효는 자신이 '이렇게 이렇게' 부모님께 잘했다며 스스로 만족해하는 것이 아니라는 것을 말이다. 부모님께서 원하시고 기뻐하시는 일을 했을 때 비로소 참된 효임을 알게 된 것이다. 그리고 자신의 삶을 되돌아보니 이제껏 자신은 자기 만족을 추구하고 있었음을 알게 되었다. 부모님께 맛있는 음식을 사드리고 좋은 옷을 입혀드리는 것, 용돈을 드리는 것이 중요한 것이 아니었던 것이다. 조경은 크게 깨우침을 얻음과 함께 부끄러움도 느꼈지. 그리고 고진이라는 효자의 집을 향해 큰절을 올리며 속으로 말했다. '이 세상 어떤 학문보다도 더 큰 가르침을 오늘 받고 갑니다' 그가 절을 올린 것은 깨달음에 대한 더없는 감사의 표시였다. 그 훗날 조경은 온 주변에 효자로 소문이 나게 된 것은 당연한 일이었지."

긴 엽지혼의 말을 듣고 표영은 마음에 움직이는 바가 있었다. 무슨 뜻으로 하신 말씀인지 깊이 생각에 잠기며 자신을 돌아보게 되었다. 그때 엽지혼의 말이 이어졌다.

"너는 나를 염려하고 있다만 그것은 사실 내 마음을 무겁게 하는 것뿐이다. 알겠느냐?"

표영은 자기도 모르는 사이에 얼굴이 환해졌다. 무상함에 젖어 우울하기만 했던 마음이 풀리고 얽히고설킨 내면의 갈등이 한 가닥 한 가닥 정돈되는 기분이었다.

"네, 사부님."

마음은 어느 정도 정리되었지만 갑자기 헤헤거리기가 민망해진 표영은 얼굴 표정 관리를 어떻게 해야 할지 몰라 이것도 저것도 아닌 표정이 되고 말았다. 그런 모습에 엽지혼이 머리를 쥐어박으며 웃었다.

"에라이, 이 덜떨어진 녀석아. 하하하"

"하하하."

경공 수련이 마쳐진 후 이어진 것은 권법과 장법 수련이었다. 권법은 파옥권과 취팔선권이 있었으며 장법에는 강룡십팔장이 있었다. 권법과 장법을 익히는 데는 크게 어려움이 없었다. 그 바탕을 이룸이 모두 보법의 움직임에 기초를 두고 있었기 때문이다. 파옥권을 시전함에 있어서는 풍운보가 기본이 되었으며 취팔선권은 걸인만취와 어우러져 펼쳐졌다. 또한 강룡십팔장은 낙엽부영과 함께했을 때 그 힘이 배가되었다. 파옥권과 취팔선권은 권법이면서도 묵직한 움직임 대신 간결하고 표홀한 움직임이 특징이었고 강룡십팔장은 강맹한 힘이 주를 이루었다.

엽지혼은 파옥권과 강룡십팔장 등에 대해 그 요체를 설명해 주었다.

"파옥권은 옥을 깨뜨리는 주먹이라는 뜻이다. 옥은 고귀함을 나타내는 바 그러한 옥을 깨뜨린다는 말은 고귀함으로 자신을 두르고 있는 간교한 위선자들을 징계한다는 뜻이 담겨 있다. 어리석은 자들은 겉모습만 보고 옥의 화려함을 두른 채 그 내면을 갖추지 못했다 할 수 있다. 너는 걸인으로서 사사로움에 매이지 않는 눈을 가지도록 하고 위선자와 진정 고귀한 자를 구별해야 할 것이다. 악을 깊이 갈무리하고 있는 자들은 더욱더 완벽하게 자신을 포장하기 마련이다. 진정으로 고귀한 자들은 도리어 소탈한 삶을 원한다. 그런 이치는 자연을 통해서도 깨달을 수 있다. 극독을 품고 있는 독버섯은 그 빛깔이 화려하기 이를 데 없고 뱀 중에서도 유난히 알록달록한 것들은 맹독을 지닌 것들이 대다수다. 하지만 사람의 몸에 좋은 버섯이나 산삼 등은 그 모양이 어떠하냐. 되려 평범하고 소박하여 자칫 지나치기 쉽지 않더냐? 너는 단지 눈에 보이는 것에 현혹됨이 없이 하고 내면을 들여다볼 수 있는 눈을 갖도록 노력해야 할 것이다. 그것을 보는 눈이 높아질수록 파옥권의 힘도 점점 상승하게 될 것이다."

"강룡십팔장은 강맹함을 주로 하는 바 그 힘의 근원은 순수함에 있다. 바다를 생각해 보렴. 바다의 힘은 어떠하냐. 그 힘과 견줄 만한 것을 찾기란 매우 힘들지 않더냐. 하지만 바다는 파괴력만 가진 것이 아니라 거대한 포용력을 지니고 있다. 바다는 강과 내에서 흘러 들어오는 여러 가지 더러운 것과 불순물들까지라도 다 수용한 후 그것을 정화시킨다. 그리곤 아무런 불만과 불평도 없지. 그처럼 순수함과 포용력을 지녔을 때 진정한 힘이라고 말할 수 있는 것이다. 더불어 그런 순수함 속에서만이 강맹한 힘은 발생할 수 있다. 너는 항상 마음을 정갈케 하고 바다 같은 포용력과 순수함을 가지도록 해라. 그럼으로써 강룡십팔장의 진정한 위력은 모습을 드러낼 것이다."

일단 표영은 파옥권에 대한 요체를 얻기 위해서 산의 이곳저곳을 다니며 수련에 힘썼다. 여러 가지 꽃과 버섯, 그리고 독을 지닌 식물과 뱀들을 살폈다. 그러면서 사부의 가르침을 직접 눈으로 확인할 수 있었다. 사람의 몸에 좋고 영양이 풍부한 것들은 모두 하나같이 수수함과 소탈한 모양을 지녔음을 보았다. 그러나 해로운 것들은 거짓된 꾸밈으로 화려한 채색을 두르고 있었으나 그 속엔 유혹의 그림자가 깊게 드리워져 있었다. 그것은 작은 깨달음인 것 같았으나 사실은 매우 큰 것이어서 표영에게 걸인의 삶에 대한 긍지와 묘한 자부심을 가져다 주었다.

그렇게 표영이 산을 뒤지며 살핀 지 오 일이 되었을 때였다. 산책하듯 여러 사물과 풍경을 살피는 중 어느 한 부분에 이르자 기묘한 느낌이 몸에 전달되었다. 모든 살아 있는 것은 그 나름의 생명력을 발산하게 되어 있는 법이다. 허나 그곳엔 마치 생명이 존재하지 않은 듯 전혀 생기발랄한 모습은 느낄 수 없었다.

'이상한걸. 마치 죽어 있는 것 같지 않은가. 대체 무엇 때문일까.'

아마 파옥권에 대한 깨우침을 얻기 전이라면 전혀 느끼지 못했을 것이다. 그만큼 그것은 미세했다. 하지만 요사이 정(正)과 사(邪)의 형상을 살피며 점점 감각이 깨어가고 있던 터라 그 부조화를 놓치지 않은 것이다.

'화려함 속에 흑백으로만 구성되어 있는 듯해 죽은 시체를 보는 것 같은걸.'

느낌이 섬뜩했지만 그와 더불어 호기심도 크게 일었다. 기척을 줄이고 조심스럽게 접근하니 가까이 갈수록 느낌은 더욱 강해졌다. 어느 정도 이르자 품숲 속에 작은 흙 밭이 보였는데 흙이 여느 흙과는 달리 푸석푸석하게 보였다. 그리고 그 한가운데는 조그만 구멍이 있었다. 죽은 듯한 기운은 저 구멍에서 비롯된 것이라고 표영의 감각이 알려왔다.

'괴물이라도 살고 있는 건가?'

혹시 괴상한 괴물일지도 모르는지라 표영은 얼른 도망갈 준비를 갖춘 후 주시했다. 일 식경(30분) 정도가 지났을까. 구멍에서 괴이하게 생긴 것이 서서히 모습을 드러냈다. 그것의 모양은 표영으로서는 처음 보는 것이었다.

언뜻 보면 전체적인 형상이 새우와 비슷하게 보였지만 그보다 더 정교하고 딱딱해 보였다. 네 개의 다리로 땅을 딛고 있었으며 땅에 닿지 않는 또 다른 여섯 개 정도 되는 발이 옆으로 나 있었다. 그리고 꼬리도 있어 마치 침처럼 생겼는데 등 쪽으로 길게 구부러져 있었다. 그

중 눈길을 사로잡는 건 등판의 색깔이었다. 등에 난 다섯 마디의 판마다 각기 다른 다섯 가지 색깔을 띠고 있었던 것이다. 그건 황색, 청색, 적색, 백색, 녹색으로 어우러진 것이 화려하기 그지없었다.

'이제까지 죽은 듯 보였던 이곳의 환경은 저놈 때문이로구나. 저토록 화려하니 얼마나 대단한 맹독을 지니고 있을까. 괜히 화를 당하기 전에 떠나도록 하자.'

밤이 되어 엽지혼은 표영의 말을 듣고 깜짝 놀랐다.
"다섯 가지 색을 몸에 지니고 있었더란 말이냐?"
"그렇다니까요. 얼마나 놀랐는지 몰라요. 주변이 죽어 있는 듯 생기를 띠지 않고 있어서 가까이 가봤더니 그 괴상한 놈이 나타나지 않겠어요. 그 근방은 마치 한 꺼풀 어두운 그림자가 덧씌워진 것 같더라니까요."
"음… 네가 본 것은 전갈이라는 놈이다. 그것도 보통 놈이 아닌 오극전갈이라는 놈이지. 허허, 그런 놈이 이리도 가까운 곳에 살고 있었단 말인가."

엽지혼도 오극전갈에 대해서 말은 들었지만 직접 보지는 못한 터였다. 단지 어릴 적 사부로부터 독물에 대해 배울 때 잠깐 들어보았을 뿐이었다.
"사부님, 그게 그렇게 대단한가요?"
"그렇다. 전설처럼 전해져 오는 무서운 독물이야. 분명 네가 주변을 그리 인식한 것은 오극전갈이 주변의 지기(地氣)를 모두 흡수하고 있는 까닭일 게다. 그러니 자연 그 주변이 생기가 없어진 게지."

그렇게 말하고 나서 문득 엽지혼은 의아한 생각이 들었다.

'그러고 보니 이 녀석이 그런 자연적인 조화를 느꼈단 말인가. 내가 생각하고 있던 것보다 훨씬 더 뛰어나구나. 허허, 녀석.'
"그놈이 그렇게 대단하면 우리가 가서 잡을까요?"
천연덕스럽게 말하는 제자의 말에 엽지혼은 허탈한 웃음을 날렸다.
"허허허… 이놈아, 그놈이 너 같은 녀석에게 '잡숴주십시오' 하고 목을 내밀 것 같으냐? 침 한 방에 네놈의 몸이 녹아버릴 것이다."
"허걱! 그 정도로 대단한가요?"
"앞으로 그 근처엔 얼씬도 하지 말아라. 알겠지?"
그러나 사실 엽지혼이 모르고 있는 것이 있었으니 그것은 표영이 이미 만독불침의 경지에 이르렀음이다. 비록 오극전갈이 천하삼대독물 중에 하나로 꼽히고 있다고 해도 천년하수오와 묵각혈망의 내단의 조화로 보호받고 있는 표영이 몸을 어떻게 할 수는 없는 노릇인 것이다. 하지만 이런 사실은 정작 표영조차도 모르고 있는 일이었다.

권법과 장법을 지나 계속해서 수련은 계속되었다. 그것들은 지법인 식탐지(食貪指)와 금나수법인 구반수(狗般手) 각법인 회구각(回狗脚) 등이었다. 많은 것들을 익혀 나간 후 거의 끝에 이르게 되자 표영은 음공에 대한 가르침을 전수받았다.
"자연과 가장 가까운 무공이 있다면 단연코 그것은 음공(音功)이랄 수 있다. 이제껏 말했지만 자연의 힘이야말로 거대하고 그 끝을 알 수 없는 힘이니라. 그중의 으뜸이 바로 음(音)이다. 옛말에 이르기로도 음(音)은 하늘에 가장 가까이 있다 했다. 그렇기에 음을 다스릴 줄 알게 되는 날은 모든 무공이 극에 달했다고 봐도 좋을 것이다. 음공이 궁극에 이르게 되면 굳이 수고스럽게 손과 발을 놀릴 필요조차 없다.

말 한마디와 노래 한 가락으로도 상대를 제압할 수 있는 것이다. 생각해 보아라. 산과 들, 바다는 고요한 듯하지만 그 속에는 무수히 많은 소리로 이루어져 있지 않느냐. 그 음들은 언뜻 불규칙적이게 보이나 사실은 그 속에서 조화를 이루고 있다. 사람의 몸도 그와 같다. 조용히 있는 듯하나 나름대로의 질서 속에 몸 또한 소리를 내고 있다. 그렇기에 음공이 절정에 이르면 그저 균형을 깨뜨리는 것만으로도 상대의 기를 흐트러뜨리고 주화입마시킬 수도 있게 되는 것이다. 또한 그 마음조차 변화시킬 수가 있게 된다. 그것을 가리켜 이르길 천음조화라고 부르느니라."

4장
오극전갈

오극전갈

　당가는 강호에서 독(毒)과 암기로 명성을 날리고 있는 집단이다. 독을 사용함에 있어서는 그 근본된 독물을 채집하는 것이 필수다. 독 연만탁을 만든다든지 독 가루를 만든다든지 여러 기술을 보유하고 있다 할지라도 그에 따른 재료들을 수집하는 것은 기술만큼이나 중요시되는 것이다. 그러한 까닭에 당가에서는 매년 가을이면 오대절지로 정해놓은 지역을 순회하며 독을 채집했다. 이때는 치명적인 독물을 주로 취급하기에 당가의 가주와 오대장로들이 직접 독물을 채집하러 다녔다. 당가의 오대절지란 운남과 청해성의 고천암 부근, 그리고 섬서성의 호묘산, 하북성의 파혁산, 마지막이 표영과 엽지혼의 동굴이 있는 이곳 고호산을 칭하는 말이었다. 올해는 마침 고호산에서 채집을 하는 시기라 당문의 문주와 오대장로들은 고호산을 뒤지고 있었다.
　그중 삼 장로 당운각은 오늘 마음이 조급하기 이를 데 없었다.

'오늘도 아무 소득이 없으면 정말 면목이 없게 되는데…… 어제도 나만 아무 소득 없이 돌아가지 않았던가.'

독을 채집하는 데 있어서는 무엇보다 감각이 중요했다. 오감(五感)이 발달하지 않고서는 바로 근처에 독물이 있다고 해도 그저 지나칠 수밖에 없는 것이다. 그렇기에 독물을 찾아내지 못했음은 자신의 감각은 형편없다고 말하는 것과 다름이 없었다. 당운각은 오늘도 망신을 당해선 안 된다고 생각하며 열심히 사방을 주시했다. 그가 한참을 이 잡듯이 뒤지고 있을 때 그에게서 얼마 떨어지지 않은 곳에 젊은 거지가 멍한 표정으로 앉아 있는 것이 보였다.

'어라, 이 험한 산중에 웬 거지람. 요즘 거지는 산에서 구걸을 하나? 그럼 누구한테 구걸을 하지? 하하.'

자기가 생각해 놓고도 우스운지 당운각은 혼자 실실거렸다. 그러다 당운각은 언뜻 좋은 생각이 떠올랐는지 눈빛을 빛냈다.

'저 거지에게 한번 물어봐야겠군. 이곳에 오래 거주했다면 혹시나 독물을 보았을 수도 있을 것이다. 물어본다고 손해 볼 일은 없으니 물어보기나 하자.'

당운각은 그렇게 생각을 한 후 신형을 날려 젊은 거지에게로 향했다. 약간의 거리가 있었으나 당운각에게 그건 지척에 있는 것과 다를 바가 없었다. 당문의 오대장로 중의 한 명이라는 이름은 거저 얻을 수 있는 것이 아닌 것이다.

"어이, 젊은 친구. 여기에서 뭘 하고 있는 건가?"

당운각이 보고 있는 젊은 거지는 표영이었다. 음공인 천음조화를 익히고 자연의 소리에 귀를 기울이고 있던 중이었다. 정신을 빼고 멍해 보였던 것도 그 때문이었다. 표영은 천음조화를 익히기 위해 땅의 소리와 하늘의 소리, 그리고 작은 풀들의 움직임 아침에 깨어나는 대자연의 호흡 등을 듣고 있었다. 오늘로 천음조화를 연마한 지 7일째다. 비록 표영이 멍하니 자연의 소리에 집중하고 있다고 해도 접근하는 사람의 소리를 구분하지 못할 정도는 아니었다.

'이 노인은 신법을 보아하니 대단한 고수로구나. 이곳은 외진 곳이라 사람들이 어지간해서는 왕래가 없는데 저 사람은 뭐 하는 사람일까?'

"저는 그냥 놀고 있답니다."

"어허허, 놀고 있었다고?"

'이 녀석 바보 아니야. 괜히 시간만 낭비하는 것은 아닌지 모르겠구나.'

하지만 그는 생각과는 달리 어느새 표영의 옆자리에 떡하니 앉고 있었다.

"조금 쉬었다 갈까."

표영은 고개를 돌려 노인의 얼굴을 자세히 살폈다. 귀밑으로 백발이 조금 자랐으며 독수리 같은 눈에 매부리코가 인상적이었다. 언뜻 보기엔 그리 선하다는 기운은 느껴지지 않았다. 표영이 아무 말이 없자 당운각이 입을 열었다.

"이곳은 올 때마다 느끼는 것이지만 경치가 아주 좋아."

"자주 오시나요?"

"난 의원이라네. 그러다 보니 직접 약초를 구하러 오기도 하고 혹은 뱀이나 기타 독물 같은 것도 잡으러 오곤 하지."

당운각은 태연히 거짓말을 했다.

"아, 의원이셨군요?"

표영은 의원이라는 말에 자신이 본 첫인상은 잘못 본 것이라 생각했다.

'그래, 그저 첫인상만 가지고 사람을 다 파악할 순 없는 것이겠지.'

더불어 몸에 지닌 무공이 대단한데 거기에 의원이라는 말을 듣자 번뜩 사부님에 대해 생각이 미쳤다.

'강호엔 기인이 많으니 이분에게 사부님의 병을 한번 봐달라고 해볼까? 세상이 놀랄 신의(神醫)일지도 모르지 않은가.'

표영이 사부님에 대한 생각으로 가득 차 있을 때 당운각이 말했다.

"네가 알아들을 수 있을지 모르겠지만 독이란 것은 무조건 나쁜 것만은 아니란다. 어떤 독은 병을 치료하는 효험이 있기도 하거든. 너는 이곳에 살면서 혹시 괴상하게 생긴 뱀이나 독물들을 본 적이 없느냐? 만일 네가 알려준다면 나는 너의 소원 한 가지를 들어주도록 하마."

이 말은 표영의 마음에 쏙 드는 제안이었다. 그렇지 않아도 막 부탁을 하려던 참인데 소원을 들어주겠다고 하다니. 게다가 얼마 전에 오극전갈을 발견하지 않았던가. 아귀가 딱딱 들어맞는 게 그저 신기했다. 이 모든 것이 하늘이 예정해 놓으신 것 같아 어쩌면 사부님의 병을 고칠 수 있을지 모른다 생각했다.

"정말이십니까? 약속하시는 거죠?"

"그럼 내가 거짓말할 사람으로 보이느냐?"

'이 머저리가 뭘 알고 있긴 있는 걸까? 어디서 방울뱀이나 보고서 하는 말이라면 네놈의 발모가지를 부러뜨려 주마.'

당운각의 속마음도 모른 채 표영은 사실대로 말했다.

"저는 며칠 전에 전갈을 보았답니다. 그 전갈은 보통 놈들과는 다른 것 같았어요. 등에 선명하게 다섯 줄기의 색이 덮여 있더라구요.

그 색깔은 그러니까. 황색, 청색, 적색, 백색, 녹색이었답니다."

표영은 오극전갈이라는 말은 빼고 그저 그 형태만 설명했다. 사부님의 말씀 중 '삼 푼 정도만 자신을 드러내라'는 말을 기억했기 때문이다. 표영의 말에 당운각은 하마터면 경악성을 내지를 뻔했다.

'이 거지의 말이 맞는다면 이건 정녕 오극전갈이 아닌가. 그저 해본 소리였는데 의외의 수확을 건질지도 모르겠는걸. 으흐흐.'

당운각은 기쁨의 함성을 꾸욱 눌러 참으며 애써 담담한 표정으로 말했다.

"음, 그래? 다섯 가지 색을 지녔다 이거구나. 네 말대로 보통 독물은 아니겠는걸. 좋다. 이제 네가 원하는 것을 한 가지 들어주마. 내 힘이 닿는 데까지는 최선을 다하도록 하겠다."

'이 거지 녀석은 분명 하루 종일 배부르게 먹을 수 있도록 해달라고 할 거야.'

표영은 기다렸던 말인지라 환하게 웃으며 말했다.

"사실 저와 함께 지내고 있는 사람이 몸이 매우 아프답니다. 대인께서 치료해 주셨으면 합니다만……."

매부리코의 당운각은 대수로울 것이 없다는 듯한 표정을 지었다.

'훗. 꼴에 누굴 살려달라고 하는군.'

"좋다. 내 특별한 재주는 없지만 의원으로서 아픈 사람을 보고도 그냥 지나칠 수는 없는 노릇이지. 비록 네가 독물을 알려주지 않는다 해도 나는 그를 살리도록 노력하마."

당운각의 말 한마디 한마디는 대인의 기운을 물씬 풍기고 있었다. 표영은 하늘을 날듯이 기뻤다.

'강호는 아직까지 그리 매정한 곳만은 아니로구나. 이리도 좋은 분

을 만나게 되다니.'

표영은 신바람을 내며 그를 동굴로 인도했다. 엽지혼은 동굴 안에서 수혈이 짚인 채 깊은 잠에 빠져 있었다. 표영은 안쓰러움에 한숨을 내쉬고 다가가 몸을 굽혀 수혈을 풀었다. 그때 당운각은 표영의 뒤쪽에 위치하고 있었기에 엽지혼의 얼굴도, 그리고 혈도를 푸는 것도 보지 못했다. 그저 자고 있는 환자를 깨우는 것 정도로만 생각할 뿐이었다.

"어서 일어나 봐."

엽지혼의 몸은 요즘 들어 좋지 않았기에 혈이 풀려도 단숨에 잠에서 깨어나지 못했다. 표영은 약간의 시간을 두고 일어나는 것을 아는지라 몸을 일으켜 잠시 기다렸다. 표영이 일어서자 당운각은 누워 있는 엽지혼의 얼굴을 들여다보았다. 그는 처음엔 대수롭지 않게 보다가 점점 미간을 찌푸렸다.

'음… 어디서 많이 본 듯한데. 어디서 봤더라…… 누굴 닮은 거지…….'

당운각은 조금 더 앞으로 걸어가 다시 자세히 살폈다. 순간 당운각은 등줄기에서 식은땀을 흘렸다.

'이, 이럴 수가! 이 사람은 엽 방주가 아닌가.'

지금의 엽지혼의 얼굴은 10년 전과는 많이 달라져 있었다. 약간 그 인상이 남아 있었을 뿐 초췌해진 몰골은 결코 그를 과거 중원오대고수였던 개방의 엽 방주라고는 믿을 수 없게 만들었다. 하지만 당운각은 달랐다. 다른 사람이라면 몰라도 엽지혼의 얼굴을 잊어버릴 수는 없는 그였다. 요즘도 가끔 엽지혼이 남긴 말이 꿈에서 들려오지 않던가.

"앞으로 한 번만 더 이런 짓을 하다 내게 걸리는 날엔 이 정도로 끝나지 않을 것이다. 그땐 목이 몸통에 붙어 있지 못할 것을 각오해야 할 것이다."

15년 전의 일이었다. 당운각이 한 여인을 범하려 했을 때 엽지혼에게 걸려 두들겨 맞은 후 들은 말이었다.

'이건 혹시 함정이 아닐까?'

두려운 마음에 당운각은 주변을 재빨리 두리번거렸다. 별다른 징조가 없음을 본 당운각은 옆에 서 있던 표영의 멱살을 잡아챘다. 그 빠르기가 번개와 같았으나 어느새 표영의 몸이 자동적으로 반응하며 손이 올라갔다. 하지만 그보다 더 빠르게 표영은 생각을 통해 행동을 제어했다. 굳이 공격당할 일을 한 적이 없기에 무공을 드러낼 필요가 없을 것이라 판단한 것이다. 반쯤 올라간 손을 서서히 내리며 겁먹은 얼굴로 물었다.

"왜, 왜 그러세요. 제가 뭘 잘못했나요?"

당운각의 공격은 두 가지 의미를 지니고 공격한 터였다. 첫째는 저 노인이 정녕 엽지혼이라면 분명 이 젊은 놈은 그의 제자일 것이라 생각했다. 제자라면 무공을 익혔을 테고 부지불식간에 공격하면 자기도 모르게 방어를 하게 되어 그 본색을 드러내지 않을 수 없을 것을 계산한 터였다. 둘째는 주변에 또 다른 적이 있거나 엽지혼이 갑자기 일어나 공격하는 것에 대비해 인질로 잡아두려 함이었다. 하지만 아무것도 없었다. 함정이니 뭐니 그런 것도 아니고 무공을 모르는 진짜 거지일 뿐인 것이다.

'내가 잘못 본 것일까? 음, 하긴 닮은 사람도 있을 수 있겠지.'

그때 온몸을 뒤틀며 엽지혼이 깨어났다. 그는 한 노인이 표영을 붙

잡고 있는 것을 보고 곤혹스러운 표정으로 물었다. 그 모습은 영락없이 바보 같았다.

"형, 무슨 일이야? 저분은 누구셔?"

당운각은 늙은 거지가 새파랗게 젊은 거지를 가리켜 '형'이라고 부르자 실소를 금치 못했다.

'훗, 이건 또 뭐야. 형이라고? 후후… 그냥 미친 노인이었나? 내가 너무 예민하게 반응한 게로군. 하긴 엽 방주일 리가 없지. 그가 어떤 사람인데 이렇게 미쳐서 지내겠는가. 하긴 자세히 보니 얼굴이 아닌 것도 같군.'

당운각은 슬며시 멱살을 놓고 너털웃음을 터뜨렸다.

"하하하하…… 내 장난이 너무 심했나? 난 가끔 일상에 변화를 주기 위해 이렇게 파격적인 놀이를 즐기곤 한다네. 놀랐다면 내가 사과함세."

표영은 그가 결코 선한 뜻을 지닌 자가 아님을 깨달았다. 처음에 예감이 맞은 것이다.

'사부님의 얼굴을 보고 놀란 것을 보니 과거에 원수일 가능성이 크구나. 사부님을 구하려다가 도리어 재앙을 초래하게 된 것은 아닌지 모르겠구나.'

하지만 티 내지 않고 엽지혼을 향해 말했다.

"응, 이분은 좋은 분이야. 너의 몸이 좋지 않음을 보고 고쳐 주러 오신 분이거든."

"아, 그렇구나. 정말 훌륭한 분이시네. 의원님, 저 아야 하거든요. 고쳐 주세요."

당운각으로서는 하마터면 웃음을 터뜨릴 뻔했다.

'정말 웃긴 녀석들이군. 세상엔 별 놈들이 다 있다니까.'
"자, 진맥을 한번 해보자꾸나."
 당운각은 언제 분노했었냐는 듯 사람 좋은 웃음을 지으며 엽지혼에게 다가가 몸을 살폈다. 가까이 다가가 보자 눈 밑이 검게 변하고 얼굴 여기저기에 저승꽃이 번져 있는 것이 그리 오래 살지 못할 것이 뻔했다. 진맥을 짚어보니 진원지기가 거의 느껴지지 않았다. 진원지기는 몸을 지탱하고 생명을 유지하는 근본된 힘을 일컫는 것이었다.
 '후후, 역시 얼마 못 가겠어. 대라신선이 온다고 해도 회복되긴 힘들겠군.'
"음……."
 그는 고의로 신중한 표정을 지으며 손을 풀고 표영에게 말했다.
"잠깐 따로 보자꾸나."
 동굴 밖으로 나가는 당운각을 표영이 뒤따랐다.
"내가 보니 실로 어려운 지경에 빠져 있구나. 하지만 다행히 내게 그를 고칠 수 있는 약이 있다. 그 약을 복용한다면 거뜬히 생명을 이어갈 수 있을 것이다. 지금은 내게 없으니 삼 일 후에 내가 그 약을 가져오도록 하겠다. 넌 기다릴 수 있겠지?"
"정말이신가요?"
 표영은 쓸쓸한 기분을 감춘 채 기쁜 표정으로 되물었다.
"정말이고 말고. 삼 일째 내가 약을 가져오거든 그때 네가 본 전갈이 있는 곳을 내게 가르쳐 주렴."
 '오극전갈은 나 혼자 거둬들이기엔 벅차다. 가주님과 여러 장로들과 합동으로 힘을 써야 할 것이야.'
"그럼 나중에 보자꾸나. 어디 다른 곳에 가지 말고 꼭 이곳에 있어야 한다."
 당운각은 쏜살같이 신형을 날려 산 밑으로 내려갔다. 당운각이 멀어져 가는 모습을 보며 표영은 인상을 찌푸렸다.
 "휴우~ 오늘 밤에 사부님이 깨어나시면 말씀을 드리고 내일이라도 당장 거처를 옮겨야겠다. 그는 틀림없이 사부님의 원수일 것이야."

 "허허, 이곳에 있는 소협이 우리에게 좋은 선물을 준다는 것인가."
 우렁찬 소리에 동굴에 있던 표영의 안색이 급변했다.
 '누구지?'
 불안이 엄습했다. 설마 삼 일 후에 온다던 당운각이 돌아온 것이라면…….
 "여기 꼼짝 말고 있어. 무슨 일이 있어도 나오면 안 돼. 알겠지?"
 표영은 엽지혼에게 당부하고서 밖으로 나갔다.
 "어떻게……."
 아니나 다를까, 당운각의 모습이 보였다. 그뿐만 아니라 흑의를 걸친 네 명이 더 있었고 그 중앙에는 잿빛 무복을 차려입은 노인이 껄껄거리고 있었다. 그 노인은 특이하게도 흰 수염이 가슴까지 길게 드리워져 있었다. 당운각이 중앙에 있는 잿빛 복장의 노인에게 공손히 말했다.
 "가주님, 말씀드렸던 소협입니다."
 가주라고 불린 이는 바로 당가의 가주 당문천이었다.
 "하하하, 반갑구나. 네가 전갈이 있는 곳을 알고 있다는 것이냐? 그곳으로 우리를 인도해 주려무나."
 당운각이 표영에게 삼 일 후에 온다고 한 말은 마음을 놓게 하려는 수작일 뿐이었다. 그로선 당일 오후에 올 예정이었으나 혹시 거지 녀석이 떠나 버릴지도 모른다는 생각에 솔직히 말하지 않았다. 아까 멱살을 잡고 위협한 것 때문에 겁먹었을 수도 있으니까 말이다. 게다가 당운각은 표영에게 미세하게나마 특이한 느낌을 받고 있었다. 그것은 무공을 익히지 않은 것 같으면서도 뭔가를 감추고 있는 듯한 느낌이었다.

"헤헤헤… 삼 일 후에 온다고 하시더니 이렇게 빨리 오셨네요?"

표영은 당황하는 기색을 떨쳐 내고 바보 같은 웃음을 지으며 물었다. 하지만 속으로는 과연 어떻게 해야 할지 갈피를 잡을 수 없어 초조하기만 했다.

'이들이 정녕 사부님의 원수들이라면 일이 정말 어렵게 되겠구나. 이들은 하나같이 내기가 충만하고 기도가 훌륭하지 않은가. 내가 아무리 힘을 기울인다고 해도 이들 중 한 명이라도 제대로 상대할 수 있을까. 어떻게 하는 게 좋을까. 표영아, 정신 차려라.'

머리가 복잡해지며 생각에 몰두해 있을 때 당운각의 답변이 들렸다.

"사람의 생명을 구하는 데 삼 일은 너무 길더구나. 마침 내가 모시고 있는 분께서 특별히 네게 영약을 준다고 말씀하시어 특별히 모시고 오게 되었다."

"너무 고맙습니다요. 다들 바쁘실 텐데… 저희 때문에……."

'그래. 그냥 저들에게 오극전갈이 있는 곳을 알려주고 저들이 주는 가짜 영약을 받는 걸로 마무리 짓도록 하자. 그럼 사부께서 나오시기 전에 이들을 데리고 가는 게 좋겠어. 얼굴을 보면 더욱 의심할 테니 말이야.'

생각을 정리한 표영이 바보 같은 표정을 지으며 다시 어눌하게 말했다.
"헤헤, 그럼… 절 따라오세요."
막 표영이 그들을 인도하려 할 때였다.
"형, 어디 가는 거야?"
엽지혼이었다. 꼼짝 말고 있으라고 했지만 어디 순순히 말을 들을 만한 상태이던가. 표영은 황급히 돌아서 엽지혼을 다시 안으로 데려가려 했다.
"내가 나오지 말라고 했지."
하지만 엽지혼이 나오는 것을 본 당문천과 장로들의 얼굴색은 급변했고 순간 몸은 경직되었다.
"이, 이런… 엽지혼……."
"어떻게……."
모두들 놀랄 때 당운각이 가주에게 말했다.
"가주님, 정말 똑같이 닮지 않았습니까? 저도 얼마나 놀랐는지 모릅니다."
그제야 가주 당문천이 잠에서 깬 듯 너털웃음을 지었다.
"허허허… 정말이로군. 운각 장로가 말할 때 웃어넘겼지만 이렇게 닮았을 줄이야……."
당문천은 그 뒤에 이어질 '소름이 끼칠 정도구나' 라는 말은 생략했다. 만일 진짜 엽지혼이라면 호랑이 굴로 들어온 셈이라 할 수 있었다. 그가 알고 있는 엽지혼은 정녕 모두 다 덤빈다 해도 이길 승산이 없을 만큼 강력한 존재였던 것이다.
"하하하하, 하지만 그저 미친 노인일 뿐이군."

엽지혼의 초점없는 눈과 불안함에 좌우로 두리번거리는 모양에 모두는 긴장을 풀고 여유를 찾았다. 엽지혼은 사람들이 갑자기 주위에 여러 명이 나타나자 뭔지 모를 불안에 싸여 연신 눈을 깜박이고 표영의 옆에 붙었다. 그런 엽지혼을 표영은 팔로 감싸주었다.

"겁먹을 필요 없어. 이분들은 사실 좋은 분들이거든. 그러니 내가 이분들과 잠깐 다녀올 동안 넌 동굴 안에서 기다리고 있어. 알겠지?"

"혼자 있기 싫어. 난 형이랑 같이 갈 거야."

"안 돼. 너, 자꾸 말 안 들을 거야!"

표영의 다그침에 엽지혼의 얼굴은 울상이 되었다. 한 번만 더 뭐라고 하면 당장에라도 울음을 터뜨릴 것만 같았다. 둘의 대화를 듣고 있던 가주 당문천은 흐릿한 조소를 머금고 표영에게 말했다.

"함께 가도 된다. 뭐, 문제될 것이 있겠느냐. 하하하. 그리고 네가 만약 전갈이 있는 곳을 알려준다면 약속한 대로 병을 고칠 수 있는 약을 주겠다."

"거봐, 형. 저 할아버지가 같이 가도 된다고 하잖아."

표영은 속으로 한숨을 내쉬고 그저 아무 일이 없기만을 바랄 뿐이었다.

"자, 그럼 어서 가보자꾸나."

표영과 엽지혼이 앞서고 그 뒤를 당문천 등이 따랐다. 일 식경(30분) 정도가 지나 표영은 전에 오극전갈을 발견했던 곳에 이를 수 있었다. 하지만 단번에 그곳에 이르지 않고 고의로 그 근처를 몇 바퀴 돌며 헤매는 척했다. 한참을 그렇게 헤매다가 표영이 이제야 생각났다는 듯 손뼉을 쳤다.

"아! 바로 거기였지."

따르던 당가 일행은 답답했지만 좀 모자란 녀석이라고 여기고 속으로만 궁시렁거렸다.

'이런 머저리 같은 녀석을 봤나. 이곳에 꽤 오랫동안 살았을 것 같은데 이렇게 헤매다니 오극전갈을 찾기만 하면 네놈의 숨통을 끊어주마.'

작은 언덕을 넘어 표영은 오극전갈이 살고 있는 곳으로 옳게 인도했다.

"바로 이곳입니다요."

가주 당문천은 조용히 하라는 신호를 보낸 후 서서히 접근했다. 풀이 우거진 곳을 기척을 죽이고 접근하자 작은 흙 밭이 보였고 그 중앙에 조그만 구멍이 있었다.

'이곳이군.'

당문천이 장로들에게 눈짓을 보냈다. 그러자 세 장로가 품에서 하얀 분말 가루를 구멍의 주변에 뿌리고 점점 뒤로 물러서며 멀리까지 가루를 뿌렸다. 분말 가루는 독물을 유인하는 독인분(毒引粉)이었다. 어떤 독물이든 위급한 상황에 처하면 근거지로 돌아가려는 본성이 있다. 당가인들은 그것을 잘 알고 있었다. 분말을 따라 전갈이 나오면 덮칠 것이고 전갈은 본능적으로 자기 집으로 돌아가려 할 것이다. 하지만 너무 멀리 나오게 돼 결국은 잡히게 될 것이다. 구멍으로부터 10여 장 부근에 당가인들은 특수하게 만들어진 장갑을 끼고 몸을 숨겼다.

하지만 그리 쉽게 오극전갈은 모습을 나타내지 않았다. 거의 반 시진(1시간)이 지나는데도 불구하고 나올 기미는 없었다. 시간이 길어지자 엽지혼은 몸이 근질근질한 게 견딜 수가 없었다. 그가 지금까지 아무 말도 없이 있었다는 것이 신기할 지경이었다. 아마 다들 긴장된 낯빛을 하고 있는지라 엽지혼은 자신도 당연히 그렇게 하고 있어야 한다고 생각했던 것이다. 하지만 이젠 그것도 한계를 맞이했다.

"형, 우리 그만 돌아가자. 너무 재미없어."

"쉿! 조용히 하고 있어."

"어서 가자. 응? 가자구."

초긴장 상태에 있던 당문천은 심사가 뒤틀리며 살기가 일었다.

'저것들 보게나. 안 되겠군. 전갈을 잡은 뒤에 죽이려고 했지만 스스로 명을 재촉하니 먼저 죽여주는 것도 나쁘진 않겠지. 어차피 오극전갈을 얻은 것은 비밀로 해야 하니 말이야.'

가주 당문천이 번쩍 손을 들자 장로들의 시선이 쏠렸다. 당문천은 손을 내리며 엽지혼과 표영을 가리킨 후에 목을 긋는 시늉을 했다. 살인 명령이 떨어진 것이다. 그건 장로들의 눈에만 띈 것이 아니라 표영의 눈에도 띄었다. 표영이 놀라 장로들을 바라보니 눈에 살기가 번득거렸고 그중 당운각은 이미 검을 뽑아 들었다.

'이런 제길.'

표영은 화가 치밀어 올랐다. 이들과 겨루게 되면 마땅히 죽을 것이 분명했다. 하지만 이렇게 맥없이 죽을 수는 없는 노릇이었다. 초조하고 분노함에 어찌할 바를 모르던 표영의 눈에 서서히 기어나오는 오극전갈이 보였다.

'오냐, 나쁜 놈들. 내 너희들이 원하는 전갈을 찢어 죽여주마.'

마음에 끓어오르는 혈기를 주체지 못하고 표영은 벌떡 일어나 오극전갈을 향해 달렸다. 당가인들은 급작스럽게 거지 놈이 달려가자 그곳을 바라보다가 소스라치게 놀랐다. 오극전갈이 나타난 것이다. 다섯 가지 색을 뒤집어쓴 전갈은 화려한 모습으로 서서히 분말 가루를 따라 이동하고 있었다. 표영은 금나수법인 구반수(狗般手)를 시전하며 오극전갈을 집어 들었다.

"왜 우릴 죽이려고 하는 거지? 우린 아무 잘못도 하지 않았잖느냐. 나는 전갈을 죽여 버리고 말겠다."

갑자기 똑똑해져 버린 것 같은 말투에 당문천이 분노에 찬 음성으로 외쳤다.

"이런 머저리 같은 놈아! 어서 내려놓지 못해!!"

죽은 전갈은 살아 있는 상태일 때와는 비교할 수 없을 만큼 그 가치는 보잘것없어진다. 어떻게든 산 채로 잡아가야 하는 것이다. 그들에게 있어서는 귀중한 두 사람의 목숨보다 미물에 불과한 전갈의 목숨이 더 귀중하게 여겨졌다. 한편 엽지혼은 분위기가 험악해지자 울상을 지었다.

"형, 왜 그래? 왜 싸우는 거야?"

"이런 거지 같은 놈들……."

당문천은 화난 나머지 몸을 날려 엽지혼을 발길질로 날려 버렸다. 복부를 걷어채인 엽지혼은 실 끊어진 연처럼 나가떨어져 혼절해 버렸다.

"안 돼!"

표영은 사부가 쓰러지자 화가 치밀어 올라 두 손으로 전갈을 잡고 몸통을 뜯어버리려 했다. 하지만 전설의 오극전갈이 어찌 그리 쉽게 당하겠는가. 손에 조금 힘이 들어가자 오극전갈의 꼬리가 쌔액 하고 뒤틀리며 표영의 손등을 찍었다.

"으악!"

예리한 바늘에 관통당한 듯 표영은 손을 부르르 떨며 비명을 질렀다. 삽시간에 몸이 붕 뜬 듯 마비 증상이 일어났다. 하지만 이대로 그냥 주저앉을 수는 없었다. 표영은 진기를 운행하며 두 손에 가득 힘을 주었다. 위협을 느낀 오극전갈의 꼬리가 다시 쌔액 하고 움직이며 손목을 찔렀다. 전갈도 상대가 만만치 않음을 알았는지 혼신의 힘을 다한 독이었다. 하지만 이번엔 표영도 가만히 있지만은 않았다. 손목의 고통을 참고 끝내 전갈의 몸통을 뜯어버렸다.

으드득.

오극전갈의 등갑이 두 동강나며 바닥에 내동댕이쳐졌다. 전설의 오극전갈이 죽어버린 것이다. 이제까지의 상황은 설명은 길었지만 사실 삽시간에 일어난 일이었다. 지켜보던 당가의 가주와 장로들은 황당함을 금치 못했다.

'저, 저런……'

잔뜩 오극전갈의 독을 이용해 제조할 독에 대해 생각하며 기대에 부풀어 있던 그들이었다.

"야이~ 거지새끼야~!"

분노에 치를 떨며 당문천이 고함쳤다. 하지만 표영은 아무 말도 할 수가 없었다. 어느새 독이 퍼졌는지 온몸의 혈맥이 팽창하며 부풀어 오르고 있는 데다가 얼굴과 피부색은 노랗게 되었다가 파랗게 되었다가 붉게 변하며 오색의 변화를 띠곤 덜덜 떨며 서서히 바닥으로 허물어졌다. 그런 모습은 극히 공포스러워 독을 다루는 당가인들조차 치가 떨리는 장면이었다.

'저렇게 독이 대단했더란 말인가.'

쓰러진 표영의 몸은 계속해서 부풀어 올랐고 간헐적으로 몸을 부르르 떨었다. 당문천은 정신을 수습하고 입맛을 쩝쩝 다신 후 말했다.

"오극전갈을 거두어라."

비록 오극전갈이 죽어 별 쓸모 없이 되었지만 남은 효용을 최대한 살려볼 요량이었다.

장로 중 하나인 당운혁이 전갈을 갈무리한 후 분노한 기색으로 손을 들어 표영에게 일장을 먹이려 했다.

"이런 찢어 죽일 놈 같으니라구. 감히 우리 일을 방해하다니……"

"멈춰라."

가주 당문천이었다.

"저놈은 독에 당했으니 내버려 두어라. 지금 목숨을 끊어놓으면 편안히 죽음을 인도하는 것뿐이잖느냐. 오랫동안 독에 고통스러워하다가 칠공에서 피를 뿌리고 죽도록 두는 편이 낫다."

죽이려 한 당운혁보다 더 잔인한 말이었다. 옆에 있던 당운각이 물었다.

"저 미친 영감은 어떻게 처리하는 게 좋겠습니까?"

"클클클, 미친 영감탱이도 저대로 두어라. 미친놈이 무얼 알겠느냐. 오히려 동료가 죽은 것을 보고 더욱 미치게 만들어주자꾸나. 클클클… 이만 가자."

그의 말이 떨어지자 장로들은 가주를 따라 신형을 날려 산 아래로 내려갔다. 남은 것은 기절한 엽지혼과 고통에 겨워하는 표영뿐이었다.

"으으윽."

표영은 말할 수 없는 고통이 밀려들었지만 정신만은 어찌 된 것인지 점점 또렷해지고 있었다. 그와 함께 두 개의 굵은 기운이 강력하게 움직이며 내부를 휘젓고 다님을 느꼈다. 이제까지 운기행공을 하면서도 느끼지 못했던 강력한 기운이었다. 그 두 개의 힘이 소용돌이치며 몸을 지나칠 때마다 통증이 잦아들고 감각이 깨어남을 느꼈다.

'이게 어떻게 된 거지?'

두 개의 힘은 바로 천년하수오와 묵각혈망의 내단의 기운이었다. 그 기운들은 외부에서 독이 침범하자 스스로 발동하기 시작한 것으로 강력한 힘을 발휘하며 독을 제압하고 있었던 것이다. 간헐적으로 떨던 표영의 몸도 점점 그 시간이 길어졌고 반 시진(1시간)이 지났을 때는 어느덧 부풀었던 몸도 서서히 제 모습을 찾고 있었다. 그리고 피부색도 본래의 색을 되찾았다. 당가인들이 보았다면 죽이지 않은 것을 땅을 치고 통곡했으리라.

밤이 되었다. 정상으로 돌아온 표영은 사부의 몸을 주무르며 몸을 풀어주고 있었다. 하지만 엽지혼은 짙은 신음을 발할 뿐 깨어날 기색이 없었다.

'강호로 나가면 그놈들을 찾아내 반드시 요절을 내고 말겠다.'

엽지혼이 깨어난 것은 다시 이틀이 지난 뒤였다. 힘겹게 몸을 일으킨 엽지혼은 묵묵히 제자의 설명을 들었다.

"음… 당가 놈들이로구나."

독물을 수집하는 문파는 그리 많지 않았다. 이름난 문파는 당가와 오독문 정도. 하지만 엽지혼은 그들의 생김새에 대한 설명을 듣자 대뜸 당가의 소행임을 알아보았다.

"당가는 어떤 놈들입니까, 사부님."

"독과 암기를 사용하는 녀석들이야. 비열한 놈들이지. 하지만 그놈들이 나를 알아보지 못한 것은 천만다행이로구나. 내 정체를 알았다면 날 이 정도에서 끝내지는 않았을 게야."

표영은 사부의 말을 들으면서 한마디 한마디를 마음에 새겼다. 그놈들은 반드시 손을 봐줘야 할 부류로 마음에 분류해 놓았다. 엽지혼은 씁쓸함을 떨쳐 버리듯 고개를 젓고는 표영의 머리를 쓰다듬었다.

"네가 오극전갈의 독에 두 번이나 쏘이고도 이렇게 멀쩡하게 살아났다니 무슨 조화인지 모르겠구나. 음… 이건 필시 전에 네가 복용한 도라지국의 효용일 것이다. 만독불침에 이르른 건가. 하하하."

엽지혼은 자기 일처럼 기뻐했다. 만독불침에까지 이르렀다면 이건 자신의 상상을 뛰어넘는 일인 것이다.

"잠깐 몸을 살펴보자꾸나."

그는 손을 표영의 백회혈에 대고 몸을 점검했다. 처음에 살폈을 때보다 두 개의 기운이 더욱 강력해져 있었다.

'오극전갈의 독을 해독하는 과정에서 도리어 기가 더 증강되었구나.'

계속해서 엽지혼은 몸 구석구석을 살폈다. 그가 찾는 것은 오극전갈의 독 기운이었다. 과연 독이 상쇄된 것인지, 아니면 몸 어딘가에 잠복하고 있는 것인지 알고자 함이었다. 그의 감각에 묘한 기운이 잡혔다. 그것은 단전 부근에 위치해 있었는데 탁한 기운이 응어리진 채 머물고 있었다.

'독이 해소된 것이 아니란 말인가?!'

더욱 자세히 들여다보자 이상한 점이 발견되었다. 독이 그저 머물기만 할 뿐 몸에 어떤 영향을 끼치지도 못하는 것 같았던 것이다.

'설마 이럴 수가……. 그래, 만독불침이 되었다면 몸에 독이 있더라도 크게 해로울 것이 없는 것이구나. 그렇다면 이 녀석은 마음만 먹으면 독을 발출할 수도 있게 된 것이 아닌가. 그것도 오극전갈의 맹독을 말이야. 허허.'
 손을 뗀 엽지혼은 너털웃음을 지었다.
 "왜 그러시죠, 사부님."
 "허허, 녀석. 넌 이제 독존(毒尊)이 돼버리고 말았구나. 당가 놈들이나 오독문 따위는 네겐 이제 아무것도 아닌 것이 돼버렸단 말이다."
 "네? 독존이라구요?"
 "그래, 바로 독존이 돼버린 것이야. 하하하."

5장
타구봉법

타구봉법

　오극전갈과 당가의 소동은 표영에게 이르러 재앙이 복으로 바뀌었다. 뜻하지 않게 독존의 경지에 이르게 된 표영은 엽지혼의 닦달에 의해 다시 무공 연마에 힘을 다했다. 우선적으로 독을 발출하고 거둠에 대한 가르침이 있었다.
　"독을 사용함은 진정한 무의 길이라고 할 수 없다. 무공 중 가장 악랄한 것이 바로 독이다. 그런 의미에서 당가나 오독문 같은 무리들은 비열한 집단인 셈이지. 하지만 그런 그들을 꺾기 위해서는 독에 대해 잘 알지 않으면 안 된다. 할 수만 있다면 그들보다 독을 더 잘 사용한다면 좋겠지. 넌 이제 독에 관한 한 따라올 자가 없을 정도다. 부디 독으로 악을 제압하고 선함으로 인도하는 데 쓰도록 해라. 내 너에게 독을 어떻게 시전할지를 알려주마. 어려울 것은 없다. 전에 익힌 지법인 식탐지를 이용해 기 대신 몸 안에 내재된 독을 발출하면 되는 것이다.

식탐지로 기의 양을 조절하여 발출하듯 독도 마찬가지의 섭리를 따르면 된다."

표영은 이미 식탐지에 대해서도 5할 정도의 성취를 보이고 있었기에 사부의 이어지는 가르침을 충분히 이해할 수 있었다.

시간은 멈추지 않고 지나 어느덧 겨울이 되었다. 그동안 표영은 독공의 시전과 음공인 천음조화에 대해 수련했다. 거의 늦겨울 정도가 되었을까. 엽지혼은 이제 마지막 가르침을 베풀어야 할 때가 왔음을 인식했다.

"오늘은 네게 가장 가르쳐 주고 싶었던 타구봉법을 전수해 주도록 하겠다. 구결을 잊어버린 것은 아니겠지?"

만성지체를 타고난 표영이 아니던가. 금제가 아니면 천하제일의 기재인 것이다. 이제 만성지체의 금제를 8할 정도 벗어난 표영의 머리가 구결을 잊을 리가 없었다.

"기억하고 있습니다."

"좋다. 내 너에게 타구봉법을 시전해 보이마. 봉을 빌려다오."

봉을 건네받은 엽지혼은 동굴 밖으로 나가 자세를 잡았다.

"형태를 보지 말고 흐름과 이치를 보도록 해라."

엽지혼의 손이 움직였다. 그의 몸은 내공이 소실되어 빠른 동작이나 기운찬 움직임은 없었지만 과거 최절정 고수로서의 기도는 녹슬지 않았다. 그는 한 손 한 발을 움직이며 크게 외쳤다.

일봉을 뻗으니 산악이 쪼개지며 바다가 나뉘는구나.
산천이 내게 말하길 멈추라 하나 나는 그칠 수가 없다.

오로지 가르고 갈라 세상에 악인들을 다 멸한다면
그날이면 아마 나의 손은 쉼을 얻을 수 있을까.

세상에 모든 위선을 감고 얽어 잡아두리라.
선하다고 말하는 자 중에 선한 자를 찾기 어렵고
의롭다고 말하는 자 중에 의로운 자를 찾기 어려우니
나의 봉은 그들을 얽어 잡아두리라.

세상을 굽어보는 이들 중에 약한 자를 업신여기는 자 있는가.
나의 봉이 그를 가만두지 않으리라.
그가 세상을 휘어잡으려 하는가.
내 봉이 그를 휘고 끌어 업신여겨 주리라.

교만한 이들 중에는 개만도 못한 자 많으니
내 그들을 막대기로 봉하리라.
한번 가두면 벗어날 수 없고
그 안에서 혼란을 겪듯 돌고 돌 뿐이리라.

엽지혼은 음률에 맞추어 타구봉을 시전했다. 이것은 타구봉의 8개의 핵심구결을 노래한 것이었다.
 8개의 핵심구결이란 반(拌:쪼개고), 벽(劈:가르고), 전(纏:얽어매고), 착(捉:잡으며), 도(挑:휘고), 인(引:끌며), 봉(封:봉하여), 전(轉:회전시킨다)이었다. 여기에서 모든 것이 응용되어 쪼개짐이 얽힘과 어우러지고 거기에 끄는 힘을 부여하면 전혀 새로운 힘을 탄생시키게 된다. 이런 식으로 만들어질 수 있는 것은 가히 공간의 전 방위를 제압할 수 있을 뿐만 아니라 힘의 배합에 따라 적은 힘으로 큰 힘을 제어할 수 있으며 태산같이 누르기도 하고 그 가벼움이 깃털과 같이 표홀하기도 했다.

표영은 사부의 움직임과 그 노랫소리에서 타구봉법과 개방이 추구하는 것이 무엇인지를 깨달을 수 있었다.

'진정 강호의 의로운 막대기가 되어라.'

표영은 겨울이 다 지나기까지 타구봉법을 익히는 데 전력을 기울였다.

6장
이별의 아픔

이별의 아픔

타구봉법을 전수한 뒤 엽지혼의 몸은 급격히 쇠약해졌다. 낮 시간에조차 급작스럽게 혼절하곤 했다. 또한 밤에 제정신으로 돌아오는 시간도 매우 짧아졌다. 엽지혼은 최후가 얼마 남지 않았음을 알았다.

회광반조(廻光返照)라는 말이 있다. 이는 죽음에 이르기 직전 마지막 생명의 불꽃을 태운다는 뜻이다. 언뜻 정상으로 돌아온 듯 보이나 그것은 오히려 죽음을 알리는 신호인 것이다. 넓은 의미로 보면 엽지혼이 표영을 만나 자아를 찾은 것은 회광반조와 같았다. 표영을 만나기 전까지는 낮이든 밤이든(비록 밤에 흉포하게 변한다 할지라도) 자아를 잃고 얽매이지 않았다. 그러다 자신이 누구인 줄 알게 되고 자신의 모든 것을 전수해 주면서 그의 몸은 급격히 스러져 갔다.

그건 마치 촛불이 스스로를 태워 주위를 빛내다 스러져 가는 것과 같았다. 이제 엽지혼은 밤에 깨어나도 온전한 정신은 고작 일 다경(차

한 잔 마실 시간, 약15분)뿐이었다. 엽지혼은 그 적은 시간을 제자에게 마지막 전할 말을 하는 데 사용했다.

"영아, 네게 개방에 대해 자세히 이야기해 주겠다."

힘없이 들리는 쉰 목소리. 퀭하니 들어간 눈은 초점을 잃은 채 흐릿했다. 또한 손은 수전중(手顫症)에 걸린 듯 불규칙적으로 연신 떨리고 있었다. 표영의 마음은 불안하기 그지없었다.

엽지혼은 제자의 얼굴에 근심이 서린 것을 발견하고 인자하게 웃으며 말했다.

"녀석, 이 사부를 걱정하는 것이냐. 앞으로 10년은 더 살 수 있으니 그리 불쌍하다는 듯이 쳐다보지 마라. 오히려 네놈이 그렇게 바라보니 내가 오래 살고 싶어도 그럴 수 없을 것 같지 않느냐."

그가 잠시 숨을 고른 후 말을 이었다.

"내가 거둔 두 제자에 대한 이야기니라. 첫째 제자의 이름은 장산후(張汕嗅), 그리고 둘째는 너도 알고 있는 노위군(盧僞君)이다."

엽지혼은 두 제자의 이름을 거론하자 감회가 새로운지 지그시 눈을 감았다. 표영은 어쩌면 사부가 이처럼 피폐해진 원인을 들을 수 있겠구나 싶어 정신을 집중했다.

"첫째 산후는 10여 세가 되었을 때 거둬들이게 되었다. 그 아이는 성정이 유순하고 착하기 그지없었다. 덕망과 인품을 갖추어 모름지기 개방을 이끌어갈 후개로서 적합했단다. 최고의 인재라고 하기엔 모자람이 있었지만 그렇다고 그저 평범한 것은 아니었어. 둘째 위군은 가난하고 어려운 집에서 살고 있었다. 그 아이는 그런 삶을 벗어나고 싶은 마음에 강호로 뛰어들게 되었지. 난 그 아이의 근골과 자질이 훌륭한 것을 보고 제자로 받아들이게 되었다. 실제 자질로만 따지자면 둘째는 첫째보다 두 배 정도 뛰어났다. 위군은 처음에는 고분고분했지만 무공을 익히면서 그 본성이 드러나기 시작했다. 그 아인 고집이 세고 남에게 뒤처지는 것을 죽기보다 싫어했지. 힘을 지향하고 권력에 마음을 두고 무공을 익히고 있었던 거야. 그 사실을 안 후로 난 둘째에게 무공을 가르침에 있어 힘을 기울이지 않았다. 자칫 사형을 업신여기고 큰마음을 품게 될까 두려웠던 게야. 지도자는 재능보다는 덕망의 높고 낮음이 중요하다. 여러 사람을 포용할 수 있는 넓은 마음, 그리고 인자함과 함께 적당한 무(武)를 겸비했을 때 비로소 훌륭한 지도자라 할 수 있는 것이다. 그런 의미에서 둘째 위군은 걸맞지 않는 녀석이었다."

여기까지 말한 엽지혼은 숨이 가쁜지 눈을 감고 숨을 골랐다.

"난 첫째 산후가 잘 성장해 주길 바랬다. 하지만 그 아이는 착하다는 것이 장점인 반면 약점이기도 했다. 마음이 너무 여렸지. 모름지기 앞에서 이끌어가려면 과감한 결단이 필요할 때 단호하게 행할 줄도 알아야 하는 법. 그 아인 그저 모든 것을 좋게만 바라보며 살았어. 그렇게 되면 잘잘못을 가리기가 어려워진다. 이렇게 두 아이 모두 부족한 점이 있지만 나는 내 뒤는 첫째 산후가 이을 것이라 분명히 말해 두었다. 하지만… 하지만 나는 너에게 처음에 개방의 옷차림을 듣고 첫째 산후가 방주 자리에 오르지 못했음을 직감했다. 너를 보내 개방을 알아보라 한 것은 그것을 확인한 것뿐이었다. 위군… 그 녀석이……."

엽지혼은 가슴이 무너지는 듯했다.

"개방의 본모습은 네가 보았던 것과는 사뭇 다르다. 네가 본 개방은 정의파로서의 개방이지. 그건 가짜다. 가짜고 말고. 쿨럭쿨럭……."

정의파라는 말을 하면서 엽지혼의 얼굴은 일그러졌다.

"…진정한 개방은 오의파를 가리킨다. 오의파(汚衣派)는 기존에 개방이 추구해 왔던 길이다. 이들은 거지 생활을 중심에 두고 무림에 기여하고 깨달음을 얻어가는 사람들이다. 이 사부가 걸어온 길도 바로 오의파의 길이다. 반면 정의파란 네가 길에서 보았던 것처럼 철저히 무림인으로서의 개방의 길을 가는 것을 말한다. 스스로 거지임을 부끄러워하는 무리들이지. 개방은 원래 파가 없었지만 500년 전 신천용이라는 방주 때로부터 정의파가 생겨나게 되었다. 그 후로 개방은 엎치락덮치락하며 오의파와 정의파가 한 번씩 승기를 잡고 개방을 주도해 나가게 되었단다. 지금으로부터 150년 전부터 지금까지는 오의파의 길을 걸어오게 되었다. 그런데 이젠 위군이 방주가 되고 정의파로 돌변하게 된 것이야. 허억. 쿨럭쿨럭."

엽지혼은 온몸을 요동 치듯 기침을 해댄 후 울컥하고 피를 토해냈다.

"사부님, 이제 그만 말씀하세요."

표영이 놀라 얼른 부축했다.

"시간이 없는……."

엽지혼은 고통스럽게 얼굴을 찌푸리다 서서히 의식을 잃어갔고 표영의 얼굴도 참담하게 일그러졌다.

엽지혼은 낮 시간에도 예전의 활기 찬 모습을 찾을 수가 없었다. 그는 겨울의 막바지라 몸을 부르르 떨며 오한에 시달렸다.

"형, 추워. 너무 추워."

표영의 마음은 갈가리 찢기는 듯했다. 머지 않아 이별을 하게 될지도 모른다. 표영은 혼미한 사부의 몸을 꼭 끌어안았다.

"불을 피웠으니 조금만 참아. 이제 곧 나아질 거야."

와들와들 떨며 엽지혼은 표영의 품으로 파고들었다.
"형, 나 잘 동안 떠나면 안 돼. 알았지?"
"그래 난 항상 옆에 있을 거야. 아무 염려 하지 말고 푹 자둬."
표영은 안타까움에 들리지 않을 만큼 작게 중얼거렸다.
"사부님, 힘내세요. 약해지시면 안 돼요. 저를 떠나지 말아주세요."

다시 밤이 찾아왔다. 엽지혼은 홑이불을 둘러쓰고 오들오들 떨었다. 그에겐 마치 차가운 얼음 구덩이 속에 파묻혀 있는 것 같은 추위였다.
"영아! 네게 마지막으로 한 가지 부탁할 것이 있다. 너는 들어줄 수 있겠니?"
"마지막이라뇨. 그런 말씀 하지 마세요. 자꾸 그러시려면 부탁 같은 것은 아예 하지도 마세요."
표영은 마지막 부탁을 들어주면 홀가분하게 세상을 떠나려 할 것이라 생각했다. 하지만 엽지혼은 최후의 순간이, 그리고 하늘의 사자가 아주 가까이 와 있음을 알았다.
"허허, 녀석……. 그래, 마지막 부탁이란 말은 취소하마. 이제는 들어줄 수 있겠지?"
표영이 대답 대신 고개를 끄덕이자 엽지혼이 말을 이었다.
"좋아. 사나이가 약속을 했으니 두말을 해서는 안 된다. 알겠지?"
"이 제자 성심껏 따르겠습니다."
엽지혼은 추위에 떨면서도 얼굴에 웃음을 머금었다.
'녀석.'
"앞으로 개방은 네가 지켜주렴."
표영으로선 일순 정확한 뜻을 파악할 순 없었지만 단순하게 받아들였다.
 "개방을 위해 힘을 다하겠습니다."
 "그래, 좋다. 앞으로는 네가 방주다."
 느닷없는 말에 표영이 깜짝 놀라 반문했다.
 "방주라뇨? 어떻게 제가……."
 "후후후……. 쿨럭쿨럭… 내가 네게 한 달 전부터 가르치기 시작한 타구봉법을 기억하느냐? 너는 그것을 다 기억하고 있겠지?"
 표영이 그것을 잊을 리가 있겠는가. 다른 무공구결을 전수할 때와는 달리 얼마나 엄하게 가르치셨던가. 게다가 봉법의 변초는 얼마나 복잡다단했던가.
 "제자 잊지 않았습니다."
 "너는 타구봉법이 무엇을 의미하는지 모르고 있다. 그건 유일하게 방주만이 익힐 수 있는 비전절기다. 원래 방주를 나타내는 신물은 타구봉이 있지만 그것만으로는 방주라고 할 수 없다. 타구봉이 중요한 것이 아니라 타구봉으로 시전하는 타구봉법을 익힌 자라야만 진정한 방주라고 할 수 있기 때문이다. 너는 타구봉법을 익히지 않았느냐!"
 비로소 표영은 사부가 타구봉법을 가르칠 때 왜 그리도 엄했는지 이해할 수 있을 것 같았다. 하지만 그것을 받아들이기엔 너무나 당황스러웠다.
 "제가 어떻게……."
 표영이 말할 때 엽지혼이 손을 내저었다.
 "아까 네 녀석이 약속한 말을 잊은 것은 아니겠지? 쿨럭, 쿨럭!"
 그는 곧 숨이 넘어갈 만큼 거칠게 기침을 토해냈다. 이번 것은 실제 고통스러운 것이 아닌 꾸민 것이었지만 표영의 안색은 걱정으로 가득

찼다.
 "잘 들어라. 현재 방주 노위군은 타구봉법을 모르고 있다. 그러니 당연히 가짜일 수밖에. 사실 이건 내가 해야 할 일이지만 난 너를 제 자임과 동시에 아들과 같이 여기고 있다. 아버지가 못다 이룬 일을 그 아들이 받드는 것은 당연한 것이 아니겠느냐. 영아, 너는 그것을 충분히 해낼 만한 자격과 힘이 있다. 지금 내 앞에서 대답을 해라. 좋은 방주가 되겠다고."
 표영이 대답을 못하고 망설이자 엽지혼의 얼굴이 참담히 일그러지며 어디서 힘이 솟아났는지 크게 고함쳤다.
 "죽어도 눈을 감지 못하게 만들려 하느냐!"
 고함에 깜짝 놀란 표영은 그 기세에 눌리고 마음이 약해져 얼른 머리를 조아리고 대답했다.
 "이 제자 부족하나마 사부님의 가르침대로 따르겠습니다."
 "쿨럭쿨럭…… 좋아, 좋아……."
 엽지혼은 언제 화를 냈냐 싶게 웃음을 머금더니 손짓으로 표영을 가까이 오라고 했다.
 표영이 얼굴을 가까이 대자 엽지혼은 냅다 한 움큼의 침을 표영의 면상에 뱉어냈다.
 퉤~
 그가 말 대신 손짓으로 오라 한 것은 입 안에 침을 고이게 하기 위함이었던 것이다. 표영은 느닷없는 침 세례를 받게 되자 이마에서부터 흐르는 침을 닦을 생각도 않고 깜짝 놀라 물었다.
 "제가 사부님의 명을 받든다 하지 않았습니까. 아직도 마음이 풀리지 않으셨나요?"

사부가 아직 화가 덜 풀려 침을 뱉은 것이라 이해한 것이다.
"쿨럭, 쿨럭, 이제 진정으로 너는 개방의 방주가 되었다. 원래 개방의 법도엔 방주가 되기 전 문도들의 침을 그 몸에 받도록 되어 있지. 그 의미는 방주가 되었지만 자신은 변함없이 거지임을 잊지 말라는 교훈이다. 이 얼마나 멋진 말이더냐."
엽지혼은 유쾌하기 그지없었다. 자신의 삶은 비록 불행했지만 마지막은 큰 복을 받은 것이라 생각했다.
"오늘 내 너에게 타구봉을 주어야 하지만 나는 어리석게도 잃어버리고 말았구나. 방주는 모름지기 타구봉이 있어야 하니 앞으로는 네가 지니고 다니는 견왕봉을 타구봉으로 명하겠다."
그가 견왕봉을 타구봉으로 정한 것은 그저 모양과 형식을 갖추기 위함만은 아니었다. 실제 그는 견왕봉을 처음 만져 보았을 때 놀라움을 금치 못했다. 탄성과 강도가 타구봉에 견주어 손색이 없었기 때문이다. 단지 색깔이 타구봉이 청록이라면 견왕봉은 윤기 나는 검붉은 빛을 띠고 있다는 차이가 있을 뿐이었다.
표영은 그때까지도 묵묵히 이야기를 들었다. 이마에서 흘러내리는 침이 볼을 타고 한 방울 한 방울 흘러내릴 때까지도 닦을 생각조차 하지 않았다. 사부의 웃음소리가 점점 엷어져 가고 있음을 본 것이다.
"사부님의 부탁을 들어드렸으니 사부님도 저의 부탁을 한 가지 들어주십시오."
표영의 진지한 물음에 엽지혼은 홀가분한 마음으로 답했다.
"무엇이냐."
"사부님을 이렇게 만든 사람은 누구입니까?"
표영의 눈은 이글거리고 있었다.

"그건 네가 알 필요 없다."

엽지혼은 손을 가슴에 대고 인상을 찡그렸다.

'그래. 아닐 거야. 아니구 말구. 위군, 그 녀석이 야망이 있었다고 해도 내게 이런 짓을 했을 리는 없어. 암, 그렇고 말고. 절대 그렇게 하지 않았을 거야.'

엽지혼은 자꾸만 부인하고 싶었다. 진실이 어떻든 그는 제자에게 배신당했음을 생각조차 하기 싫었던 것이다.

"…누구냐가 중요한 것이 아니다. 네가 강호에서 '의를 숭상하라'는 개방의 가르침을 행한다면 자연히 그 근원을 알 수 있을 것이다. 애써 그에 착념하지 말거라. 그저 너는 너의 길을 가면 돼. 알겠느냐?"

표영은 그래도 다시 묻고 싶었다. 하지만 다시 묻지 못했다. 마지막 '알겠느냐?'라는 말을 할 때의 사부의 음성은 거의 들리지 않을 정도로 미약했기 때문이다. 극도로 악화된 심신에 자극을 더하고 싶지 않았다.

"오늘은 더 이상 말을 하기 힘들 것 같구나."

엽지혼은 더 이상 눈을 뜰 힘조차도 남지 않았다. 그저 본능적으로 희미한 호흡을 내쉴 뿐이었다. 그러나 엽지혼의 얼굴엔 그 어느 때보다 환한 미소가 감돌았다.

'이젠 훨훨 날아가고 싶다. 이 몸의 속박에서 벗어나 새처럼 자유롭게 날고 싶다. 저 아이는 잘 해낼 수 있겠지. 아무렴.'

가만히 실눈을 뜨고 옆을 바라보았다. 왠지 이끌리듯 눈이 돌아간 것이었는데 놀랍게도 동굴 입구에 온통 검은 옷을 입은 한 사람이 가만히 팔짱을 끼고 있는 것이 서 있는 것이 아닌가. 그의 얼굴은 희미하여 어떤 모습인지 확인하기 힘들었다.

'날 데려가려고 온 것이로군. 이보시오. 조금만 더 있으면 안 되겠소? 제자와 하루 정도 더 있고 싶구려.'

그는 속으로 말했다. 그러자 흑의를 걸친 신비인의 목소리가 들렸다.

「나 접응신(接應神), 그대를 데려가려 왔지만 하루 정도는 말미를 주겠다.」

'고맙소.'

엽지혼은 편안한 마음으로 깊은 잠에 빠져들었다.

표영은 가늘게 숨을 내쉰 채 잠들어 있는 사부를 걱정에 가득 찬 얼굴로 내려다보았다. 이미 정오가 지났건만 사부는 깨어날 기미가 없었다. 해질 무렵, 엽지혼은 가만히 눈을 떴다. 하지만 이미 그의 눈은 초점을 잃은 상태였다.

"형! 형! 어딨는 거야……."

"여기에 있어, 걱정 마."

"형, 앞이 보이질 않아. 왜 이렇게 어두운 거지?"

표영은 울컥하며 굵은 눈물을 쏟았다. 울먹거리는 목소리로 간신히 말했다.

"…지금은 캄캄한 밤이야. 달도… 뜨지 않아서 형 눈에도 아무것도 보이질 않아."

"형, 울어? 왜 우는 거야?"

"울긴. 내가 왜 울어. 난 울지 않아."

눈물을 꾹 참고 입술을 삐죽이며 표영이 답했다.

"으악~"

엽지혼은 고통스런 비명을 내질렀고 표영은 그런 사부를 꼭 끌어안았다.

"사부님!"

어느새 정신이 돌아왔는지 엽지혼이 가쁜 숨을 몰아쉬며 말했다.

"헉헉… 헉헉……. 영아, 내가 한 말들을 잊지 않았겠지? 부디…….'"

"네, 이 제자 명심하고 있습니다."

"넌 개방의 방주다… 개방의 방주야……. 으윽."

"네. 저는 개방의 방주예요. 훌륭한 방주가 될 거라구요."

하지만 다시 엽지혼은 정신을 잃고 중얼거렸다.

"형, 무서워……. 저기 검은 옷 입은 사람이 날 데려가려고 해. 제발 가까이 오지 못하도록 해줘."

표영은 주위를 둘러보았지만 누구도 보이지 않았다.

"…저기 있잖아……. 저 사람이 날 데려가려고 한단 말이야. 무서워……."

"걱정 마. 내가 쫓아내 줄게."

표영은 억지로 엄한 표정을 지으며 동굴 입구를 향해 버럭 소리를 내질렀다.

"썩 꺼지지 못해! 여기가 어디라고 함부로 들어오는 것이냐!"

동굴 입구에서 가만히 내려다보던 접응신은 조용히 발길을 옮겨 동굴에서 잠시 물러났다.

엽지혼은 혼미한 가운데 정신이 두 개로 분산되어 미친 상태와 정상적인 상태를 순식간에 반복했다.

"으어억…… 영아, 영아……. 형…… 추워. 형, 내 곁에 있어줄 거지? 영아, 너는 해낼 수 있겠지. 해낼 수 있을 거야. 형, 가지 마. 형."

이별의 아픔 99

"정신 차리세요, 사부님! 이대로 가실 순 없어요."

한동안 오락가락하던 엽지혼이 고통스러워하다가 힘겹게 눈을 떴다. 아까와는 달리 지극히 평온한 눈빛이었다. 언제 혼미했었냐는 듯한 모습이 아닐 수 없었다. 죽기 직전 정신이 돌아오는 '회광반조(廻光返照)' 현상이었다.

"허허… 녀석, 울고 있는 게냐. 넌 좀 더 모질어져야겠구나."

그는 눈을 돌려 어느새 가까이 다가와 있는 접응신에게 중얼거렸다.

"이제 갑시다. 시간을 줘서 고맙소이다."

흑의의 접응신은 작게 고개를 끄덕이며 엽지혼의 손을 잡았다.

「나는 그대에게 충분한 시간을 주었으니 너무 원망치 마시오. 그대의 제자는 당신의 염원을 저버리지 않을 것이니 걱정하지 않아도 될 것이오.」

"고맙구려. 함께 갑시다."

"어디를 가신다는 겁니까, 사부님."

"영아, 너는 오랜 후에 천천히 오거라. 알겠지?"

그 말이 끝남과 동시에 엽지혼은 눈을 감았다. 그는 한 마리의 새처럼 창공을 날아 구름 사이를 뚫고 환한 빛 가운데로 끝없이 날고 또 날았다. 그리고 어느새 빛 가운데로 파묻혀 그도 빛이 되었다. 엽지혼의 손이 서서히 식어가는 만큼 표영의 눈물은 방울방울 더해져만 갔다.

'저더러 떠나지 말라 하시더니 이렇게 떠나시는 건가요?'

불러도 대답없는 사부를 보며 표영은 가슴 한 귀퉁이가 떨어져 나가는 고통을 느껴야만 했다.

7장
삶과 죽음에 대한 깨달음

삶과 죽음에 대한 깨달음

 동굴에서 얼마 떨어지지 않은 곳엔 봉긋 솟아난 흙무더기가 생겨났다. 엽지혼의 무덤이었다. 표영은 그 앞에 마치 석상이라도 된 양 서 있었다. 사부를 묻고 난 후 벌써 네 시진(약 8시간)째다. 당장에라도 웃으며 달려올 것 같았지만 아무리 기다려도 어떤 소리조차 들리지 않았다.
 '사람이 살고 죽음은 과연 무엇인가. 사부님은 어디로 가신 걸까? 또 다른 세계로? 아니면 영영 사라져 버린 것일까? 모든 사람은 이렇게 죽는 것인가?'
 산비탈에 매달려 있다 죽은 괴이한 자를 보았을 때는 그저 두려움만 있었을 뿐이었다. 하지만 지금의 마음은 그런 두려움은 아무것도 아니었다. 정신적 충격 속에 짙은 허무와 절망감만이 하염없이 밀려들었다. 이제껏 풍요로움 속에 젖어 사랑하는 사람을 떠나보낸 적이 없는 표영에겐 너무도 힘겹고 감당하기 어려운 순간이었다.
 사부가 죽은 후 이틀이 지났다. 그동안 표영은 꿈쩍도 할 수가 없었다. 사부의 죽음을 순순히 받아들일 수 없었던 것이다. 하지만 날이 가도 사부는 돌아오지 않았다. 그저 가끔 새와 바람, 그리고 허전함과 지난날의 추억만이 스쳐 갈 뿐이었다.
 '사부님은 이제 돌아오지 않으시는 건가.'
 표영은 넋 나간 사람처럼 동굴을 떠났다. 어떤 목적지가 있는 것은 아니었다. 그저 정처없이 걷고 또 걸었다. 그저 발길이 움직이는 대로 몸이 갈 뿐이었다.
 '무림은 무엇이며, 또 개방은 무엇인가. 그 많은 무공들은 무슨 의미가 있을 것인가. 또한 방주가 되면 무엇하겠는가.'
 사부의 부탁도 그저 공허로울 뿐이었다. 모든 것이 결국 그 생명이 다하고 죽음에 이를 것이다. 단지 누가 빨리, 혹은 늦게 죽느냐의 시간 차가 있을 뿐이다.
 '인생은 그저 죽음이라는 표적을 향해 날 때부터 맹렬히 달려가는 화살인가.'
 한없이 걷다 보니 이곳이 어디쯤인지도 몰랐다. 단지 한 번도 가본 적이 없는 곳이었다. 표영에게 그런 것은 중요한 것이 아니었다. 그렇게 표영은 낮이든 밤이든 그저 걷기만 했다. 문득문득 풀숲에서 부스럭거리는 소리가 나면 당장에라도 사부가 뛰쳐나와 '형, 어디 가는 거야'라고 말할 것 같아 잠깐 멈추어 설 뿐이었다. 그때마다 토끼나 노루를 보고 다시 눈물을 흘렸다.
 열흘하고도 사흘이 지났다. 그동안 아무것도 먹지 못했다. 하물며 물 한 방울조차도……. 눈은 흐려지고 다리는 기력을 잃었다. 며칠이 지났는지조차 몰랐다. 사람이 아무것도 먹지 않은 채 생명을 유지할 수는 없지 않은가. 예로부터 남칠여구(男七女九)라 했다. 남자는 아무 것도 먹지 않고 칠 일 동안을 버틸 수 있고 여자는 구 일까지 버틸 수 있음을 뜻하는 말이다.

　보통 사람이라면 진작 쓰러져 죽었을 기간이었지만 천년하수오와 묵각혈망의 내단의 잠재된 힘과 내공 덕분에 간신히 버티고 있었다. 하지만 그러한 힘과 내공도 한계가 있는 법이다. 사람에게 있어 몸의 균형을 깨뜨리고 병을 생기게 하는 가장 큰 원인은 얽히고설킨 감정이다. 마음을 다스리지 못하게 되면 오히려 내공을 가진 자가 더욱 위험해지는 것이다.

　표영은 한참을 휘청거리며 걷다가 가슴이 큰 바위에 눌린 듯 답답해졌다. 주화입마가 닥친 것이다. 하늘이 노랗게 변하고 빙글빙글 돌았다. 이어 표영의 몸은 한줄기 아지랑이마냥 스멀거리더니 바닥으로 허물어졌다. 극도로 쇠약해진 몸과 마음으로 심마(心魔)에 빠진 표영은 바람이 불어도 비가 와도 깨어날 줄을 몰랐다.

　이제 열다섯 살인 조량은 의자에 앉아 턱을 괴고 침상을 바라보고 있었다. 침상 위에는 초췌한 몰골의 젊은 거지가 마치 죽은 듯이 누워 있었다. 조량은 홀어머니와 누나와 함께 치요산(恥蓼山) 중턱에 살고 있었는데 며칠 전 약초를 캐러 갔다가 숲 속에 쓰러진 거지를 발견하고 집으로 데려온 것이었다.

　조량은 비록 나이는 어렸지만 덩치는 어느 어른 못지 않게 컸고 힘도 그 또래들과는 비교할 수도 없을 만큼 장사였다. 만약 누구라도 얼굴을 보지 않고 뒷모습만을 본다면 모두들 건장한 청년으로 여길 것이 분명했다.

"누나, 이 거지님은 영영 깨어나지 않는 건 아닐까? 괜히 데려와서 송장 치르는 것은 아닌지 모르겠어."

조량은 옆에 앉아 있는 누나 조영을 향해 물었다. 덩치는 곰처럼 컸지만 목소리는 아이처럼 쫑알거리는 것이 어울리지 않아 보였지만 오히려 그것이 조량을 귀엽게 만들었다. 조량보다 세 살 많은 누나 조영은 의자에 앉아 뜨개질을 하다 동생의 말에 눈을 흘기며 조용히 나무랐다.

"그런 말 하면 못 써. 너는 죽어가는 사람을 데려와 복을 받을 일을 하구선 다시 말로 그 복을 달아나게 하려는 것이니. 어머니께서 잘 간호하라 하셨으니 조급하게 굴지 말고 기다려 보자꾸나."

나이에 비해 성숙한 조영은 어머니의 성품을 닮아 차분하고 지혜로웠다.

"알았어. 난 그냥 꼼짝도 하지 않기에 답답해서 한 소리였다구."

조량은 입을 삐죽거리며 꿍하게 답했지만 누나의 말이라면 언제나 꼬박꼬박 잘 듣는 편이었고 마음은 순진무구한 어린아이 같은 심성 그대로였다.

'누나의 말처럼 이대로 거지님이 죽는다면 힘들게 업고 온 정성은 물거품이 되는 것이겠지. 거지님아, 어서 일어나요.'

침상에 누워 있는 젊은 거지는 표영이었다. 조량의 집은 엽지혼의 동굴과는 십 리 정도 떨어진 곳이었다. 혼란한 마음에 걷고 또 걸어 산 하나를 넘은 것이었다. 표영이 구함을 얻고 누워 있은지 삼 일이 지났다. 아직까지 정기가 흐트러져 정신을 차리지 못했는데 그런 표영을 조량의 가족들은 자기 식구처럼 정성껏 간호해 주고 있었다. 이제 지루해진 조량이 몸이 근질거려 안달을 하다가 문득 침상을 바라보더니 얼굴을 환하게 밝히며 말했다.
"누나, 거지님이 꿈틀거렸어."
뜨개질을 멈춘 조영도 보았는지 얼른 자리를 일어섰다.
"정말? 어서 어머니를 모셔와야겠다."
조영은 기쁜 마음으로 밖으로 나갔고 조량이 표영에게 다가섰다.
"거지님아! 힘내요. 어서 깨어나서 열심히 구걸하고 다니셔야죠."
그 말을 듣기라도 한 듯 표영이 신음성을 발했다.
"으음……."
표영은 몇 번 신음 소리를 내더니 흐릿한 시선으로 서서히 눈을 떴다.

'여긴 어디지? 내가 죽은 건가?'
점점 눈에 초점이 잡히며 사물이 뚜렷해지자 가구며 옷가지, 집기들이 눈에 띄었다.

'죽은 것은 아니로구나.'
"하하하! 정신이 드나요, 거지님?"
큰 웃음소리에 옆으로 고개를 돌려보니 거구의 소년이 활짝 웃고 있었다. 표영이 멍한 표정 중에 의문스런 얼굴을 하자 조량이 얼른 답했다.
"하하, 이곳이 어딘지 궁금하신가 보죠? 여긴 저희 집이랍니다. 저는 처음에 거지님이 길바닥에 쓰러져 있기에 자고 있는 줄 알았지 뭐예요. 근데 왠지 이상한 느낌이 들어 가까이 가보니 숨 쉬는 것이 너무 약하지 뭐겠어요. 그래서 안 되겠다 싶어 이곳으로 모셔온 것이랍니다."

표영은 두 팔에 힘을 주어 몸을 일으켰다.
'꼬마야, 괜한 짓을 했구나.'
표영의 상태는 천년하수오와 묵각혈망의 내단의 영향으로 최악의 상황까지는 치닫지 않았지만 심기가 흐트러져 기가 얽히고 제자리를 찾지 못하고 있었다. 하지만 정성 어린 간호 덕분에 몸의 기능들이 어느 정도는 회복된 상태였다. 하지만 몸은 그렇다고 해도 마음까지 치유된 것은 아니었다. 아직까지도 깊은 절망과 우울함이 표영을 휩싸고 있었던 것이다.
"다행이군요."
조량의 모친인 연가려의 목소리였다. 그녀는 40대 후반의 단아한 외모를 지녔는데 목소리와 외모가 적절하게 어우러져 교양이 배어 나오는 모습이었다. 연가려가 물 그릇을 건네며 조용히 말했다.
"우선 목이 마를 테니 목부터 축이도록 하세요. 아들이 캐온 약초 중에 강활(羌活)을 넣은 거랍니다."
강활은 사지통(四肢痛) 등 몸살에 효험이 뛰어난 약재였다.
'좋은 사람들이로구나.'
표영은 고개를 끄덕이는 것으로 고마움을 표시한 후 그릇을 받아 들었다. 물을 마시려고 그릇을 들여다보는데 고인 물이 출렁이며 사부의 모습이 아스라이 떠올랐다. 화사하게 웃는 사부의 얼굴을 대하자 가슴이 저려오며 울컥하자 눈물이 그릇 안으로 떨어졌다.
연가려는 눈물을 흘리는 표영을 보고 차분히 위로해 주었다.
"무슨 좋지 않은 일이 있었나 보구려. 사람이 살다 보면 늘 좋은 일만 있을 수는 없답니다. 그러니 용기를 잃지 마세요. 물을 마신 후 미음을 준비해 두었으니 들도록 해요. 그리고 당분간 몸이 좋아질 때까지 이곳에서 머물도록 하세요. 부담 같은 것은 가질 필요 없답니다. 세상에서 제일 중요한 것은 사람의 생명이니까요."

표영은 그 말에 다시금 울컥하고 눈물을 쏟았다. 가장 소중한 생명이 사라지는 것을 보았던 까닭이다.

표영이 깨어난 지 한 달 정도가 지났고 기력은 어느 정도 회복되어 갔다. 하지만 그것은 말 그대로 어느 정도일 뿐이었다. 만병의 근원은 마음이라 하지 않던가. 죽음에 대해 온전히 이해하지 못한 표영으로서는 마치 큰 바위가 가슴을 누르고 있는 듯 답답하기만 했다.

"이봐요. 밖에 산책 나가지 않을래요?"

"거지님, 함께 바람이나 쐬러 가시죠."

조영, 조량 두 남매는 늘 침상에서 멍한 표정으로 앉아 있는 게 안타까워 이렇게 말을 걸곤 했다. 하지만 그럴 때마다 표영은 작게 미소만 짓고 고개를 가로저어 사양했다. 표영의 눈은 사물을 볼 수 있음은 예전과 똑같았으나 그 안에 절망이 서려 있어 밝은 호의마저 죽은 듯 비춰질 뿐이었다.

'결국 이들도 언젠가는 죽겠지.'

모든 삶이 그저 허무하게만 느껴졌다. 그럴 때면 아직 어린 조량은 뾰루퉁해졌다.

"치, 거지님도 참. 산책이라도 하면 몸이 좋아질 텐데 계속 누워만 있네."

조량은 어머니와 누나가 거지님이라고 부르지 말라고 해도 그때마다 그렇게 하겠다고 대답하고선 정작 표영을 대할 땐 꼬박꼬박 거지님이라고 불렀다. 표영은 모두가 잘 대해주었지만 이젠 서서히 떠나야겠다고 생각했다.

'너무 이 집에 오래 머물렀구나. 말은 하지 않아도 이들도 힘들겠지. 내일 아침엔 떠나도록 하자.'

해질 무렵, 표영은 침상에 앉아 창밖으로 노을 지는 하늘을 바라보았다. 힘있게 솟아오른 태양도 그 강한 빛을 거두고 스러져 가고 있었다.

'아침에 빛나던 이슬도 끝내 마르고, 활짝 핀 아름다운 꽃도 시들며, 태양도 저렇듯 저물어가는구나.'

그렇게 허무한 망상에 젖어 있을 때 창가에서 두 남매가 대화를 나누는 소리가 들렸다. 그리 크게 말하는 소리는 아니었지만 말 한마디 한마디가 자세히 귓가에 파고들었다. 표영의 청력은 무공을 익히기 전과는 비할 수 없이 발달한 터였다.

"누나, 아버지는 이제 정말 볼 수 없는 거야? 다시 오실 순 없는 걸까?"

남동생 조량의 목소리는 약간 침울했다. 오늘따라 6개월 전에 떠난 아버지가 보고파진 것이다. 조량의 아버지 조무천은 원래 지방 관리였다. 하지만 비리와 권력에 눈먼 상부의 관리들에게 환멸을 느끼고 가산을 정리하여 이곳에서 가족과 자연을 벗삼기로 하고 옮겨오게 되었다. 그런 조무천이 2년 전부터 갑자기 지병이 생겨 얼마 전 세상을 뜬 것이었다. 동생의 질문에 조영은 조량의 머리를 쓰다듬으며 따스하게 말했다.

"량아, 아버지는 저기 하늘로 가셨다고 이야기했잖니. 한번 하늘에 올라가시게 되면 우리가 깨어 있을 땐 내려오지 않으셔. 단지 잠들어 있을 때만 내려오신단다. 그땐 머리도 쓰다듬어 주시고 우리의 손도 잡아주시지."

"흥, 거짓말치지 마."

"정말 이래두."

"전에도 누나 말을 듣고 내가 밤에 잠자는 척하며 아버지를 기다렸지만 한 번도 내려오시는 걸 보지 못했는걸."

치기 어린 조량의 말에 조영이 작게 미소 지으며 말했다.

"그건 당연하지."

"뭐가?"

"너는 잠자는 척만 했을 뿐이지 진짜 잠든 것은 아니었으니까 말이야. 그건 그저 눈만 감고 있는 것이니 당연히 그때는 내려오지 않으신 거야."

"음… 그러니까 누나 말은 내가 깊이 잠들어 있을 땐 다녀가신다 이 말이야?"

"그렇구 말구. 그리고 하늘에는 신비한 큰 거울이 있어서 매일 그 거울로 아버지께선 우리를 보고 계신단다."

조량은 눈을 동그랗게 뜨고 하늘을 올려다보았다.

"지금도 보고 계실까?"

"그럼, 당연하지."

표영은 침상에서 조용히 들리는 둘의 이야기에 깊이 빠져들었다.

'이들도 마음의 상처를 입었구나.'

걱정 근심 없어 보이던 이 가족들이 고작 6개월 전에 아버지를 잃었다는 것은 표영에겐 뜻밖이었다. 왠지 모르게 마음에 파문이 일며 두 남매의 말에 귀를 기울였다.

조영의 말이 이어졌다.

"하늘엔 아버지의 친구 분들도 많이 있지 않겠니. 만약에 우리가 착하게 지내면 아버진 하늘에서 큰 거울로 우리를 보시면서 다른 분들께 이렇게 자랑하실 거야. '자, 봐. 우리 아들일세. 얼마나 훌륭한지 보란 말이네' 하고 말이야. 하지만 우리가 어머니 말씀도 듣지 않고 나쁜 짓만 골라 하면 아버진 하늘에서 더 이상 거울로 우리의 모습을 보시려 하지 않으실 거야. 다른 이들에게 부끄러울 테니 말이야. 그러니 너는 아버지가 계시지 않는다고 아무렇게나 행동해서는 안 돼. 알겠지?"

"응, 누나. 난 언제나 아버지가 거울을 보며 자랑스러워할 아들이 될게."

표영은 남매의 대화에 얼음처럼 굳어버린 마음이 열리는 것을 느꼈다.

"그래, 역시 우리 량이는 착하구나. 근데 량아, 네가 한 가지 잊지 말아야 할 것이 있단다."

"그게 뭔데?"

"아버지는 떠나셨지만 이 세상에 남겨놓으신 보물이 있다는 것을 알고 있니?"

"어? 그런 게 있었어? 왜 내겐 이제야 말하는 거야?"

"너도 그 보물은 이미 잘 알고 있는걸."

"피, 거짓말. 난 들어본 적도 없다구."

조량이 입술을 삐죽 내밀고 뾰루퉁해졌다.

"호호… 량아, 잘 들으렴. 아버지가 남기신 보물은 바로 너와 이 누나야. 아버지가 제일 아끼신 것은 금이나 은, 보석 같은 것이 아니란다. 아버지는 떠나셨지만 보물 같은 너와 나를 세상에 남겨두고 가셨

잖니. 우리로 인해 아버지는 세상에 남아 계신 거란다. 우리는 아버지의 핏줄을 이어받았고, 아버지의 가르침을 받았지 않니. 그리고 아버지의 사랑이 우리 마음속에 있잖아. 그러니 우리가 살아 있는 동안 우리 속엔 아버지가 계신 것이나 다름없어. 우리 안에 아버지의 사랑이 머물고 아버지의 가르침이 우리의 행동을 통해 세상에 나타나거든. 그러니 아버지는 하늘에 계시지만 우리를 통해 살아가시는 것이나 다름이 없다는 말이야. 그치만 우리가 아버지의 말씀을 따르지 않고 자꾸만 나쁜 길로만 빠진다면 이 세상 어디에서도 아버지를 찾을 수는 없을 거야."

"응, 그거였어? 하하, 나도 아버지가 내 마음에서 사라지지 않도록 노력해야겠네."

"우리 량이는 역시 똑똑하다니까. 호호호."

"하하하하."

가만히 이야기를 듣던 표영의 마음엔 큰 파도가 일었다. 사실 두 남매의 대화는 그리 대수로울 것은 없었다. 누가 듣더라도 그냥 씨익 웃고 지나갈 만한 이야기 정도였다. 하지만 지금의 표영에게 있어서 둘의 대화는 심마를 열고 나올 열쇠와 같았다.

"우리 안에 아버지의 사랑이 머물고 아버지의 가르침이 우리의 행동을 통해 세상에 나타나잖니."

누나 조영의 목소리가 귓가에 머물며 윙윙거렸다.

'사람은 죽음을 피할 수 없다. 하지만 흔적을 남긴다. 그는 떠난 것이 아니라 흔적으로 남아 지켜본다. 나에겐 누구의 흔적이 있는가. 사

부의 흔적……. 사부가 내게 남기고 싶어했던, 그래서 나와 함께하고 싶어했던 것이 있지 않던가.'

　침상에 앉아 두 무릎에 머리를 파묻은 채 표영은 깨달음에 서서히 다가갔다. 사부의 음성이 수없이 스치고 지나갔다.

　"하늘은 말이야. 참으로 마음이 넓기도 하시지. 이 늙은이가 말년을 쓸쓸하게 보낼 것을 염려하신 나머지 하늘은 너를 보내주지 않으셨더냐. 난 너를 만난 것만으로도 그저 하늘에 감사할 따름이다."
　"나의 꺼지지 않은 희망은 바로 너다."
　"네가 진정으로 날 위하는 마음을 품고 있다면… 하루속히 훌륭한 무인의 모습을 갖추거라."
　"형, 가지 마."
　"허허… 녀석, 울고 있는 게냐. 넌 좀 더 모질어져야겠구나."

　표영은 가슴 깊은 곳에서 탁한 덩어리가 치솟아오름을 느꼈다. 그 덩어리는 표영의 가슴을 세차게 울리다가 기도를 타고 올라왔.
　울컥.
　입에서 검붉은 핏덩어리가 토해져 침상을 물들였고 그 충격에 허물어지듯이 표영은 쓰러졌다. 하지만 쓰러진 표영의 얼굴은 조량의 집에서 보낸 어떤 날과도 달리 환하게 밝아져 있었다. 절망의 끝자락에서 구원의 밧줄을 잡고 나락을 벗어나 생명에 대한 각성을 이룬 것이다.

　표영이 깨어난 것은 다음날 아침이 되어서였다. 눈을 뜨자 창에서 비춰오는 햇살이 따갑게 다가와 눈을 부시게 했다. 하지만 오늘의 햇살은 다른 날과는 사뭇 달랐다. 절망적으로 왜곡되어 비추던 햇살이 그렇게 따사롭게 느껴질 수가 없었다. 눈을 돌려 이부자리를 보니 깨끗하게 정리가 되어 있었다. 게다가 옷도 바뀌어 있었다. 소매가 길게 늘어진 것이 조량의 옷임이 분명했다.

자리에서 일어난 표영은 밖으로 나가 길게 숨을 들이켰다. 마음이 변하자 세상도 달라져 있었다. 표영은 한 모금의 숨으로 기를 운행했다. 그러자 모든 진기가 거침없이 온몸을 주유하는 게 느껴졌다. 오히려 그전보다 내공이 더 진보한 것 같았다. 손을 휘젓고 허리를 돌리며 몸을 풀고 있을 때 뒤에서 조량이 부르는 소리가 들렸다.

"거지님, 일어나셨군요. 어젠 피를 토하시더니 괜찮아지신 건가요? 날도 추운데 안으로 들어가시죠."

표영이 공손하게 허리를 숙이고 말했다.

"저는 괜찮습니다. 돌봐주신 덕분에 몸이 많이 좋아졌답니다."

조량은 깜짝 놀랐다. 말을 한 것이다.

"어라? 거지님도 말을 하실 줄 아는군요? 하하하. 전 벙어린 줄 알았답니다. 야, 뜻밖인데요."

아직 어린 조량의 악의없는 말이었다.

"하하하, 그러셨군요."

표영도 밝게 웃었다. 조량은 거지님의 얼굴이 비록 더럽긴 해도 그전과는 확연히 달라진 것을 알아볼 수 있었다. 왠지 얼굴에서 광채가 나는 듯했는데 그건 피부 색깔에서 느끼는 것과는 다른 것이었다.

"거지님, 말 편하게 하세요. 전 덩치는 이래도 아직 어리답니다. 동생같이 대하세요."

"하하, 그래도 될까."

"그럼요. 야~ 이제 나도 형이 생겼네. 이곳에서는 또래 친구도 없고 엄마와 누나만 있으니 너무 심심하답니다. 자, 우리 여기 앉아서 얘기나 할까요?"

그때부터 조량은 쉴 새 없이 말을 해대기 시작했다. 덩치는 곰처럼 큰데 작은 입술에서 쫑알쫑알 새어 나오는 것이 여간 귀여운 것이 아니었다. 조량은 말 못하고 죽은 귀신이 붙기라도 한 듯 자신에 대한 이야기며 누나에 대한 이야기, 그리고 산의 풍경이며 산책하기 좋은 곳 등등을 이야기하느라 정신이 없었다. 표영은 한마디도 끼어들지 못할 정도였다.

"근데요, 저에겐 걱정이 한 가지 있답니다. 이건 정말 큰 비밀인데 형에게만 이야기해 줄게요. 절대 이 이야기는 누나나 엄마에게 해서는 안 돼요. 알겠죠?"

표영이 고개를 끄덕이자 조량의 말이 이어졌다.

"저는 아까도 이야기했다시피 주로 약초를 캐러 다니거든요. 그러다 보니 이곳에서 좀 떨어진 산에까지 갈 때가 있어요. 저기, 저 산 보이죠? 꼭 말 머리 모양같이 생긴 곳 말예요."

조량은 손가락으로 멀리 있는 산을 가리켰다. 그곳의 정상은 조량의 말대로 말머리의 형상을 띠고 있었다.

"저 산 이름은 말 머리 모양이어서 마두산(馬頭山)이라고 불러요. 근데 저곳에는 아주 나쁜 산적들이 살고 있지 뭐예요."

"음, 산적들이 너를 괴롭힌 모양이로구나."

"많이 괴롭혔죠. 처음엔 산적들과 대판 싸웠어요. 서너 명 정도는 이겨볼 수 있겠는데 10명 남짓 달려드니까 도저히 이기지 못하겠더라구요.”
 표영이 그 말에 눈을 동그랗게 뜨자 조량이 어색한 웃음을 지으며 말했다.
 “제가 힘 좀 쓰거든요. 하지만 그 후가 문제였어요. 산적들은 저를 때리긴 했지만 그렇게 많이 때리진 않더라구요. 저는 잡히자 이제 죽었구나! 생각했죠. 근데 산적 두목이 제게 이렇게 말하지 않겠어요. '너, 우리와 같이 산적하지 않을래?' 라구요. 전 화들짝 놀라 절대 할 수 없다고 했죠. 제 솜씨를 보고 자기 편으로 끌어들일 생각이었던 모양이에요. 짜식들, 그래도 사람 볼 줄은 알아가지구. 어쨌든 제가 산적은 죽어도 하지 않겠다고 하자 어르고 달래며 산적질도 할 만하다며 계속 꼬시지 않겠어요? 하지만 저는 아버지께 부탁받은 게 있어 그들 말이 아무리 꿀처럼 달아도 따를 수가 없었답니다. 아버진 마지막 돌아가시면서 제게 엄마와 누나를 지켜주라고 하셨거든요. 그렇게 제가 끝까지 산적을 하지 않겠다고 하자 그들도 포기했는지 절 그냥 보내주더라구요. 근데 마두산에 갈 때마다 저를 보면 산적하자고 졸라대서 요즘은 그곳으로 잘 가질 않아요. 그 산적 두목 말로는 일이 년 후에 두목급으로 만들어주겠다고까지 하더라구요. 하지만 두목 같은 거 하면 뭐 하겠어요. 전 가족과 오순도순 있는 게 좋은데요.”
 “하하, 동생은 마음이 아주 착하군. 음, 그럼 내가 오늘 형 된 기념으로 약속을 하지. 산적들은 내가 손을 봐주기로 말이야.”
 표영의 말에 조량은 호탕하게 웃었다.
 “하하하… 하하하. 정말요? 약속하신 거예요? 하하하.”
 조량은 말은 그렇게 했지만 실제로는 그저 농담으로 생각할 뿐이었다.

"그럼, 약속하구 말구."
하지만 표영은 조량의 말을 마음속에 담아두었다.
"형! 내가 한 이야기는 절대 말해선 안 돼요. 알겠죠? 만약 이 이야기를 누나나 엄마가 듣게 되면 크게 걱정하실 거예요. 그렇게 되면 앞으로 약초를 캐지 못하게 하실지도 모른다구요."
표영은 미소를 띠며 고개를 끄덕였다. 그리고 가만히 산적들에 대한 이야기를 되새기자 한 가지 의문이 들었다.
'왜 강호엔 정파들이 많이 있으면서도 그런 무리들을 그냥 내버려두는 것일까? 말만 정파일 뿐이지 않은가. 무공을 익힘이 무엇 때문이란 말인가. 내가 방주가 되는 날에는 깨끗하게 정리를 해야겠다.'
그 후 조량과 표영은 몇 마디를 더 나누다가 조영이 아침 식사하라며 부르자 안으로 들었다. 식사를 마친 후 자리를 일어서기 전 표영은 조량의 모친 연가려에게 공손히 말했다.
"이제 몸도 좋아진 듯하니 이만 떠나볼까 합니다."
뜻밖의 말에 연가려는 걱정스런 얼굴로 만류했다.
"어떻게 그런 몸으로 떠나겠다는 거예요? 부담을 갖는 거라면 그럴 필요 없어요. 혹시 우리가 뭐 서운하게 한 것이라도 있나요?"
"서운한 것이라뇨. 가족처럼 대해주셔서 마음이 얼마나 편했는지 모른답니다. 단지 이제 몸도 좋아지고 제가 해야 할 일을 서둘러야 할 것 같기 때문입니다. 그러니 너무 염려치 마십시오."
연가려도 가만히 보니 표영이 전과는 다른 모습임을 어느 정도 느낄 수 있었다. 뭔지 모를 밝은 기운이 감싸고 있는 듯 보인 것이다. 그건 마치 어둠 가운데 있다가 밝은 햇살 아래 나온 것만 같았다. 그녀는 표영의 말에서 단호함을 읽고서 고개를 끄덕였다.

"정 그렇다면 어쩔 수 없지요. 그동안 지켜보니 마음 고생이 심했던 것 같더군요. 하지만 아직은 젊은 나이임을 잊지 말아요. 젊었을 때의 고생은 오히려 값진 것이랍니다. 어려운 일이 닥칠 때마다 용기를 잃지 말길 바래요. 저도 부족하지만 훌륭한 사람이 되길 두 손 모아 하늘에 빌어드리겠어요."

"형, 정말 가실 거예요?"

표영이 미소를 띠고 고개를 끄덕였다.

"에이, 형이 생겨 좋았는데 생긴 지 얼마 되지도 않아 떠나 버리는 게 어디 있어!"

"하하. 량아, 나중에 만나거든 너는 이 형을 못 본 체하진 말거라."

"그럼 당연하구 말구. 우리 나중에 꼭 만나자구, 형."

표영은 정오가 되기 전에 조량의 집을 나섰고 조량은 표영이 보이지 않을 때까지 한참을 그렇게 바라보았다.

표영은 조량의 집을 나와 언덕을 몇 개 넘은 후 산 위로 향했다. 진기가 충만한 상태라 한 발 한 발 떼는 게 마치 구름을 밟고 지나듯이 가볍기만 했다. 잠시 후, 산 정상에 오른 표영은 깎아지른 듯한 절벽의 끝자락에 섰다. 세찬 바람이 불어와 옷자락이 터질 듯이 부풀어 오르며 펄럭였다. 표영은 온 세상이 한눈에 들어오는 듯한 광경을 내려다보며 크게 호흡을 가다듬은 후 두 손을 입에 모으고 큰 소리로 외쳤다.

"사부님~!"

사부님~ 멀리까지 소리가 나갔다가 다시 길게 메아리가 되어 돌아왔다.

"제자, 이제 강호로 나갑니다. 지켜봐 주실 거죠~"
 양떼구름 한 조각이 표영의 눈에 들어섰다. 순간 바람이 일었는지 구름은 그 모양을 바꾸었다.
 "사부님의 가르침을… 세상에 나타내겠습니다. 함께 가시는 겁니다. 알겠죠~"
 구름은 어느새 모양을 바꾸었는데 그건 껄껄껄 웃는 사부의 얼굴이었다.
 ─그래, 나는 너와 함께하마. 하하하하.
 표영이 두 손을 번쩍 치켜들며 크게 웃었다.
 "하하하하! 가시죠, 사부님. 하하하하!"

8장
개방 방주로서의 위용

개방 방주로서의 위용

 마두산(馬頭山)을 근거지로 두고 있는 칠마단(七魔團)은 오랜만에 그럴싸한 건수를 올리고 낮부터 술을 마셔대며 큰 소리로 떠들고 있었다. 꽤나 부잣집 것으로 보이는 아낙네들의 마차를 급습해 호위무사들과 하인들은 물론이거니와 귀부인들과 하녀들까지 모두 가두어 둔 터였다. 이제 실컷 술을 마신 후 여인들과의 잠자리만이 남은 것이다. 더군다나 오늘은 칠마단의 최고두령인 양축의 45번째 맞는 생일이기도 했으니 분위기는 한껏 달아올라 있었다.
 "크하하하! 술맛 기가 막히는구나."
 "얼마 만에 보는 여자더냐."
 "벌써 온몸이 근질근질하구먼. 컬컬컬컬."
 칠마단의 일곱 두령은 한마디씩 큰소리치며 한껏 들떠 있었다. 두 목들의 기분이 그러하니 밑에 부하들도 기분이 좋기는 마찬가지였다.

비록 자신들까지 그 여인들을 차지하진 못할지라도 이런 날은 통상 마을에 내려가 계집질을 하도록 두목들이 선심을 썼기 때문이었다. 질펀하게 먹고 마시며 정신이 없을 때였다. 삼두령 무대명이 언뜻 눈을 들어 앞을 바라보다가 멈칫했다. 그의 눈에 10여 장(대략 30미터) 정도 떨어진 곳에 떨거지 하나가 서 있음을 본 것이다.

'어라? 저 거지새끼가 언제부터 저기 있었지?'

어찌나 추접한 몰골이던지 무대명으로서는 찬물을 뒤집어쓴 듯 술맛이 싹 달아나 버렸다. 그는 자리를 박차고 일어나 큰 소리로 고함쳤다.

"야! 거지새끼야! 거기 서서 뭐 하는 것이냐?"

워낙 큰 소리였던지라 술을 마시던 산적들은 하나같이 놀라 무대명이 바라보고 있는 곳을 바라보았다. 모두들 갑작스레 등장한 거지가 신기하기도 했지만 기분이 잡치기는 무대명과 같았다.

"어라, 웬 거지지?"

"클클, 요즘 거지는 산적에게까지 구걸을 하러 다니는 건가? 별 놈의 거지새끼를 다 보는구만."

"말세야, 말세. 우리 산적을 뭘로 보고 이곳까지 와서 추접을 떤단 말이냐."

"요즘 거지들은 영 싹수가 없군."

"머리통에 쓰레기만 들어서 제정신을 못 차리는 거냐! 콱 그냥 머리통을 빠개 버릴까 보다."

역시 산적들이라 입이 거칠기 그지없었다. 하지만 거지는 그저 씨익 하고 웃을 뿐 그 외 아무런 반응도 없었다. 그때 최고두령인 양축이 호탕한 웃음을 날리며 말했다.

"으하하하하⋯⋯ 거지 녀석이 배포가 있구나. 오늘은 내가 세상에 태어난 날이니 다른 날과는 달라야 되겠지. 야, 새끼야! 이리 와라. 오늘 기분이 좋으니 너도 한잔해라."

최고두령의 말이 이렇게 나오자 다른 두령이나 부하들은 킬킬거리기만 할 뿐 더 이상 거지를 타박하진 않았다. 하지만 거지의 입에서 나온 말은 모두의 심장을 뒤집어놓기에 충분했다.

"자식, 꼴갑떨고 있네."

얼굴에 미소를 띤 채 입술을 작게 오물거리며 하는 말이었지만 소리는 또렷하게 모두의 귀에 박혔다. 이토록 자비를 베풀었건만 한낱 거지가 비웃어 버린 것이다. 너무 황당한 말이 거지의 입에서 나왔기에 모두는 아주 잠시 동안 시간이 정지한 듯 몸이 굳어져 버렸다. 술을 따르던 손도 중도에서 멈춰지며 술만 잔을 넘어섰고, 웃던 사람도 그 모습 그대로 정지해 버렸으며, 고기를 씹고 있던 게걸스러운 입도 고기가 절반 정도 삐쳐 나온 채 멈춰 서버렸다. 하지만 그것은 아주 짧은 순간에 불과했다.

잠시 후 모든 산적은 앞에 놓인 상을 뒤엎고선 광분에 차 자리를 박차고 일어났다. 부하들이 일시에 옆 자리에 놓아두었던 도끼며 사슬, 칼 등의 무기를 들고 뛰쳐나갔다. 하지만 그들의 발걸음은 더 이상 앞으로 나가지 못했다.

"멈춰라."

최고두령 양축의 명령이었다. 양축은 젊은 거지가 전혀 두려워하는 기색도 없이 여전히 미소를 띠고 있자 심상치 않은 기운을 감지했다. 산적들의 숫자는 대략 100여 명이 넘는다. 그런 가운데서도 전혀 주눅 든 기색이 없음은 거지의 정체에 대해 고심하게 만들었다.

'뭐지, 저놈은? 대단한 고수이거나 미친놈일 것이다. 만에 하나 뜻밖의 고수라면……'

그나마 다행인 것은 거지의 나이가 새파랗게 젊다는 것이었다. 뜻하지 않은 고수일 가능성은 그만큼 적은 것이다. 그는 부하들 앞쪽으로 걸어나오며 물었다.

"너는 대체 누구냐?"

양축은 언제 술에 취했냐는 듯 또박또박한 목소리였다. 역시 두목다웠다. 두목이 정색을 하고 묻자 나머지 두령과 부하들도 왠지 모를 긴장에 사로잡혀 어떤 대답이 나올지 기다렸다.

"나는……"

고요가 사방을 장악했다. 개미 한 마리가 지나가는 소리까지 들릴 만큼 고요하기 그지없었다. 그때 누군가가 꽤나 긴장했던지 침을 꿀꺽 하고 삼키는 소리가 들렸다. 작은 소리였지만 워낙 고요한지라 커다란 소리처럼 모두에겐 들렸다. 침 삼키는 소리는 마치 전염성을 지닌 듯 이곳저곳에서 연달아 마른침을 삼키는 소리가 나오게 만들었다.

'과연 누구일까……'

산적들은 뚫어져라 거지의 입을 주시했다.

"나는… 거지다."

뭔가 거창한 것을 기대했던 산적들은 어이없는 대답에 맥이 탁 풀렸다. 그리곤 실실거리다가 급기야 언제 긴장했냐는 듯 깔깔대고 웃느라 정신이 없었다.

"푸하하하! 거지라니."

"역시 거지새끼였구먼."

"야, 새끼야! 괜히 긴장했잖아!"
"짜식, 되게 웃기네."
최고두령 양축마저도 긴장이 풀리며 실실거렸다.
'허허, 내가 너무 깊게 생각했군. 뭐든지 쉬운 것을 어렵게 생각하면 괜히 일이 꼬이게 되는 법이지. 저놈은 그냥 거지라고 하지 않는가.'
산적들 앞에서 태연히 거지라고 말한 이는 그럼 과연 누구인가. 당연히 표영이었다. 조량과의 약속을 지키기 위해 곧바로 칠마단의 본거지로 달려온 것이었다. 모두들 웃느라고 정신이 없을 때 표영이 가만히 뒷짐을 지고 발길을 옮기며 입을 열었다.
"오늘 내가 여기 온 것은 약속을 지키기 위함이다."
역시 주용한 음성이었지만 또렷하게 귓가에 파고드는지라 산적들의 웃음이 잦아들었고 모두는 귀를 기울였다. 표영이 천음조화를 운용해 음성을 발한 탓이었다.
"사실 나는 얼마 전까지 기분이 매우 좋지 않았다. 너희가 그때 나를 만났다면 너희들의 다리 하나씩을 부러뜨린 후에 말을 시작했을 것이다. 하지만 지금은 작은 각성(覺醒)을 이루었고 기분도 좋으니 특별히 그냥 넘어가도록 하겠다."
너무나 광오한 말에 산적들은 웃음조차 짓지 못했다. 대체 자신들의 숫자가 몇 명인가 말이다. 좀 깎아준다고 해도 100대 1이 아닌가. 게다가 일곱 두령들이 한 명도 외부로 출타하지 않은 채 모여 있는 상황이다. 헌데 미치지 않고서야 어찌 저런 말을 눈 하나 깜박이지 않고 한단 말인가. 그들의 생각이야 어찌 됐든 표영은 말을 계속했다.
"똑똑히 들어라. 앞으로 이곳은 폐쇄한다. 그리고 너희들은 모두

간단히 짐을 챙겨 고향으로 돌아가도록 한다. 고향에 가거든 그동안 못다 한 효를 행하며 속죄하며 살아라. 결혼도 하고 아이도 낳고 음, 오순도순 살아라. 내 말이 무슨 말인지 알겠느냐?"

표영의 말이 끝나자 산적들은 드디어 발작을 일으키기 시작했다. 산적들은 왜 자신들이 지금까지 꼬박꼬박 말을 들어주고 있었는지에 대해 생각지도 못한 채 광분하기에 여념이 없었다.

"이 자식이 죽고 싶어 환장을 했구나! 죽어라, 임마~!"

"간다!"

"거지면 다냐! 거지라고 우리가 봐줄 것 같으냐!"

"나는 봐주겠다. 거지 놈의 면상을 봐버릴 테다!"

온갖 함성을 내지르며 두령부터 말단 부하들까지 깡그리 몰려들었다. 표영은 '풋!' 하고 웃으며 뒷짐을 풀지 않은 채 풍운보(風雲步)를 시전했다.

산적들은 우르르 달려들어 각자의 무기를 뽑아 들고 때려죽이겠다며 달려들어 저어댔다. 어지러운 광경이 펼쳐지고 부옇게 먼지가 일어나는 가운데 표영은 100여 명의 산적들 사이사이를 바람처럼 누볐다. 비록 좁은 틈바구니였지만 이들의 무공 수준은 저급하기 이를 데 없어 피하는 것은 어려울 게 없었다.

마치 이 장면은 멀리서 보노라면 산보를 나온 사람이 자연을 구경하며 걷는 것처럼 보일 것이다. 여기저기 눈을 돌리고 주위를 구경하면서 표영은 도(刀)와 검(劍), 사슬 등 각종 무기와 주먹과 발길질을 피했다. 잠시 후 약간의 시간이 지나면서 여기저기서 비명이 요란스럽게 울려 퍼졌다.

"으악! 내 코야. 어떤 새끼야!"

"크웩! 왜 날 때리시는 거예요, 두목님."
"어? 어… 그래, 미안하다."
"야, 새끼야! 칼을 어디다가 들이미는 거야. 배에 구멍날 뻔했잖아!"
"으어억……!"
"사람 살려~"
"허춘, 이 새끼야, 왜 날 죽이려드는 거냐. 죽고 싶으냐!"
"널 찌르려고 한 게 아니었어."
"그래도 새끼야, 죽을 뻔했잖아. 너도 맛 좀 봐라!"

우르르 몰려 표영 하나를 잡겠다고 무기를 휘둘러 대다 보니 정작 목표물은 번번이 놓치고 자기 편을 공격하는 꼴이 돼버리고 만 것이었다. 어떤 경우는 표영을 공격하는 것엔 관심이 없고 서로 치고 받고 난리가 아니었다.

그렇게 희롱당하면서도 산적들은 깡이 있었다. 여전히 미친놈들처럼 휘젓고 땀을 뻘뻘 흘리며 이리 뛰고 저리 뛰었다. 이미 이때는 벌써 100여 명 중에 50명이 부상을 당해 바깥쪽으로 빠져나가 몸을 치료하고 있는 처지가 되었다. 거의 반 시진(약 1시간)이 지났을 때 산적들은 급기야 탈진해 그 자리에서 끝내 모두 허물어지고 말았다. 어느덧 공터엔 백여 명이 패잔병처럼 드러누워 씩씩대고 있었고 유일하게 서 있는 사람은 표영 혼자뿐이었다. 표영은 씨익 웃으면서 이마에서 흘러내리는 한 방울의 땀을 손으로 찍어냈다.

'땀이 났군. 아직은 너무 부족해.'

부족하다고는 했지만 그것은 최고에 대한 부족함이었을 뿐 첫 무공 운용치고는 훌륭하기 그지없었다.

산적들은 바닥에 누워 숨을 고르면서 여러 생각을 했다. 나쁜 머리를 굴리며 방금 전의 상황을 기억해 보았다. 한 대도 맞추지 못한 것이 떠올랐다. 게다가 상대는 전혀 지친 기색이라고는 찾아볼 수가 없지 않은가. 거지가 본격적으로 공격을 했다면 아까 말한 대로 다리 한쪽이 문제가 아닐 것이 분명했다. 최고두목 양축도 잘못 걸렸다고 생각했다.

'씨이~ 이젠 죽었군.'

모두들 헐떡거림이 어느 정도 안정되는 듯싶자 표영이 산적들이 쓰러져 있는 곳에서 벗어나 약간 떨어진 곳에 있는 나무 쪽으로 향했다.

"나무야, 너에겐 미안하다만 사람의 발을 부러뜨리는 것보다는 네가 희생하는 것이 더 낫겠지?"

나무는 덩치 큰 어른의 몸통만한 굵기를 지녔다. 산적들은 느닷없이 거지가 나무를 보고 말을 걸자 괴이함을 떨치지 못하고 누운 채 주시했다.

'저 새끼, 뭘 하려고 저러나.'

'혹시 미친놈 아닐까? 나무하고 말을 하네.'

'이씨~ 어쨌든 잘못 걸렸어.'

표영은 나무 앞에 서 있다가 몸을 두 번 회전시키더니 뒤돌려차는 수법으로 기로 나무를 걷어찼다. 각법인 회구각(回狗脚)이었다. 현란한 움직임으로 뻗어 나간 발길질을 얻어맞은 나무는 '우지끈' 소리와 함께 허리가 동강나 버렸다.

"허걱!"

"뭐, 뭐냐."

"갑자기 왜 저러시는 거지?"

우지끈 소리와 함께 나무가 쓰러질 때 산적들의 가슴은 철렁 내려앉았다. 표영은 뒤돌아서서 조용한 음색으로 말했다.

 "자, 앞으로 다섯을 세겠다. 그 안에 앞쪽으로 10줄을 맞추고 그 뒤로 반듯하게 정렬하도록 한다. 하나, 둘, 셋……."

 다섯은 물론이고 넷까지 셀 필요도 없었다. 번개의 빠름이 이 정도일까. 산적들은 후닥닥 뛰어와 알아서 구령을 붙이고 열 줄을 맞춘 후 그 뒤로 정렬했다. 그중 최고두목 양축은 식은땀을 흘리며 뒤를 돌아보며 줄 맞추라고 난리였다.

 "야, 새끼야! 너, 구파영! 줄 똑바로 못 맞춰! 내가 그렇게밖에 교육 못 시켰어? 저걸 그냥!"

 연신 고함을 질러대는 양축에게 표영이 다가오더니 타구봉을 꺼내 그의 머리를 톡톡 건드렸다.

 "너."

 "네?"

 "너나 조용히 해."

 "네? 아, 네……. 알겠습니다요. 헤헤헤."

 모든 산적들은 이제껏 두목이 헤헤거리는 것을 본 적이 없었다. 언제나 호탕했으며 사내다움을 강조했던 두목이 아니던가. 그들은 한 인간이 거대한 힘 앞에서 얼마나 빨리 변하고 망가질 수 있는가를 실감했다.

 표영이 헛기침을 하고 뇌까렸다.

 "세 가지 길을 선택하도록 기회를 주겠다. 잘 들어라. 첫째, 고분고분 말을 잘 들은 후 고향으로 직행한다. 둘째, 실컷 얻어터진 후에 고향으로 돌아간다. 셋째, 여기서 그냥 뼈를 묻는다. 자, 이중에 세 번째를 택할 사람 있으면 손 들도록."

산적들은 숨소리조차 내지 않고 쥐 죽은 듯이 고요했다. 자칫 숨이라도 크게 쉴라치면 오해해서 죽여 버릴까 봐 두려운 것이다.

"좋아. 그럼 두 번째를 택할 사람?"

여전히 고요함이 주변을 장악했다.

"그럼 모두 첫 번째를 택하겠다는 것이냐?"

표영의 말에 기다렸다는 듯이 모든 산적이 대답했다.

"네~!"

서당에서 훈장님의 말씀에 대답하는 어린 서생들이나 보여줄 수 있는 일체감을 산적들은 서슴없이 보여주었다.

"후후, 의외로 순진한 녀석들이군. 맘에 들었다."

표영은 만족한 듯 고개를 끄덕이고 천천히 걸음을 옮겼다.

"사실 나는 너희를 믿지 못하는 것은 아니지만 사람 일이란 것은 알 수가 없는 것이거든. 지금은 내 앞이라 고분고분하는 척하지만 뒤돌아서면 언제 딴 짓을 할지도 모르잖느냐."

두목 양축이 큰 소리로 끼어들었다.

"저희를 믿으십시오! 사내대장부로서 어찌 두말을 할 수가 있겠습니까!"

역시 대장다운 발언이었다. 표영은 다시 타구봉으로 머리를 톡톡 치며 말했다.

"음… 사내대장부라… 좋은 말이지. 그런데 그런 사내대장부가 산적질을 일삼고 있었다 이거렷다. 아주 훌륭한 사내대장부로군. 그렇지 않아?"

양축은 얼굴을 붉게 물들인 채 아무런 말도 못했다.

"네가 사내대장부라면 나랑 한판 붙어보겠느냐?"

그러자 양축이 손을 마구 흔들며 소리쳤다.

"아하하… 아하하……. 저 사실은 사내대장부 아닙니다요. 진짜라구요. 저 진짜 별것 아니에요. 애송이에 불과합니다요. 헤헤헤……."

그런 두목의 급변에 부하 산적들의 얼굴이 핼쑥해졌다. 그들은 머리 속에서 오늘 아침까지 두목이 했던 말이 떠오른 탓이었다.

"우리는 사내대장부다. 그렇지 않느냐! 남자답게 호탕하게 오늘 하루를 시작하자. 으하하하!"

하지만 곧 이어 모든 산적들 또한 같은 처지에 놓이게 되었다. 표영의 말이 떨어진 것이다.

"여기 사내대장부가 또 있나?"

모든 산적들은 혹시 오해를 받을까 손을 휘저으며 난리가 아니었다.

"전 아닙니다."

"그냥 수놈일 뿐입니다!"

"사내대장부를 접은 지 오래되었습니다요."

"다른 사람은 몰라도 저는 사내대장부하고 거리가 너무 멉니다."

그 외에도 무수히 부인하는 말들이 쏟아졌고 급기야 이런 말까지 나왔다.

"저는 원래 여자였습니다요."

표영은 기가 막힌 듯 속으로 웃음을 머금었다.

'하하하, 아주 웃기는 놈들이군. 이놈들하고 함께 지내면 심심하진

않겠는걸.'

하지만 겉으로는 만족한다는 듯 고개를 끄덕거린 후에 물었다.
"혹시 이곳에 개를 키우고 있나?"
그 말에 양축이 냉큼 대답했다.
"헤헤, 개는 없습니다요. 전에 한 마리 있었는데 여름에 보신을 하느라고… 배가 고프신 겁니까요? 먹을 것은 많이 있습니다요. 제가 또 요리에도 일가견이 있는지라… 한요리 합죠."
"살아 있는 놈이라야 한다. 음… 개가 없다면 산에서 늑대라도 한 마리 잡아와야겠군."
표영은 앞줄에 앉은 산적들 중 무작위로 세 명을 지목했다.
"너! 너! 너! 너희들은 반 시진 안으로 늑대 한 마리를 잡아오도록 한다. 반드시 생포해야 한다는 것을 잊어선 안 된다. 알겠나?"
앞줄의 세 명은 이 두령 미효문과 오 두령 노강, 그리고 칠 두령 백충이었다.
"네. 한 마리면 되겠습니까?"
"그래. 속히 갔다 오도록."
세 명은 발에 불이라도 붙은 듯 달려갔다. 그들의 모습에 흐뭇함을 느끼고 표영은 남은 시간 동안을 가치있게 보내기 위해 모든 산적에게 지시를 내렸다.
"여기 남아 있는 너희들은 늑대를 잡아올 동안 고향을 생각하며 시(詩) 한 편씩을 짓도록 한다. 시의 내용은 고향과 부모님을 중심으로 한다. 만약 정성이 담겨 있지 않은 것이 발견되면 각오해야 할 것이다."
표영은 산적들의 마음을 다그치기 위해서 나무가 있는 곳으로 향했다. 이번 나무는 아까 허리가 두 동강난 나무보다는 작은 것이었다. 산적들은 또 나무를 부러뜨리려는가 보다고 생각하고 마음을 졸이며 바라보았다.

"잘 봐라. 나무가 인사하는 것을 보여주겠다. 고향에 가거든 이렇게 부모님께 절을 드려야 할 것이다."

표영은 타구봉법의 인(引)자결을 이용해 나무 앞쪽에서 타구봉을 끌어당겼다. 봉은 나무에 닿지도 않은 상태였다. 놀랍게도 굵은 나무 기둥은 활처럼 표영 쪽으로 굽어졌다. 거기서 다시 전(轉)자결을 이용해 봉을 한 바퀴 회전시킨 후 쭉 밀었다. 그러자 나무는 한차례 휘청하더니만 반대 방향으로 출렁하고 젖혀졌다. 나무의 제일 위쪽이 땅에 닿아 있는 채로 확 구부러진 형상이 된 것이다.

표영이 봉을 한차례 떨치자 나무는 다시 본래의 모양으로 돌아왔다. 그 광경을 지켜본 산적들은 벌어진 입을 다물지 못했다. 나무가 절을 한다길래 무슨 소린가 했는데 정말로 꾸벅 하고 인사를 하는 것이 아닌가. 게다가 전혀 나무에 손이나 봉을 대지도 않은 상태에서 이루어진 것이라 그들의 놀라움은 극에 달했다. 모두는 자칫 까불다간 허리가 저렇게 역으로 휘어져 버릴지도 모른다는 생각에 식은땀을 주르르 흘렸다. 황망히 놀라고 있던 중 최고두령 양축이 황급한 목소리로 부하들을 다그쳤다.

"자, 어서 시(詩)를 쓰자!"

그 말에 산적들은 서둘러 일정한 간격을 벌리고 손으로 땅바닥에 글자를 적어가기 시작했다.

"좋아. 훌륭하다. 다 쓰거든 돌아가면서 이쪽 끝에서부터 낭독하도록. 나는 잠시 안에 들어가서 준비할 것이 있으니 열심히들 해야 한다."

개방 방주로서의 위용 135

표영의 말에 모든 산적들이 모두 머리를 조아렸다.
"편히 쉬십시오, 두목님."
처음에 등장할 때의 거지새끼라는 호칭에서 두목이란 호칭으로 삽시간에 승격되어 버린 것이다. 산적들은 이미 두려움에 사로잡힌지라 도망칠 엄두도 내지 못하고 마냥 시를 쓰느라 정신이 없었다. 이제껏 머리에 털나고 한 번도 시를 써보지 않았던 산적들에겐 이보다 더한 고문이 없었지만 맞아 죽지 않으려면 어쩔 수 없는 것이다. 표영은 산적들의 부지런한 모습을 뒤로하고 두목의 거처로 보이는 곳으로 들어가 웃통을 벗고 자리에 앉았다.
"자, 그럼 늑대를 잡아올 동안 약을 만들어볼까. 하하하."
표영은 자신이 생각해 봐도 기가 막힌 방법이라 기분이 좋아져 껄껄거렸다.
"알약을 만드니만큼 멋진 이름을 지어야겠다. 음, 뭐가 좋을까. 나쁜 녀석들을 선하게 되돌리는 것이니 회선환(回善丸)이라 해야겠구나. 회선환. 하하, 좋은걸."

표영이 거의 백여 개가 넘는 회선환을 만들었을 때 바깥에서 조심스런 음성이 들렸다.
"두목님! 늑대가 도착했습니다요."
어느덧 표영은 두목으로 칭호되고 있었다.
"알았다. 기다리고 있어라."
표영은 만든 회선환 중에 하나를 들고 싱글벙글한 얼굴로 산적들에게 향했다. 산적들은 그때까지도 각자 지은 시를 읊고 있었고 그 앞에 늑대 한 마리가 네 다리가 밧줄에 꽁꽁 묶인 채 바닥에 드러누워 낑낑

대고 있었다. 표영이 가까이 이르자 시를 읊던 산적의 목소리가 우렁차게 변했다.
"사랑하는 어머니께 이 시를 바칩니다!"
표영은 일단 들어보기로 했다.

한낱 새조차도 집이 있고 미련한 곰도 굴이 있어 드나든다.
미물의 본성이 이러하건만 나는 과연 무엇을 하였던가.
길 잃은 송아지마냥 정처없이 떠돌기만 했구나.
내 고향 그곳에 나의 어머니는 오늘도 나를 생각하시겠지.

이제 와 후회하지만 아직은 기회가 있다.
나에겐 돌아갈 곳이 있고 기다리는 어머니가 계시지 않던가.
과거와 지금은 불효자가 되었으나
이제 나는 천하에 이름을 떨칠 효자가 되리라.

산적치고는 그럴싸한 내용이었다. 시를 들은 표영은 문득 부모님의 얼굴이 떠올랐다.
'잘 계시겠지? 형은 돌아왔을까? 나는 언제쯤 집으로 돌아갈까.'
집을 떠나온 지를 꼽아보니 어느새 4년이 넘었다. 마음 같아서는 당장에라도 가고 싶었지만 사부와의 약속을 지켜야 한다는 마음이 앞섰다.
'개방의 일이 어느 정도 정리되면 그때 가도록 하자.'
표영은 상념을 떨쳐 내고 산적들을 바라보았다.
"자, 너희들이 쓴 시를 잊지 말고 평생을 그런 마음으로 살아야 한다."

"명심하겠습니다, 두목님."

"허허… 참……."

두목이라는 말이 낯선 표영은 어이없다는 웃음을 지었다.

"자, 늑대를 풀어라."

미효문과 노강이 밧줄을 풀자 늑대는 사나운 이를 드러내며 으르렁거렸다. 하지만 그것도 잠시 표영의 눈빛과 마주치기가 무섭게 언제 이를 드러냈냐는 듯 쏙 감추고 오들오들 떨기 시작했다. 어느새 표영이 흉악육식으로 갈고 닦은 눈빛을 뿜어낸 까닭이었다. 호랑이나 곰조차 두려워할 눈빛에 늑대가 쫄아들지 않을 수 없는 노릇이었다.

늑대를 잡으러 갔던 미효문과 노강, 그리고 백충은 놀라움을 금치 못했다. 이놈을 생포하려고 얼마나 고생을 했던가. 어찌나 포악한 놈인지 미효문의 허벅지가 긁히기까지 하고 잡아온 터였다. 그런데 이제 눈빛 한 방에 순한 개같이 변해 버린 것이다.

'허허, 요즘 늑대들은 무림고수를 알아보나? 거참.'

표영이 늑대에게 다가가 늑대의 머리통을 오른손으로 톡톡 치고 왼손으로는 작고 새까만 회선환(回善丸)을 들어 보이며 산적들에게 말했다.

"늑대에게 먼저 시범을 보이도록 하겠다. 여기 이건 회선환(回善丸)이라고 하는 독약이다. 내가 조정하기에 따라 그 정도의 차이는 있지만 함부로 해독할 수 없는 독이라는 것을 잊지 말아라. 자, 일단 이것을 먹이도록 하겠다."

표영은 잔뜩 겁먹은 늑대의 입을 벌리고 회선환을 집어넣었다. 늑대는 견왕의 기세에 눌려 어쩔 수 없이 텁텁한 맛의 회선환을 꿀꺽 하고 삼켰다.

"이 늑대는 내 회선환을 먹었다. 이번에 먹인 것은 즉시 효력을 나타내는 것이어서 잠시 후 늑대는 죽게 될 것이다."

산적들은 도대체 무슨 의도로 자꾸 독약 이야기를 하는지 불안하기 그지없었다. 그들은 마음으로 주문을 외우듯이 부정했다.

'설마 저것을 우리보고 먹으라고 하는 것은 아닐 거야. 그럼. 저분은 착한 분인 것 같지 않더냐. 우리를 한 대도 패지 않은 것만 봐도 알 수 있는 거라구.'

'근데 정말 늑대가 죽긴 죽는 걸까?'

"자, 늑대의 상태를 한번 볼까?"

표영은 늑대의 입을 벌리며 이곳저곳을 살피는 척하다가 검지 끝을 통해 몸 안에 내재된 오극전갈의 독을 미세하게 발출했다. 아주 적은 양이었다. 하지만 늑대는 순식간에 '커억' 하는 소리와 함께 몸이 경직되더니 옆으로 그대로 쓰러져 버렸다. 바르르 떠는 것조차 없었다. 그냥 죽어버린 것이다. 오극전갈의 독의 위력이 여실히 드러나는 순간이었다. 시전한 표영조차도 나타난 현상에 놀랄 지경이었다.

'정말 함부로 사용할 게 못 되는구나.'

표영이 놀랄 지경이었으니 산적들의 놀라움은 어떠했겠는가. 모두의 얼굴은 백색 분가루를 바르기라도 한 듯 새하얗게 변해 버리고 말았다. 나무를 부러뜨리고, 절하게 했던 것에서 느꼈던 두려움은 이것에 비하면 아무것도 아니었다.

"잘 봤겠지. 회선단의 위력은 막강하지만 그 정도의 차이에 따라 곧바로 죽기도 하고 1년, 혹은 십 년까지 생명을 유지하게도 한다. 그 중 오늘 내가 너희들에게 먹일 회선단은 바로 10년 후에 발작을 일으키는 것이다."
　아무렇지도 않게 담담히 하는 말에 산적들은 난리가 아니었다. 절반은 땅에 주저앉아 통곡을 하며 '엄마~'를 외쳤고 거의 나머지 절반은 표영에게 달려들어 바짓자락을 붙들고 사정하기 시작했다.
　"엉엉… 엄마~ 엄마~"
　"흐흐흑… 이대로 죽을 순 없습니다요. 흑흑."
　"잘못했습니다요, 잘못했습니다요. 앞으론 절대 나쁜 짓 안 하겠습니다요. 엉엉."
　"죽을죄를 지었습니다. 원래 저는 산적하려고 했던 것이 아닙니다. 두목님, 살려주세요."
　"왜 내가 이렇게 죽어야 하는 거야… 어엉… 어엉……."
　삽시간에 울음바다로 변해 버리자 표영은 짐짓 화난 목소리로 꾸짖었다.
　"울음을 그치고 내 몸에서 떨어지지 못해! 셋 셀 동안 우는소리가 나면 모두 저승으로 보내주겠다. 하나… 둘… 셋……."
　다시 거짓말같이 고요가 찾아들었다. 하지만 산적들은 소리만 내지 않을 뿐 눈에선 눈물이 하염없이 쏟아지고 있었다.
　"너희들이 먹을 회선환(回善丸)은 늑대가 먹은 것과는 성질이 다른 것이다. 회선이라는 말 그대로 너희의 성품이 선(善)한 길로 접어들면 저절로 해독이 되도록 되어 있다. 하지만 그렇지 않고 여전히 악한 짓을 저지르고 다닌다면 중도에라도 발작을 일으켜 목숨을 보전하기 어려울 것이다. 그건 악한 마음을 품게 되면 몸속에서 그 기운이 독을 자극해서 활성화시키기 때문이다. 알겠느냐? 더 이상 이 문제로 토를 달지 말도록. 자, 일렬로 줄을 서서 따라와라."

산적들은 이제껏 산전수전 다 겪고 수많은 이야기를 들어봤지만 선하게 살면 해독된다는 말은 들어보지도 못했다. 하지만 지금 산적들에겐 선택의 여지가 없었다.

'제길, 내 인생이 어쩌다 이렇게 비참하게 되었단 말인가. 이제 독약을 먹고 죽어야 할 처지가 아닌가.'

하지만 한편으론 정말 그럴지도 모른다는 생각도 들었다.

'만약에 우리를 죽이려고 했다면 그냥 몽둥이로 패 죽였어도 우린 진작에 죽었을 것이다. 원래 독약은 만들기가 쉽지 않아 극한 상황이 아니면 사용하지 않는다고 하지 않던가. 그런데도 우리에게 회선환을 먹이려 하는 걸 보면 어쩌면 그 말이 맞는 것일지도 모르겠다.'

산적들이 나름대로 해석을 하고 있을 때 표영은 성큼성큼 걸어가 회선환을 만들어놓은 곳으로 향했다. 산적들은 마치 자석에 끌리듯이 축 처진 걸음으로 그 뒤를 따랐다. 표영은 회선환을 집어 들고 제일 첫 번째에 선 양축에게 말했다.

"꼭꼭 씹어 먹어야 한다. 알겠느냐? 자, 받아라."

양축은 눈물을 흘리며 떨리는 손으로 받아 들었다.

"정말이지 이거 안 먹으면 안 될까요?"

"내가 먹여주랴?"

"아닙니다요, 제가 먹겠습니다요. 근데 이거 물 없이 그냥 먹어도 되나요?"

어떻게 하면 조금이라도 시간을 끌어볼 양이었다.

"셋 셀까?"

양축은 어쩔 수 없이 회선환을 입에 넣고 느린 동작으로 서서히 씹었다. 매캐한 냄새가 코를 찌르는 것이 정말 독이구나라는 생각이 들었다.

"흑흑흑……."

우그적 우그적.

이 회선환은 과연 무엇으로 만들어진 것일까? 회선환의 재료는 한 가지였다. 그건 바로 표영이 늘 몸에 지니고 다니는 때였다. 여기엔 독이라고는 하나도 섞이지 않은 순수한 때로만 이루어졌다. 웃통을 벗은 채 만들었던 이유가 여기에 있었던 것이다.

"음, 좋아. 잘하고 있어. 조금 텁텁할 거야. 그래도 아무 이상이 없는 것이니 너무 겁먹진 마라."

양축은 입 안이 끈적끈적한 게 구토가 나올 것 같았다. 꿀떡꿀떡 삼키고 싶었지만 치아 사이사이에 끼는지라 빼 먹기가 여간 힘든 게 아니었다.

"조금이라도 남기면 곤란해."

"흑흑… 알았습니다요."

눈물을 머금고 양축이 회선환을 복용한 후에 뒤를 이어 순서대로 먹게 되었다. 산적 중에 담력이 약한 녀석은 먹고 난 후 충격을 받고 혼절하는가 하면, 또 어떤 이는 도저히 먹을 수 없다며 발버둥치다가 강제로 먹은 후 아무 말도 없이 바닥에 주저앉아 실없이 웃기도 했다. 개중엔 자기 것이 다른 사람들 것보다 더 크다며 바꿔달라고 하는 이도 있었다.

표영이 때를 비벼 만들 때 어떤 것은 더 많이 들어간 것도 있었던 것이다. 긴 시간이 지나고 끝내 모든 산적들이 회선환을 먹어치웠다. 표영으로서는 그동안 애지중지하게 모아두었던 때들의 손실이긴 했지만 마음만은 더없이 만족스러웠다.

"자, 이제 어서들 짐을 챙겨 각자 고향으로 떠나라. 그리고 사로잡은 이들은 모두 풀어주고 그들이 온전히 돌아갈 수 있도록 노잣돈을 챙겨주도록. 알겠나?"

아무도 대답하는 이가 없었다. 모든 산적들은 얼빠진 사람마냥 그저 하늘만 바라보고 있었던 것이다.

"대답을 하지 않는다 이거렷다. 좋다. 회선환을 하나씩 더 복용토록 해주마."

그 말은 다른 어떤 말보다도 효과가 있었다. 부랴부랴 일어나 손을 저으며 말했다.

"명대로 하겠습니다. 자, 자, 서두르자."

산적들은 침통한 가운데서도 바쁘게 움직이며 짐을 챙기는 한편 포로들을 풀어주었다. 어느덧 등에 짐 보따리를 짊어진 산적들은 서로를 끌어안고 작별 인사를 나누고 표영에게로 와 작별을 고했다.

"이만 가보겠습니다요. 근데 정말 말씀하신 것 확실한 거죠?"

표영이 믿음직스럽게 고개를 끄덕여 주었다.

"앞으로 열심히 살겠습니다."

산적들은 약간은 침통한 뒷모습을 보이며 하나둘 표영의 시야에서 사라졌다. 모두가 떠난 뒤 텅 빈 산채에는 표영만이 덩그러니 남았다.

"좋아. 이제 본격적으로 거지의 삶을 살아볼까! 하하하!"

만족스런 웃음을 날리며 표영도 산을 내려갔다.

9장
천계의 바쁜 나날들

천계의 바쁜 나날들

　지상계의 모든 이들이 생각하길 천계(天界)는 날마다 여유로운 시간이 넘치리라는 환상을 가지고 있을지도 모른다. 하지만 그것은 잘못 알아도 한참을 잘못 알고 있음이다. 물론 천계의 일반 시민들이야 나름대로 행복한 여가 생활을 즐기고 있는 것이 사실이지만 천계의 지도부는 그렇지 못했다. 지상계와 마옥(魔獄)에서 끊임없이 발생하는 여러 가지 일들을 신속히 처리해야 하기에 휴가를 즐길 여유조차 없는 형편인 것이다.
　그럼 천계의 대신들은 모두들 마지못해서 일하고 있는가 하면 그건 또 아니다. 그들은 하나같이 모든 일을 함에 있어 감사하는 마음과 벅찬 감동으로 일을 수행하기 때문이다. 더불어 대신들의 정신 세계가 이미 기쁨을 창조해 낼 수 있는 고도의 정신으로 무장되어 있는 까닭에 불평 따윈 존재할 수도 없었다.

천계의 주된 일은 지상계와 마옥을 관장하는 것이지만 엄밀히 따지자면 대부분은 지상계를 살피고 질서를 유지해 가는 것이라 할 수 있었다. 형벌의 장소인 마옥에도 문제가 발생하지 않는 것은 아니다. 허나 그곳은 대천신의 명을 받들고 사명을 다하는 염왕이 굳건히 버티고서 소란이 일 때면 적절한 조치를 취하곤 했다.

마옥은 과거 500년 전 대역무도한 반란이 일어난 때를 제외하곤 아직까지 크게 소란스럽지 않았다. 그 당시의 사건은 마옥에 수용되었던 십마존(十魔尊)들이 탈출을 기도하고 천계를 전복하고자 한 일이었다. 하지만 대천신과 십사성존이 그 세력이 커지기 전에 일거에 제압함으로써 마옥의 소용돌이를 잠재울 수 있었다. 그 후 염왕 혼자로서는 무리라는 판단 아래 일곱의 화염검신을 보내 돕도록 했는데 그 뒤로는 별다른 소동이 아직까지 없었다.

이날도 대천신을 위시한 천계의 대신들은 하루의 일과를 점검하고 하루 동안에 처리해야 할 일을 분석하기에 여념이 없었다. 그 일들은 과거 표영의 어머니 화연실의 기원을 들어 응답하였던 것과 비슷한 성질의 것들이었다. 천하 각지에서 향기가 되어 하늘로 올라오는 사연들 중에는 눈물이 없이는 볼 수 없는 것들이 너무도 많았다. 그처럼 하늘을 감동시키는 일들에 대해서는 '하늘도 그에 감동하였다' 라는 성어(成語)가 헛되지 않음을 보여주어야만 했다. 찬란한 보좌에 좌정한 대천신이 옥색 광채를 빛내며 입을 열었다.

"하북성 남쪽에 있는 금후라는 아이에 대한 조치는 어떻게 되었느냐?"

대천신의 물음에 녹운신이 초록 광채 속에서 공손히 답했다.

"선약실(仙藥室)에서 산삼 제조가 이미 끝났다고 하옵니다. 떠날 채비가 되었으니 바로 출발하면 되옵나이다."

대천신은 만족한 듯 옥색 광채 속에서 백색 광무를 일으키며 고개를 끄덕였다.

"음, 좋다. 늦지 않게 어서 가보도록 하여라."

녹운신은 깊이 허리를 숙이고 초록색 연기와 함께 자리에서 사라졌다. 그는 떠나면서도 마음이 기쁘기 그지없었다. 여러 일들 중에 가장 기쁜 것은 뭐니 뭐니 해도 효성이 지극한 사람을 돕는 일이었다. 녹운신이 떠난 뒤 대천신은 적운신을 불렀다.

"적운신! 제금선의 위기와 천년거북의 겁난에 대한 것은 어떻게 되었느냐?"

적운신이 붉은 기운을 출렁이며 답했다.

"조금 뒤면 바다의 풍랑이 거세져 제 노인은 두 번째 생명의 위험에 놓이게 되었사옵나이다. 그와 상생의 관계에 있는 천년거북 또한 근처에 배려해 놓았으니 서로 도와 생명으로 나아가도록 하면 되옵나이다."

"차질이 없도록 하라. 그는 살면서 많은 이들에게 선행을 베풀고 아직도 그의 도움을 받아야 할 사람이 천하에 가득하니 혼신의 힘을 다해 구해야 할 것이다. 머뭇거리지 말고 지금부터 가서 조치토록 하라."

대천신의 불꽃 같은 명령에 적운신이 깊이 허리를 숙였다.

"대천신님의 크신 자비에 감사드리옵니다. 속하, 지금 떠나도록 하겠나이다."

말이 끝남과 동시에 적운신 또한 붉은 광채가 화르르 타오르며 서서히 장내에서 사라졌다. 이어 대천신의 눈길은 황운신에게 닿았다. 하지만 녹운신과 적운신에게 대했던 것과는 달리 대천신의 음성은 노기를 가득 띤 채였다.

"네 이놈! 내 누누이 헛된 약속을 남발하지 말라고 했건만 어찌 그리도 경솔하더란 말이냐! 아직까지 눈가림으로 하늘을 기만하는 이들과 진실로 하늘을 두려워하는 자들을 구별하지 못한단 말이더냐. 고얀 놈 같으니."

어찌나 노기가 대단했던지 옥색 광채 속에서 화공이 치솟아오르며 당장에라도 황운신을 덮칠 것만 같았다. 황운신은 감히 몸 둘 바를 모른 채 바닥에 무릎을 꿇고 연신 머리를 조아리기 바빴다.

"속하, 죽을죄를 지었습니다. 구허천에게 약조한 것은 저의 크나큰 실수이옵니다. 저의 우둔함을 벌하여 주소서."

"고얀 놈."

대천신은 그래도 노기가 안 풀리는지 한참 씩씩거리다가 말문을 열었다.

"어떠한 약속이든 한번 맺어진 것을 소홀히 할 수는 없는 일이니 가서 그를 돕도록 하라. 네가 그와 약조한 대로 세 번의 기회를 주겠다. 어서 썩 물러가라."

황운신은 식은땀을 흘리며 아무런 대꾸도 하지 못했다. 그가 이처럼 대천신의 분노를 산 것은 삼 년 전에 있었던 한 가지 일 때문이었다. 그땐 지상계에서 다른 임무를 완수하고 돌아오던 중이었다. 황운신은 외진 산길에서 정성스럽게 기원을 올리는 한 사람을 보게 되었는데 그가 바로 구허천이었다. 황운신은 호기심이 일어 가만히 지켜보게 되었는데 그 기원하는 내용이 어찌나 갸륵하고 복된 말들을 하던지 그만 크게 감동을 받고 말았다. 황운신은 그 자리에서 구허천 앞에 모습을 드러내고 그에게 약조를 했다. 그것은 생명의 위기를 넘길 세 번의 기회를 주겠노라고.

하지만 황운신은 구허천에 대해 모르는 것이 있었으니 그것은 바로 구허천이 사악한 점쟁이 도사라는 점이었다. 구허천으로서는 여러 사람을 속이기 위해 하늘을 향해 정성껏 기원을 올리는 시늉을 했던 것이며 암중에 살피는 사람들을 미혹하기 위함이었는데 뜻밖에도 황운신이 걸려든 것이다. 일이 이 지경에 이르고 보니 하늘의 대천신이 분노하지 않을 수 있겠는가. 최고의 분별력과 지혜를 갖추었다는 십사성존의 한 명으로서 도저히 행할 수 없는 일이었던 것이다. 하지만 약속은 약속이니만큼 삼라만상의 질서를 위해서 지키지 않을 수 없어 대천신은 부득불 황운신을 보내게 된 것이다. 지금 그 거짓 점쟁이가 위험에 처해 있어 하늘을 향해 도움을 요청하고 있었던 것이다.

"미천한 속하, 명을 받드옵니다."

기어 들어가는 소리를 낸 후 스멀스멀 금빛 광채가 옅어짐과 함께 황운신이 천계에서 지상계로 이동해 갔다. 황운신의 사라지는 모습을 바라보며 대천신은 한숨을 내쉬었다.

"휴우~ 저 녀석은 마음이 모질지 못한 것이 흠이야."

아까 큰소리를 치기는 했지만 십사성존을 하나같이 자식과 같이 아끼는 대천신이었다.

하늘의 한 공간에서 번쩍 하며 광채가 일더니 녹운신이 허공 중에 모습을 드러냈다. 그리고 서서히 하강을 했는데 내려오면서 그 모습과 옷차림이 달라지고 있었다. 그러다 지면에 몸이 닿았을 때는 어느새 허리가 구부정한 초라한 노인의 모습이 되어 있었다. 그가 다다른 곳은 시운산의 중턱이었다. 그는 하늘을 바라보며 대충 시간을 어림잡아 본 후 중얼거렸다.

"음… 이제 곧 이곳을 지날 시간이 되었구나."

그의 말이 끝나기가 무섭게 힘겹게 산 고개를 넘어오는 십오륙 세쯤 되어 보이는 소년이 모습을 나타냈다.

'저 아이가 금후구나.'

금후라고 불리운 소년의 모습은 말이 아니었다. 초췌한 얼굴에 몇 날 끼니를 거른 사람처럼 발걸음에 힘이 없어 곧 쓰러질 듯이 휘청거리고 있었다. 하지만 두 눈만큼은 묘한 빛을 발하면서 이곳저곳을 두리번거리는 것이 무엇인가를 간절히 찾고 있는 게 분명했다. 방금까지 멀쩡하던 녹운신은 자리에 앉은 채 다 죽어가는 소리를 내며 소리치기 시작했다.

"살려주시오, 살려주시오! 이보게, 젊은이. 날 살려주시오."

그 소리에 금후는 화들짝 놀란 기색으로 다가오더니 얼른 녹운신을 부축했다.

"할아버지, 어디가 아프신 겁니까?"

"다리를, 다리를 다쳤지 뭔가. 으으윽."

고통스럽게 얼굴을 일그러뜨리는 것을 보고 금후는 안쓰러운 표정이 되어 물었다.

"댁이 어디십니까. 제가 모셔다 드리겠습니다. 자, 일어설 수 있으시겠습니까?"

녹운신은 더욱 고통스러워했다.

"다리가 부러졌는지 꼼짝도 할 수가 없네. 자네가 날 업어줄 수 있겠나?"
아까까지 휘청거리던 발걸음을 보이던 금후인지라 자신의 몸 상태도 말이 아니었지만 전혀 머뭇거림이 없이 대답했다.
"제 등에 업히십시오. 제가 모셔다 드리겠습니다."
앉은 채로 등을 보이는 금후를 바라보며 녹운신은 마음이 뭉클해졌다.
"늙으면 죽어야 하는데 젊은이에게 몹쓸 짓을 시키는구먼."
녹운신은 힘겹게 금후의 등에 업히며 말을 이었다.
"저기 옆의 산을 타고 내려가세나. 고맙기 그지없네그려."
"고맙다는 말은 감당키 어렵습니다. 당연한 일이죠. 만일 제가 이런 곤경에 빠졌으면 할아버지께서도 그냥 지나치진 않으시지 않았겠습니까. 더욱이 저 또한 몸이 아프신 어머니가 계시니 남 일 같지 않습니다."
한마디 한마디가 가식이라곤 전혀 찾아볼 수가 없었다. 녹운신은 가슴 가득 보람을 느꼈다. 그사이에 금후는 휘청거리는 걸음으로 힘겹게 한 걸음 한 걸음 걸음을 옮겼다. 몇 번이고 넘어지려고 했는지 모른다.
"할아버지, 조금 불편하시죠? 그래도 제가 책임지고 모셔다 드릴 테니 너무 염려하지 마십시오."
녹운신은 금후의 등줄기에서 식은땀이 흐르고 있는 것을 보았고 얼마 버티지 못할 것이란 것을 직감했다. 아니나 다를까, 두 개의 언덕을 넘어 세 번째 언덕을 넘어서려 할 때 금후는 몸을 휘청하더니만 그만 주저앉아 혼절하고 말았다. 사흘째 아무것도 먹지 못한 채 산을 뒤지고 있었던 터라 금후의 상태는 가히 최악이었다. 거기다 혼자의 몸도 힘든데 녹운신까지 업고 언덕배기를 넘었으니 여기까지 온 것만으로도 초인적인 정신력이라고 할 만했다. 녹운신은 언제 다리가 아팠나는 듯 굳건히 선 채 쓰러져 있는 금후를 바라보았다.

'대천신님께서 칭찬을 아끼지 않으시더니 역시 대단한 아이로구나. 이러니 하늘이 감동하지 않을 수 있겠는가.'

금후는 바닥에 쓰러진 채 신음 소리와 함께 가느다랗게 중얼거리고 있었다.

"어머니… 어머니… 조금만 참으십시오. 소자가… 산삼을 구해서 돌아가겠습니다……."

녹운신은 더 이상 지체할 수 없음을 느끼고 오른손을 내밀었다.

"선약실의 산삼이여."

작게 말하자 손 위에서 새하얀 광채가 일면서 사람의 형상을 지닌 산삼이 모습을 드러냈다.

"하늘이 너의 정성과 효심에 감동하여 주는 선물이다."

그는 산삼을 금후의 눈 앞쪽에 곱게 놓은 후 다시 손을 뻗어 금후의 이마를 만졌다. 손바닥에서 초록 광채가 피어나면서 머리를 감싸더니 곧 이어 온몸으로 퍼져 나가 구석구석 회오리치듯 몸을 휘감았다. 금후의 몸을 치료하고 있는 것이다.

'자, 이제 아이의 몸도 회복되고 천년산삼도 자리에 두었으니 일은 끝난 셈이로구나. 금후야! 부디 이제까지의 효성을 잃지 말고 늘 하늘이 함께함을 마음에 간직하거라. 너의 마음은 대천신님을 비롯해 모두를 기쁘게 했고 천계에 울려 퍼지는 아름다운 노래가 되고 있단다.'

녹운신은 한차례 따스한 눈빛으로 금후를 바라보다가 한줄기 초록 광채로 화해 하늘로 솟구쳐 날아올랐다.

한편 또 다른 명을 받은 적운신은 바다 속으로 진입해 있었다. 약간은 어두운 바다 속에서 적운신은 붉은 광채 덩어리에 휩싸여 있었는데 지나는 여러 고기들과 어울려 묘한 신비함을 뿌리고 있었다. 적운신은 서서히 붉은 광채 속에서 이동하다가 사람 몸집의 두 배 정도 되는 큰 거북 앞에 섰다. 바다거북은 적운신에게 무엇이라고 말을 하는 듯 발을 동동 구르고 입을 벙긋거렸다.

"하하하, 그래. 나는 너의 겁난을 풀어주기 위해 이곳에 왔으니 너는 그리 염려하지 말아라."

적운신의 말을 알아듣기라도 한 듯이 바다거북의 발놀림이 요란스러워졌다.

"허허, 녀석. 기쁜 게로구나."

적운신이 껄껄대자 붉은 광채가 출렁댔다.

"너는 원래 겁난을 당하게 되어 있다. 그 겁난에 당하면 너의 천 년 세월의 도(道)는 물거품이 되고 말 것이다. 오로지 피할 길은 겁난을 풀어줄 사람을 만나 그를 돕는 것뿐이다. 이미 전생에 너는 그에게 못할 짓을 하였던 터라 겁난이 예정되었던 것이다. 하지만 그는 너에 대해 이미 마음을 풀었으며 지상에서도 선행을 베풀고 있다. 너는 오로지 온 힘을 다해 그를 구해야 할 것이다. 만일 조금이라도 어긋남이 있다면 겁난을 피할 수 없는 것은 물론이거니와 그로부터 도움을 받게 되어 있는 사람들의 목숨까지 앗아가는 결과를 낳게 된다. 그리되면 넌 어쩔 수 없이 도를 이루지 못하고 마옥에 들 수밖에 없을 것이다. 알겠느냐?"

바다거북은 알아들었다는 뜻인지 고개를 끄덕거렸다.

천계의 바쁜 나날들

"이제 잠시 후면 풍랑에 의해 노인 제금선이 이곳으로 떨어질 것이니 마음을 소홀히 품지 말고 최선을 다해 그를 육지로 옮기도록 하여라."

그 말을 끝으로 적운신은 번쩍 하고 붉은빛을 뿌리더니 사라졌다. 바다거북은 순간을 억겁처럼 느끼며 초조한 마음으로 기다렸다. 일식경(30분) 정도가 지난 후 적운신의 말과 같이 한 사람이 바다에 빠지며 기포를 이루었다. 바로 이 사람이 예정된 이임을 알아본 바다거북은 입으로 그의 옷자락을 물고 물 위로 떠올랐다. 일단은 호흡을 유지하는 것이 중요한지라 곧 이어 힘껏 치켜올려 그를 목 윗언저리로 올려 세웠다. 풍랑이 워낙 거세어 구조하기엔 힘든 여건이었다. 하지만 바다거북은 혼신의 힘을 기울였다. 이 일을 이루어야만 비로소 거북의 삶을 마치고 천계로 돌아갈 수 있는 것이다.

지난날 천계의 저주로 인해 거북으로 살아온 지 어언 천 년의 시간이 지나지 않았던가. 거북과 등에 업혀 있는 제금선은 모두 전생에 천계의 일원이었다. 하지만 거북은 천계에서 그를 시기하여 해쳤다. 하지만 이제껏 쌓아온 공로가 적지 않아 마옥으로 보내지 않고 일단 지상계로 보내 거북으로 살게 하며 회개의 기간을 갖도록 한 것이었다. 하지만 거북에게는 커다란 위험이 있었으니 그것은 바로 천지조화로 인해 닥쳐 올 겁난이었다. 어떤 방법으로 우주 대자연의 기운이 덮쳐 올지 모르는 것이다. 하지만 천운이 따랐던지 제금선 또한 지상계로 보내지게 되었고 천계에서 해쳤던 일을 보상할 기회를 대천신께서 허락하신 것이다. 그러니 어찌 힘을 다해 구하지 않을 수 있겠는가. 바다거북이 힘을 다하고 정성을 다해 제금선을 이동시킬 때 놀라운 일이 벌어졌다. 그 거세던 폭풍이 거짓말처럼 잠잠해진 것이다.

─아, 나에게 미칠 천겁이 풀리는 징조로구나. 하늘이시여, 감사하나이다.

이렇게 되면 구조는 식은 죽 먹기나 다름이 없었다. 곧 이어 육지에 도달한 바다거북은 어둠을 틈타 마을 가까이에 노인 제금선을 내려놓고 어둠 속으로 다시 사라졌다.

하늘에서 황금빛이 회오리처럼 지상으로 내리꽂혔다. 황금 물줄기가 사방으로 튀듯 빛이 비산하는 가운데 모습을 드러낸 것은 황운신이었다. 황운신의 귓가로 큰 음성이 들려왔다.

"하늘이시여, 저를 살려주십시오. 저는 평생에 걸쳐 하늘을 두려워하고 어려운 사람들을 돌보며 살았습니다. 게다가 삼 년 전 저에게 말씀하시길 생명의 위협이 있을 때 구해준다고 했지 않았습니까. 부디 도와주소서."

황금빛을 뿌리며 황운신은 소리가 난 곳으로 걸음을 옮겼다. 그런데 놀랍게도 한 걸음 한 걸음 옮길 때마다 서서히 그 모습은 평범한 사람의 모습으로 변하는 것이 아닌가. 그가 채 일곱 발자국을 딛기도 전에 그의 모습에서 찬란한 황금빛은 온데간데없고 어느덧 초라한 노인의 모습으로 변해 있었다. 누가 보아도 산에서 약초나 캐는 노인장의 모습이었다.

황운신은 걸음을 옮기면서도 씁쓸함을 금치 못했다. 이미 천계에서 대천신으로부터 꾸지람을 들었던 터라 살려달라는 소리에도 벅찬 기대 따위는 없었다. 이제껏 선한 이들을 구하러 수없이 다녔지만 이렇게 기분이 개운치 않은 것은 처음이었다. 하지만 사명을 받들고 온 이상 그저 최선을 다해야 함은 잊지 않았다.

"구허천, 내 지금은 당신을 구하겠으나 앞으로는 기대하기 힘들 것이오."

그는 혼잣말로 중얼거리고는 절벽가에 이르렀다. 절벽은 거의 100여 장(약 300미터)에 이를 만큼 높았는데 만약 떨어진다면 살아날 가망성은 없을 것 같았다. 고개를 빼죽 내밀어 보니 절벽 위쪽에서 약 2장 정도(약 6미터) 밑에 불쑥 튀어나온 돌 모서리를 잡고 간신히 매달린 50대 중반의 남자가 간절히 하늘을 부르짖고 있었다.

'구허천, 그때나 지금이나 뻔뻔스럽게 자신을 감추고 하늘을 찾는 것은 여전하구나.'

가증스럽게 느껴졌지만 행동까지 그대로 드러낼 수는 없었다. 초라한 노인으로 변장한 황운신은 다급한 어조로 말했다.

"이보시오. 여기 사람이 왔소이다. 어쩌다 이런 지경에 빠지게 되었소이까. 정말 생명이 경각에 달렸구려. 잠깐만 기다리시오. 내가 넝쿨 같은 것으로 밧줄을 만들어 당신의 어려움을 구해드리겠소이다."

하지만 밑에서 매달린 구허천의 얼굴에서는 기뻐하는 모습은 찾아볼 수가 없었다. 도리어 그 지경에서도 고개를 살래살래 흔들며 힘겹게 말했다.

"아니오, 아니오. 당신은 그냥 가던 길이나 계속 가도록 하시구려. 난 따로 구해줄 사람이 있소이다. 그러니 너무 염려하지 마시오."

그 말에 황운신은 다소 황당했다. 도대체 구해줄 사람이 있다니 그게 무슨 말이란 말인가. 황운신은 곤혹스러운 표정을 지으며 다시 말했다.

"그게 무슨 말이오. 당신은 오래 버티기 힘들지 않소. 여차해서 손에 힘이 빠지는 날엔 결코 목숨을 부지하기 힘들 것이오."

하지만 여전히 구허천은 막무가내였다. 오히려 버럭 화까지 냈다.
"당신 같은 보잘것없는 사람이 무엇을 안다고 그런 말을 하는 거요! 내 눈앞에서 썩 꺼지시오! 당신하고 말하느라 되려 힘이 빠지기만 할 뿐이오."
"허허… 거참……."
황운신은 기가 막혀 아무 말도 할 수가 없었다. 이제껏 이런 경우는 처음 당하는 일이었다.
"당신은 스스로 목숨을 끊으려 하는 것이오?"
"냉큼 꺼지지 못하겠느냐, 이 미친 영감같으니라구!"
구허천은 크게 화가 났는지 욕설을 서슴지 않았다. 순간 황운신은 번뜩 한 가지 생각이 떠올랐다. 이제야 구허천이 왜 저리 행동하는지 알 수 있을 것 같았다.
'음… 그렇단 말인가. 쯧쯧, 참으로 어리석은 인간이로구나.'
황운신은 비로소 알게 되었다. 그것은 황운신이 구허천에게 세 번의 구명에 대한 약속을 했을 때의 상황이 곧 답이었다. 그 당시 황운신은 구허천 앞에 나타날 때 보통 인간의 모습이 아닌 황금빛 찬란한 본신의 형상을 거의 유지한 채였었다. 그러다 보니 구허천은 하늘의 도움이 있을 때는 필시 신비한 모습으로 나타나 자신을 끌어올리리라고 믿고 있었던 것이다.
'미련한지고. 하늘의 뜻에 대해 너무도 무지하구나. 하늘은 보일 듯 말 듯 존재함을 드러내고 부지중에 그 모습을 나타내 뒤돌아 생각해 보았을 때 '하늘이었구나'를 깨닫게 한다. 그 법칙은 과거에도, 지금도, 또한 앞으로도 계속될 터인데 이 어리석은 사람은 그저 눈에 보이는 것만을 좇으려 하고 있구나.'

황운신은 어쩔 수 없이 뒤돌아설 수밖에 없었다. 뒤돌아서는 황운신의 귀로 계속해서 구허천의 하늘을 향한 간절한(?) 기원의 소리가 들렸다.

'저런 목소리로 많은 사람들을 속였단 말이지. 얼마나 많은 사람들이 괴로워했을까.'

마음은 내키지 않았지만 아직 두 번의 기회가 남아 있었다. 생각이야 어떻든 황운신으로서는 최선을 다해야만 하는 것이다. 대략 일 식경(30분) 정도의 시간이 지났을 때 황운신은 이번엔 젊은 청년 무사로 모습을 바꾸었다. 아까와 같이 달려가 다급히 구허천에게 말했다.

"어이구, 이런! 어쩌다가… 노인장, 내가 끌어올려 주리다."

구허천의 입에서는 구해달라는 말 대신에 엉뚱한 질문이 나왔다.

"음… 행색을 보아하니 그럴 리는 없겠지만 혹시 젊은이는 하늘에서 오신 분이시오?"

황운신이 무슨 소린지 모르겠다는 표정으로 되려 반문했다.

"하늘이라구요? 무슨 하늘 말입니까?"

구허천의 얼굴이 심각하게 굳어졌다.

"됐소이다. 당신은 그냥 나를 내버려 두시오. 난 아무렇지도 않으니 말이오."

황운신은 허탈함에 빠져 그만 너털웃음을 지었다.

"허허… 거참."

그 웃음은 안 그래도 노기에 가득 차 있던 구허천의 염장을 질렀다.

"야 이 썩을 놈아, 어린 놈이 감히 어디서 맥 빠진 웃음을 터뜨리는 것이냐! 어서 꺼지지 못해!"

"허허… 거참."

황운신은 다시 너털웃음과 함께 어쩔 수 없이 이번에도 돌아설 수밖에 없었다.

"야, 이놈의 자슥아, 어린 놈이 계속 그렇게 웃을래."

구허천의 호통 소리가 있었지만 황운신은 절벽에서 약간 물러나 가만히 생각해 보았다.

'결국 악인은 스스로가 함정을 만들어 누군가로부터 이익을 얻으려 하지만 결국엔 그 함정에 자신이 빠지게 되는구나. 내 어찌 천계에 있으면서도 이런 이치에 대해 이제야 깨닫게 되었단 말인가.'

황운신은 구허천으로 인해 한 걸음 하늘의 이치를 깨달아가고 있었다. 다시 일 식경(30분)이 지난 뒤에 황운신은 30대 중반의 늠름한 무사로 모습을 바꾸었다. 등을 대각으로 가로지른 검 한 자루 또한 그럴싸하게 어울렸다. 이번에는 좀 더 강도를 높여볼 생각이었다. 최선을 다하는 것이 자신의 길이니만큼 이번엔 조금은 더 그럴싸한 장면을 보여주어야겠다고 생각했다.

황운신은 신형을 빠르게 날려 절벽 밑으로 뛰어내렸다. 누군가가 보았다면 분명 죽으려고 환장한 사람이라고 생각했을 것이다. 황운신의 동작은 그런 말을 충분히 들을 만큼 무모해 보였다. 하지만 황운신의 신형은 공중에서 한 바퀴 회전하더니 기묘하게 뒤틀리며 구허천이 간신히 버티고 있는 옆쪽으로 다섯 손가락을 절벽에 꽂아 넣었다. 가히 화려한 경신법에 놀랄 만한 조법(爪法)이 아닐 수 없었다.

"노인장, 어려운 지경에 빠졌구려. 나는 극존검신(極尊劍神) 황운(黃雲)이라는 사람이외다. 내 이곳을 지나는데 당신의 위급함을 보고 그냥 지나칠 수가 없어 이렇게 당신 곁에 오게 되었소이다. 자, 내게 몸을 맡기시오."

천계의 바쁜 나날들

구허천은 급작스럽게 등장해 손가락을 절벽에 꽂은 상대를 보고 처음에는 놀라워했다. 하지만 그의 소개를 듣고 나자 실망이 뭉게뭉게 피어났다.

"아니오. 당신은 무림고수인 듯한데 그냥 가보시오. 당신 같은 고수가 길을 가는 중이었다면 필시 바쁜 일이 있었을 텐데 어찌 이곳에서 시간을 허비하는 것이오. 난 사실 체력을 단련하기 위해서 이러고 있을 뿐이니 나는 상관하지 마시구려."

이번에도 구허천은 망발을 그치지 않았다. 황운신은 이번이 세 번째로 마지막인고로 다시 한 번 재촉했다.

"정녕 그게 말이 되는 법이오. 어서 내 말을 들으시오."

황운신의 간곡함에도 아랑곳하지 않고 구허천은 아까처럼 버럭 성을 냈다.

"야이 자식아, 니가 무림고수면 다냐! 날 내버려 두란 말이다! 그냥 가란 말이야!"

황운신은 그만 뜨악하지 않을 수 없었다. 어찌나 큰 소리로 말했던지 박고 있던 손이 빠져나갈 뻔했다.

"후회하지 마시오. 그럼 난 가겠소. 결국 인생은 자신이 개척하고 만들어가는 것이니까 말이오."

황운신은 남은 한 손으로 절벽을 격타했다. 그러자 손이 푹 빠졌고 동시에 몸을 흔들하며 공중으로 솟구쳐 절벽 위로 내려섰다.

'음… 이것으로 내가 할 일은 끝난 셈이로구나. 정녕 이번 일은 나에게 큰 공부가 되었다. 헛된 망상에 사로잡힌 자는 정말이지 어쩔 수가 없구나.'

그가 속으로 중얼거릴 때 하늘에서 대천신의 음성이 귓가에 파고들었다.

─수고했다, 황운신. 이제 돌아오라. 그의 명은 이제 다했고 그에게 갚을 것은 지상에서나 천상에서나 아무것도 남지 않았다.

황운신은 급히 서쪽 하늘을 보며 허리를 숙였다.

"황공할 따름이옵나이다. 속하 돌아가겠나이다."

말이 끝남과 동시에 황운신은 황금빛에 휩싸인 채 하늘로 솟구쳐 올라 뿌연 황금 가루를 뿌리며 멀어져 갔다. 황운신이 떠난 뒤 구허천은 혼자서 마지막 힘을 쏟아 하늘을 향해 구원을 요청했다. 하지만 철인이 아닌 그가 이제까지 버틸 수 있었던 것도 신기한 노릇이었다. 그는 끝내 손에 힘이 다해 아스라한 절벽 아래로 떨어지고 말았다.

"으아악! 이렇게 죽을 순 없어! 하늘이시여."

그는 떨어지는 그 순간까지도 기대를 버리지 않았다. 항상 하늘은 결정적일 때 나타나지 않았던가 말이다. 그래서 여지껏 마음이 조급하지 않았는지도 모른다.

'그래, 난 살 수 있어. 하늘은 거짓말을 하지 않으니까 말이야.'

하지만 그의 희망은 그저 희망일 뿐이었다. 이미 하늘은 그 할 일을 다 끝내놓은 상태이니 더 이상 그에게 줄 것은 없었다. 오직 구허천에게 남아 있는 것은 차갑고 딱딱한 땅바닥뿐이었다. 점점 지면이 가까워질수록 구허천은 마음이 급해졌다. 급기야 뭔가 일이 잘못되었음을 안 구허천은 큰 소리로 비명을 지르기 시작했다.

"으아악! 살려주세요! 아무나 좀 살려주세요! 누구든 상관없습니다!"

진작 그럴 것이지, 이젠 너무 늦어버렸다. 결국 구허천은 땅에 부딪히면서 머리가 깨지고 온몸에서 피를 뿌리며 즉사하고 말았다. 즉사

한 후 구허천의 혼은 몸에서 빠져나왔다. 그는 주위를 두리번 살피다가 자신의 육체가 처참하게 죽어 있음을 보고 기겁했다.

─내가 이제껏 들인 공이 얼마나 많은데 이렇게 하늘은 나를 버린단 말인가.

그때 옆에서 음산한 목소리가 그의 귀를 울렸다.

─흐흐흐…….

그 음성은 들린 것이 확실했지만 생기를 찾아볼 수가 없었다. 마치 깊은 나락에 드리운 그림자처럼 어두웠다.

─누, 누구시오?

검은 복장의 형체를 알아보기 힘든 그림자가 스윽 접근했다.

─그대는 신의 손길을 세 번이나 뿌리쳤다. 결국 자신의 어리석음으로 죽음에 이르렀으니 하늘을 원망하지 말아라.

─당신은 누구냔 말이오.

겁에 질린 구허천은 두려운 음성으로 물었다.

─나는 너를 마옥으로 데려갈 마옥의 사자다. 이제 가도록 하자.

─마, 마옥이라니… 그곳이 어떤 곳이오?

─너와 같은 이들이 많은 곳이야. 비슷한 친구들이 많지. 근데 약간 따뜻한 곳이라네. 뭐, 약간이 아닐 수도 있겠군. 흐흐흐…….

농담이랍시고 한 말이었겠지만 두려움을 주기에 충분한 음성이었다. 게다가 상대의 얼굴은 흐릿하여 볼 수가 없고 입술만 달싹거리는 것이라 더욱 두려웠다.

─이건 말도 안 돼. 하늘이 세 번의 약속을 언제 지켰단 말이오.

─첫 번째 노인, 그리고 두 번째 젊은이, 세 번째 강호의 고수. 이 모두가 하늘의 황운신님이셨지. 십사성존의 한 분이시란다. 흐흐흐,

그분이 너를 구하러 오신 것이었다. 허나 너는 하늘의 수고로움을 받들지 못하고 어리석음에 빠져 모두 무시하고 말았으니 너의 복은 그 힘이 다해 결국 천계에 들지 못하게 되었다. 아쉽게도 네가 가야 할 곳은 마옥밖엔 없구나.

구허천은 식은땀을 흘리며 뒷걸음질쳤지만 어느새 뒤쪽에 있던 세 개의 검은 그림자에 몸이 잡혀 질질 끌려갔다.

─으아악… 안 돼… 한 번만 더 기회를 주십시오!

─어리석은 자.

천계의 대천신은 또 다른 지시를 위해 청운신을 불렀다.

"청운신, 표영이라는 아이를 잊지 않았겠지?"

자상한 대천신의 부름에 청운신이 청광을 빛내며 공손히 답했다.

"거의 매일 살피고 있사옵니다."

"매일이라고? 하하하."

사실 표영의 거지 생활은 청운신을 비롯한 십사성존의 대단한 관심을 끌고 있던 터였다.

대천신의 말이 이어졌다.

"그 아이가 어미에게 돌아갈 시간이 5년이라고 했으나 지금의 상황으로 보아하니 만성지체에게 5년은 너무 짧은 시간인 듯하구나. 게다가 여러 가지 일들이 겹쳐 당장 몸을 빼기 힘들 것이니 너는 표가장으로 가 뜻을 전하라. 만일 5년이 되어 아들이 돌아오지 않는다면 반드시 그녀는 다시 기원을 올릴 것이다. 그 기원은 너무 간절해 들을 때마다 내 가슴이 저며오니 마음이 아파 오래 들을 수가 없다. 청운신, 무슨 뜻인지 알겠느냐?"

옥색 광채를 출렁이며 나온 대천신의 음성에 청운신이 공손히 답했다.

"신, 분부대로 거행하겠나이다."

표가장의 장주 표만석과 그의 부인 화연실은 기대에 찬 눈으로 탁자 맞은편의 귀인을 바라보았다. 과거 세 가지 화(禍)와 하나의 복(福)을 알려주었던 청의(靑衣) 귀인이 지금 그들 눈앞에 앉아 있는 것이다. 대충 가벼운 인사치레가 끝난 후 표만석이 조심스럽게 물었다.

"귀인께서 이렇듯 어려운 발걸음을 해주신 데 감사를 드립니다. 이번에 특별히 해주실 말씀이라도 있으신지요?"

"큰 문제는 아니랍니다. 그저 둘째 아드님에 대한 일로 두 분께서 염려하실 듯싶어 지나는 길에 말씀을 드릴까 해서 찾아뵀지요."

두 부부는 그렇지 않아도 표영에 대해 물어볼 마음이 가득했는데 먼저 그와 같은 말을 꺼내자 얼굴 가득 기쁨이 넘쳤다.

"정말이십니까? 저희는 아들이 개방에 간 지 5년이 거의 다 되어가는지라 마음을 졸이며 기다리고 있었답니다. 이제껏 한 번도 소식을 듣지 못해 얼마나 마음을 졸였는지 모릅니다. 대인께선 너그러움을 베푸시어 아들에 대한 이야기를 들려주십시오."

모든 부모의 마음이 이러할 것이다. 표영에겐 어떻게 지나는지도 모르고 지난 시간이었지만 부모의 마음엔 하루가 천 년같이 길게 느껴진 나날들이었던 것이다. 청의인으로 모습을 드러낸 청운신은 그의 간곡한 말에 마음 한구석에 안타까움이 일었다.

"두 분의 염려가 어떠할지 짐작이 갑니다. 둘째 아드님에 대한 소식은 좋지 않은 일과 좋은 일이 하나씩 있습니다."

"좋지 않은 일이라면 무슨 변고가 있는 겁니까?"

 표만석은 다급하게 물었고 화연실은 벌써부터 눈이 붉게 충혈되며 눈물을 쏟을 기세였다. 청운신이 담담한 어조로 답했다.

 "이곳에 오기 전 천기를 살펴보았습니다. 첫째, 좋지 않은 소식은 개방 분타주가 약속한 5년이라는 시간이 지나도 아드님이 돌아오지 않을 것이라는 이야기입니다."

 화연실이 울컥하고 끝내 눈물을 쏟았다.

 "어떻게… 무슨 일 때문입니까?"

 "눈물을 거두십시오. 사실 그리 염려하실 것은 아니랍니다."

 이 말을 청의인이 아닌 다른 사람이 했다면 두 부부는 호통을 치며 가만두지 않았을 것이다. 하지만 둘은 청의인이 허튼소리를 하지 않음을 믿고 있었기에 다음 말을 기다렸다.

 "…아드님은 만성지체를 타고났고 지금은 거의 그 틀을 벗어난 상황에 이르러 있습니다. 원래대로라면 5년 안에 돌아올 수 있는 것이나 여기서 조금 문제가 생긴 것이지요. 만성지체의 제약이 깨지면서 큰 사명이 따라붙게 된 것이랍니다. 이러한 이치는 복잡해 보이나 실은 간단한 문제입니다. 근본적으로 만성지체가 걸어야 할 정해진 길이 있었으나 그 틀이 깨지면서 깨지기 전의 질서가 변하고 있기 때문입니다. 하지만 그 방향이 극히 선(善)해 모든 복(福)과 운(運)이 아드님을 쫓고 있습니다. 게다가 아드님으로 인해 구함을 얻고 복을 받을 자들이 기다리고 있는지라 그로 인해 지금은 돌아올 수 없는 것뿐이랍니다."

 다른 사람 같았으면 이 말이 무엇을 뜻하는지 이해하지 못했을 것이다. 하지만 두 부부는 서운하긴 했지만 대부분 머리가 끄덕여지는 말들이었다. 아이가 만성지체를 타고나 게으름의 화신이 되었음을 직접 보았기 때문이고 화연실이 5천 번의 기원을 올린 후 하늘의 응답을 받았기 때문이었다.

"그럼 언제쯤이나……."

화연실이 물기 어린 눈으로 물었다.

"만성지체의 틀을 깨는 데 5년이 걸리니 다시 그 5년을 세상에 환원시킨다고 생각하시면 되겠습니다."

"아……."

두 부부는 절로 한숨이 흘러나왔다. 다시 5년이라니……. 그때 청의인이 말했다.

"제가 두 분께 확실히 말씀드리지만 아드님은 마음의 그릇이 큰 성장을 이루었습니다. 그리고 자신이 원하고 만족하는 삶을 살고 있답니다. 하지만 두 분이 제 말만으로는 부족함을 느끼신다면 다른 이들을 보내 아드님의 소식을 전해 듣도록 해보시길 바랍니다."

표만석과 화연실은 기뻐해야 할지 슬퍼해야 할지 모르는 표정으로 그저 청의인만 바라볼 뿐이었다.

10장
구지경외자라 불리우다

구지경외자라 불리우다

"위험해! 피해!"
"으악!"
"도대체 어떻게 된 거야?"
 허운 지역의 시장에서 뻗어난 길은 언제나 물건을 파는 사람이나 사는 사람으로 북적거리기 일쑤인 곳이다. 하지만 지금은 그런 북적거림 대신 100여 명에 달하는 사람들이 일제히 도망치느라 정신이 없었다. 그건 사람들 뒤로 사나운 개 한 마리가 입에 거품을 문 채 맹렬하게 쫓고 있었던 까닭이었다.
 개는 누런 털에 덩치가 황소만했는데 눈이 시뻘겋게 변해 광기를 번득이는 것으로 보아 필시 광견병에 걸린 것이 분명했다. 대개 개의 광견병은 세 단계로 나누어진다. 첫째는 전구기(前驅期:12시간~2일)로 눈을 불완전하게 움직이고 흥분하기 쉬우며 잘 짖고 문다. 두 번째,

광조기(狂燥期:2~4일)에는 짖는 목소리가 쉬고 되풀이하여 길게 짖는다. 또한 받히는 것은 무엇이나 물게 되는데 증상으로는 전신을 가볍게 떨고 아래턱의 마비가 일어나며 침을 흘리게 된다. 셋째, 마비기(痲痺期:1~2일)에는 턱과 혀의 마비에서 하반신, 그리고 전신에 마비가 진행되어 죽게 된다. 현재 달려오고 있는 개의 증상을 보건대 두 번째 광조기에 해당하는 상태임이 틀림없었다.

"구지경외자~ 어딨는 거야!"

"얼른 나와! 개가 미쳤단 말야!"

"도와줘! 구지경외자~!"

사람들은 도망가면서 한결같이 구지경외자를 찾았다. 그들의 목소리에는 구지경외자만 온다면 문제가 다 해결될 수 있으리라는 믿음이 가득 담겨 있었다. 하지만 구지경외자가 없는 지금으로써는 도망가는 것만이 최우선이었다. 개의 덩치가 워낙 큰 데다가 광견병에 걸린 개에게 물리면 워낙 치명적인지라 사람들은 물리지 않으려 미친 듯이 도망칠 수밖에 없었다. 그러나 달리기를 함에 있어서는 앞서는 자가 있고 뒤처지는 자가 있게 마련이지 않는가. 자연 걸음이 느린 중년 여인들이 헐떡거리며 뒤로 쳐졌다. 그런 연약한 여인들을 미친개가 너그러운 마음을 가지고 봐주고 넘어갈 리 만무했다.

크르릉.

미친개는 목표물을 발견하고 사나운 이빨을 드러내며 세차게 달려들었다. 침이 질질 흘러내리는 이빨의 표적은 야채를 사러 왔다가 엉겁결에 쫓기게 된 수연 아줌마의 엉덩이였다. 한 치(약 3센치) 정도로 근접해 곧 있으면 옷이 찢겨지고 허연 엉덩이가 세상에 모습을 드러날 위기일발의 순간이었다. 그때였다.

휘익—

퍽!

어디에서 날아온 것인지 주먹만한 돌멩이가 개의 옆구리를 가격했고 그로 인해 미친개는 잠시 주춤거렸다. 개가 주춤거린 짧은 순간에 멀리서 희끗한 그림자가 번쩍거리며 날아오더니 사람들의 머리 위를 날아 미친 개 앞에 섰다. 신법이 어찌나 빠른지 사람들의 눈에는 마치 하늘에서 떨어져 내린 것 같은 착각이 들 정도였다.

그의 옷차림은 언뜻 보면 백의로 보여졌지만 자세히 들여다보니 청, 녹, 황의 옷감을 작게 오려붙여 꿰맨 자국이 여기저기 드러났다. 머리와 수염만 봐서는 백발이 성성한 고로 60세가 넘을 것 같아 보였지만 그의 피부는 이제 40대의 중년인의 그것처럼 젊어 보였다. 무리 중에 누군가가 노인의 정체를 알아보고 외쳤다.

"저분은 개방의 섬서 분타주인 의혈신개(義血神丐) 묵백(墨帛)님이시다."

노인 묵백은 주위의 사람들에게 작게 고개를 끄덕이는 것으로 자신의 존재를 시인했다. 그는 올해 나이 65세로 섬서성의 모든 개방 제자를 관할하고 있는 분타주다. 이번에 허운 지역으로 온 것은 이곳의 개방인들을 살펴보고자 함이었다. 그러던 중 마침 미친개가 소란을 피운 것을 멀리서 보고 일단 도달하기까지 돌을 던져 개의 동작을 멈추게 해 사람을 구하게 된 것이었다. 사람들은 노인이 개방의 고수라는 말을 듣자 도망갈 생각을 버리고 대체 이 나이 든 무림인이 어떻게 개를 처리할지 궁금하여 모여들었다.

한편 누런 털의 미친개는 흉악한 이빨을 드러내며 새로 나타난 적을 향해 눈알을 부라렸다. 원래 미치면 정상적일 때 충분히 아픔을 느낄 만한 것도 전혀 느끼지 못하게 되는 법이다. 보통 때 같았으면 옆구리의 통증을 느끼고 몸을 뺐을 테지만 지금은 단지 용기백배(勇氣百倍)할 뿐이었다. 아마도 보통 개라면 묵백 분타주의 몸에서 뿜어져 나오는 기도(氣道)만으로도 꼬리를 내렸으리라. 하지만 미친개는 날카롭게 눈을 번들거리며 으르렁거렸다.

으르르릉……

마치 물을 토해내듯 침을 흘리며 으르렁거리는 것이 꼭 이런 식으로 말하는 것 같았다.

「이 새끼가 바로 돌을 던져 아프게 한 놈이로구나. 짜증나는구나. 씨이~ 내 꼭 너를 물어서 너도 병 걸리게 해주마.」

개와 묵백 사이에 묘한 긴장이 흘렀다. 당연한 결과가 예상되는 것이었지만 묵백으로서도 어느 정도는 조심해야 한다 생각했다. 그만큼 개의 덩치가 컸고, 번들거리는 눈에 실린 살기가 대단했기에 자칫 주변에 있는 사람들에게 몸을 날릴 염려 때문이었다. 그 짧은 사이 사람들은 이 대결을 구경하며 웅성대기 시작했다.

"구지경외자는 왜 안 나타나는 거야?"

"누가 가서 구지경외자를 불러와야 되지 않겠어?"

"구지경외자가 있는데 어떻게 개가 미치게 된 거지. 참 별일도 다 있군."

희한하게도 모든 사람들의 관심은 개와 맞서고 있는 묵백이 아니라 이 자리에 있지도 않은 구지경외자란 인물에게로 온통 쏠려 있었다. 섬서 분타주 묵백은 사람들의 반응에 의아했다.

'구지경외자라구? 사람들의 말속에 절대적인 신뢰가 묻어 있는 걸로 봐선 대단한 고수인 것 같은데 이제껏 나는 강호에서 구지경외자라는 별호를 지닌 자는 들어본 적이 없지 않은가. 그는 과연 누굴까?

그는 의문을 품었지만 일단은 미친개를 제압한 후에 알아보아도 늦지 않을 것이라 생각했다. 묵백이 막 장력을 쏟아내려 하고, 미친 누렁이가 뒷발에 힘을 싣고 튀어 오르려 할 때였다.

"잠깐!"

뜬금없이 들려온 큰 외침에 묵백이 장력을 거두었고 심지어 제정신이 아닌 미친 누렁이조차 소리난 곳을 바라보았다. 묵백은 순간 입을 벌리고 실없이 웃음을 지었다.

'허허허… 아직도 저런 거지가 세상에 있었나?'

그가 본 것은 젊은 거지였다. 아니, 그냥 젊은 거지라고 표현하기엔 너무나도 표현 자체가 얌전하게 느껴질 지경이었다. 산발한 머리는 고슴도치의 가시처럼 하늘을 찌를 듯 솟아 있었고 머릿결은 빛을 받아 번들거리는 것이 쥐어짜기라도 할라치면 기름이 한 항아리에 가득 찰 것만 같았다. 또한 옷은 도무지 인세에서 찾아보긴 힘든 빛깔이었는데 흑색과 회색이 묘하게 어우러진 온갖 추접함이 절절이 깃든 색상이라 어떻게 표현해야 할지 난감할 지경이었.

당(唐)나라 때의 유명한 시인인 이백(二伯)과 두보(杜甫)가 살아난다면 아마 표현해 낼 수 있을지도 모른다. 심난한 차림의 거지는 뚜벅뚜벅 느린 걸음으로 개를 향해 걸었다. 그와 함께 사람들의 환호성이 울려 퍼졌다.

"와~ 구지경외자다!"

"와와~!"

"어서 와~"

그건 가히 열광적이라고 할 만했다. 좀 전까지의 팽팽한 긴장감 같은 것은 아예 씻은 듯이 사라져 버린 것만 같았다. 비로소 묵백은 환호 소리를 통해 구지경외자가 바로 이 추접스런 거지임을 알았다.

'허허, 겉보기에는 고수라고 보이지 않는데 왜 저리 사람들이 열광할까?'

구지경외자가 개를 향해 걸음을 옮기자 빙 둘러선 사람들은 응원하기 시작했다.

"왜 이렇게 늦게 온 거야. 혼 좀 내주라구!"

"구지경외자! 저 개가 나를 물 뻔했어. 얼마나 무서웠는지 몰라."

"야, 이제 안심이다."

사람들은 일제히 구지경외자를 향해 쉴 틈 없이 말했고 그 말을 받은 구지경외자는 잠깐 멈춰 사람들에게 손을 들어 답례했다. 그 모습이 아주 자연스러운 것이 자주 해본 듯했다. 그런 모습은 지금의 이 긴박한 상황과는 도무지 어울리지 않는 것이어서 묵백은 물론이거니와 정상이 아닌 미친개마저도 어이가 없다는 듯 바라보았다.

이를 지켜보는 이들의 마음을 들여다보자.

미친 개:크르릉… 크르릉…….

「해석:저 새긴 또 뭐야. 광견병을 물로 보는 거냐. 근데 저 새끼는 왜 저리도 더러운 거야? 이러다 내가 오히려 병 옮을 것 같은데… 아씨~ 재수없어.」

미친개조차도 왠지 어깨를 움츠릴 정도였다.

「묵백:허허, 저 친구도… 참… 허허허…….」

묵백으로서는 그저 너털웃음만 나올 뿐이었다.

「주위의 모든 사람들:구지경외자가 나타났으니 이젠 저 개도 끝이로군. 미쳐도 미칠 데를 골라가면서 미쳐야. 쯧쯧, 안됐어.」

그럼 과연 이 구지경외자의 정체는 누구일까? 세상에서 개들이 두려워하고 공경할 수 있는 인물은 그리 많지 않다. 아니, 강호에 개들이 두려워할 자는 많이 있을지 모른다. 하지만 진정 개들이 공경하는 마음을 품으며 따를 자는 쉽게 찾아볼 수 없을 것이다.

구지경외자는 견왕의 길을 계승한 표영을 가리키는 말이었다. 표영은 심마(心魔)에서 벗어난 후 산지 사방을 1년여 동안 유람하며 온갖 거지 생활을 체험했다. 그로써 비천진기를 연마함과 동시에 주야로 사부가 전해준 무공을 익히는 데 주력했다. 개방의 무공의 이치가 모두 걸인의 삶과 연계되어 있기에 표영은 빠른 속도로 습득해 나갈 수 있었다.

근본 만성지체는 천재적인 지능을 타고난다. 하지만 더불어 말로 다 할 수 없는 게으름을 동시에 타고나기에 천재성을 발휘하지 못하게 되는데 표영은 거듭되는 고난의 길로 인해 8할 정도를 게으름에서 벗어난지라 그 천재성이 드러나 무공을 이해함에 있어서 탁월한 능력을 발휘하게 되었다.

표영은 1년여의 유람을 마치고 사부와 함께했던 곳 근처인 허운 지역으로 돌아왔다. 그리고 이제 삼 개월이 지나는 동안 모든 개들을 제압하고 뭇 개들로부터 존경과 두려움을 한 몸에 받게 된 터였다.

표영이 허운으로 온 지 한 달이 채 지나지 않았을 때였.

허운 지역의 모든 개들은 견왕의 화려한 등장 앞에 조심스레 무릎을 조아렸다. 그 한 달 사이에 이 지역에서 날고 긴다는 개들, 즉 쌀집 바둑이, 사봉장원의 흰둥이, 목성화 할아버지 집의 똘똘이 등이 나름대로 반항을 해보았었다. 하지만 모두 피떡이 되어 실 끊어진 연처럼 훨훨 날아갔다. 이 사건은 개들 사이에서는 상당히 심각한 것으로 받아들여겼다. 개의 세계에서 바둑이와 흰둥이, 똘똘이는 허운 지역 삼 대고수로 이름을 날리고 있던 터라 그 충격은 클 수밖에 없었던 것이다. 결국 이 일로 인해 어떤 개도 순종치 않는 개가 없게 되었다. 허운 지역에 거주하는 개들로서는 단지 하늘만을 원망스럽게 바라보며 이렇게 한탄했는데 그 내용들은 이러했다.

「하늘이시여! 왜 견왕이 이곳으로 오게끔 하셨나이까.」
「우리의 목숨은 바람 앞에 놓인 등불과도 같이 위태하나이다.」
「비나이다. 부디 견왕이 다른 곳으로 발령나도록 힘써주소서.」
「아니면 우리를 다른 지역으로 보내주시던가요.」

얼마나 고달팠으면 개들이 기원을 다하겠는가. 그때부터 허운 지역의 사람들은 표영을 부르길 구지경외자라고 부르기 시작했다. 그건 공경할 경(敬), 두려워할 외(畏), 개들의 두려움과 공경의 대상이라는 뜻이었다.

사람들은 모두 처음엔 어이없이 여기다가 점점 신기한 눈으로 쳐다보게 되었다. 늘 어디를 가든 개들이 호위하듯이 따르는가 하면, 한 달에 한 번 정기적으로 개들을 집합시켜 정신 교육을 시켰던 터라 개들은 빠릿빠릿하니 집도 잘 지키고 눈빛이 예사롭지 않게 변해간 것이다. 이렇게 되자 사람들은 개에 관한 한 모든 것을 구지경외자 표영에게 일임하다시피 했다.

언젠가 한번 포목점을 운영하는 초봉만은 특별한 경험을 한 바 있었다. 그는 자신이 키운 개가 주인을 따르기보다 거지 같은 구지경외자를 따르는 것을 탐탁지 않게 여겼다. 하루는 지역의 모든 개들이 모이는 날 초봉만은 개를 묶어두고 가지 못하도록 한 적이 있었다.
 "멍멍아, 넌 거기 갈 필요 없다. 너는 우리 집만 잘 지키면 되는 거야."
 그로선 구지경외자가 대수냐는 생각으로 한 행동이었지만 멍멍이에겐 세상 그 어떤 일보다도 중요한 문제였다. 이건 목숨이 달린 문제인 것이다. 멍멍이는 오직 복종만이 있을 뿐 그 어떤 변명도 견왕에게는 통하지 않음을 잘 알고 있었다. 멍멍이는 목에 매달린 줄을 끊어버릴 듯 박차고 달려가다가 줄이 팽팽해지면서 캐갱 하고 멈춰 서고, 다시 달려가고 캐갱 하기를 반복하다가 끝내 목줄을 풀 수 없음을 알고 눈물을 뚝뚝 흘렸다. 그런 모습을 한동안 지켜보던 포목점 주인 초봉만은 그 꼬락서니가 하도 어이가 없어 목줄을 풀어줄 수밖에 없었다. 멍멍이는 주인은 아랑곳하지도 않고 집합 장소로 달려갔고 초봉만은 기가 막히다는 듯 바라볼 뿐이었다.
 '대체 개들이 왜 그리 구지경외자를 따르는 걸까. 허허, 참 알 수가 없군.'

 대부분이 이런 식이었기에 허운 지역의 모든 개 주인들은 개에 관한 한 구지경외자에게 맡겨놓다시피 했다. 실제로도 개들은 구지경외자가 온 후로 더욱 각각의 집에 충성을 다했고 밤마다 도둑이 들지 않도록 경계 근무에 마음을 다했기에 곧 개 주인들도 불만을 잊고 신뢰하게 되었다. 그렇기에 누렁이가 광견병에 걸려 미치게 되자 제일 먼저 구지경외자 표영을 찾은 것이었고 열렬히 환호하게 되었던 것이다. 그런 명성과 신뢰를 얻은 표영은 미친 누렁이를 대함이 심각하기 이를 데 없었다.

'착잡하다. 개자식들 중에 광견병이 발병한 줄도 모르고 있었다니. 견왕으로서 있을 수 없는 일이다. 나의 자존심을 건드린 네놈을 결코 용서하지 않으리라.'

표영은 느릿느릿 걸어가 미친개 앞에 떡하니 서서 장엄하게 입을 열었다.

"누렁이는 들어라."

원래 이 미친개는 미치기 전에는 누렁이로 통하고 있던 터였다. 게다가 표영에게 온갖 아양을 다 떨던 놈들 중 하나였다. 하지만 지금 누렁이는 광견병으로 인해 지존(至尊)이 당도했음을 알아보지 못했고 단지 으르렁거리며 당장에라도 뛰어올라 물어뜯을 기세였다.

으르릉…….

「해석:뭐야, 이 자식. 죽고 싶어 환장했나.」

묵백은 구지경외자가 개에게 다가가 일장연설을 할 셈인 듯 말하자 김빠진 웃음을 날렸다.

"허허허……."

'이 친구 개와 이야기를 할 셈인가 보군. 거참.'

아니나 다를까, 그때부터 표영의 일장연설이 시작됐다.

"누렁이 이놈, 감히 허락도 없이 미치다니! 그게 대체 있을 수 있는 일이냐!"

말인즉, 미치는 것도 허락을 받아야 한다는 것이었다. 말도 안 되는 꾸짖음이었지만 그것이 구지경외자 표영의 입에서 나오자 웬일인지 당연하게 느껴지며 고개가 끄덕여졌다. 주위에 모여 구경하는 이들도 한결같이 입을 다물고 표영의 연설에 귀를 기울였다.

표영의 말은 계속됐다.

"…미치더라도 곱게 미쳐야지, 개 주제에 사람들을 물려 하다니. 그래 가지고서야 이 시대를 이끌어갈 올바른 개가 될 수 있겠느냔 말이다. 내가 그렇게밖에 못 가르쳤더란 말이더냐. 이 험난한 세상에서 도둑으로부터 집을 훌륭히 지켜내고 항상 부지런하게 살아야 한다고 내 그토록 신신당부했건만 난동을 피우다니……."

거창한 말들이 계속 이어졌지만 미친개에겐 그저 괴상한 소음으로 들릴 뿐이었다.

으르르릉…….

「해석:뒈지고 싶냐. 시끄러워 죽겠다.」

누렁이는 으르렁거리더니 어깨를 움찔함과 동시에 표영의 얼굴을 향해 솟아올랐다.

"위험해!"

"피해~!"

"헉!"

갑작스런 누렁이의 발작에 주위 사람들의 입에서 다급성이 터져 나왔다. 하지만 이미 견치지겁을 통해 수많은 개들의 공격을 수도 없이 받아온 표영이 이런 일에 놀랄 일은 만무했다. 게다가 비천신공이 보이지 않게 나날이 늘어가고 있는 추세였고 그 위에 개방의 무공으로 전수받아 온 표영이다. 이런 발작에 대한 대응은 코를 푸는 것보다 쉬운 것이었다. 옆으로 살짝 비껴 서며 오른손으로 허리춤에 걸린 견왕봉을 빼내 휘둘렀다.

파곽.

연속 두 번의 몽둥이질은 공중에 떠 있는 상태인 누렁이의 머리와 어깨를 갈겼다.

"철퍼덕.

누렁이는 아까의 사나운 기세와는 정반대로 보기 좋게 나뒹굴었다. 하지만 아픔을 느끼기엔 너무나도 미쳐 있는 상태가 심각했다. 누렁이 다시 용수철처럼 몸을 일으키고 거세게 표영에게 달려들었다. 표영은 달려오는 개의 몸 위로 훌쩍 공중제비를 돌아 뒤로 내려섰다. 누렁이는 허탕을 친 후 돌아서려 했지만 그보다 표영이 뒤돌아서며 뻗은 손이 더 빨랐다. 표영은 누렁이의 뒤로 빠르게 접근해 누렁이의 뒷다리를 잡고 들어 올렸다.

"이 자식, 머리가 돌리려면 제대로 돌아야 할 것 아니냐. 이 정도 가지고 되겠어. 자, 마음껏 돌아라!"

표영은 누렁이의 두 다리를 붙들고 공중에서 수레바퀴 돌리듯 빙글빙글 돌려 버렸다.

윙— 윙— 윙—

그런 모습에 마을 사람들은 신바람이 났다. 역시 구지경외자답다며 연신 박수를 치며 환호하는 것이 가히 난리가 아니었다.

"땅 끝까지 보내 버려."

"워워워워~!"

"물레방아가 따로 없구먼. 허허허."

누렁이는 빙빙빙 돌아가는 가운데 두 눈이 원심력에 의해 두꺼비처럼 불쑥 튀어나올 지경이었다. 얼마나 돌렸을까? 누렁이는 속이 울렁거리고 머리와 눈이 뱅뱅 돌며 정신을 차릴 수가 없었다. 그때 표영이 외쳤다.

"솟구쳐라!"

표영이 손을 놓자 누렁이는 훨훨 날아 공중으로 솟아올랐다.

쉬이익—

그리 높이 올라간 것은 아니었지만 사람들이 보기엔 마치 그것은 폭죽이 하늘로 솟구치는 것만 같았다. 붕 솟아오른 누렁이는 정신이 어질어질한 가운데 추락하기 시작했다. 몸이 빙글빙글 돌며 떨어져 내릴 때 표영이 양팔을 활짝 펴며 크게 외쳤다.

"항문일침(肛門一針) 제광소멸(制狂消滅)!"

이 순간은 아주 짧았지만 많은 사람들은 뭘 하려고 저런 소리를 지르는지 이해할 수가 없었다. 항문에 침을 놓아 미침[狂]을 제거하고 소멸시킨다니. 모두들 의아해 마지않았지만 곧 그 해답은 눈으로 목격할 수 있었다. 그리고 여기저기서 들려오는 경악성들!

"헉!"

"허거거걱! 이런……."

"저, 절반이 넘게 들어갔어."

그건 바로 표영이 떨어져 내리는 누렁이를 향해 타구봉을 쭉 뻗은 것 때문이었다. 죽봉은 놀랍게도 정확히 항문을 찔러 버렸던 것이다. 누렁이는 어찌나 고통스러운지 입을 크게 벌리고 소리도 못 내고 부들부들 죽봉에 꿰어 떨고 있을 뿐이었다. 사람도 마찬가지가 아니던가. 똥침을 맞게 되면 숨도 제대로 쉬기 힘들고 고함을 치려고 해도 입만 벙긋거릴 뿐 소리가 되어 나오지 않는 것이다. 하다못해 똥침이 이 정도인데 죽봉이 절반이 넘게 들어갔으니 미친 누렁이의 심경은 가히 설명하기 힘든 고통이라 할 수 있었다.

한동안 지켜보는 사람들이나 당하는 개나 모두 이 처참한 상황을 어떻게 받아들여야 할지 몰라 했다. 하지만 표영의 얼굴엔 아직도 용서할 수 없다는 비장함만이 가득 담겨 있었다. 그것은 이것으로 끝이 아닐 것임을 시사해 주는 것이었다.

"꺼져라, 이놈아."

표영은 죽봉에 꿰뚫린 누렁이의 엉덩이를 걷어차 버렸다.

퍽.

깨갱—

누렁이는 죽봉이 항문에서 쑤욱 빠져나오는 도저히 표현할 길 없는 괴이한 느낌과 동시에 바닥에 널브러지며 지렁이처럼 꿈틀거렸다. 지켜보는 모든 이들은 그 광경을 보고 있자니 자신의 엉덩이가 저려오는 것만 같아 손으로 연신 문질러 댔다.

"이젠 끝났겠지?"

"아무렴. 여기서 뭘 더 하겠나."

"왠지 누렁이가 불쌍하게 느껴지는구먼."

"그러게 말일세. 아까까진 때려죽이고 싶더니만 이젠 안쓰럽네그려."

"광견병엔 약도 없으니 여기서 대충 마무리하고 묻어야겠지."

하지만 그건 오판이었다. 이것으로 끝난 것이 아니었던 것이다. 표영은 헤매고 있는 누렁이에게 다가가 견왕봉으로 머리를 툭툭 치며 근엄하게 말했다.

"네 죄를 네가 알렷다. 감히 내 말이 끝나지도 않았건만 반항을 하다니. 내 오늘 너의 육편을 갈가리 찢어 온 중원의 모든 개들에게 표본으로 삼고 다시는 함부로 미치는 일이 없도록 해주마."

표영은 누렁이에게 말한 후 몸을 돌려 사람들을 향했다.

"험험… 여기 계신 분 중에 노약자나 임산부, 그리고 나이가 18세가 안 된 사람은 집으로 돌아가세요. 험험… 아, 그리고 심장이 약하신 분들과 비위가 약하신 분들도 필히 이곳을 떠나셔야 합니다. 자자, 어서들 가세요."

하지만 그 말을 따르는 사람은 한 명도 없었다. 사람이란 하지 말라고 하면 더 하려고 하고 보지 마라고 하면 더 보고 싶어하는 성질을 지니지 않았던가. 오히려 표영의 말은 더 큰 호기심만 자극할 뿐이었다. 지켜보는 무리들 중 나이가 80세가 되어가는 고경운 할아버지가 인상을 찌푸리고 삿대질을 해가며 소리쳤다.

"이놈 구지경외자야! 늙었다고 괄시하는 것이냐? 이까짓 일로 나를 무시하다니… 이놈이 알고 보니 버르장머리가 없구나!"

이 할아버지는 이 마을의 유지로 노인들 사이에선 우두머리 격이었다. 그가 버럭버럭 화내자 다른 노인들도 그에 편승해 손가락질하기 시작했다.

"야, 이놈아! 우릴 물로 보는 거냐?"

"머리에 피도 안 마른 놈이 까불고 있어."

"손주뻘도 안 되는 놈이 아주 싸가지가 없구먼."

표영은 빗발치는 욕설과 삿대질을 받자 씨익 웃었다.

"흐흐흐… 좋습니다. 나중 일은 전 책임지지 않을 테니 알아서들 하세요."

"이놈이 그래도 계속해서 우리를 무시하려 들어!"

당장에라도 고경운 할아버지는 막대기로 표영을 후려칠 기세였다. 가까스로 주위에 있는 사람들이 말리고서야 할아버지는 씩씩거리며 간신히 참았다.

"난 구경할 테다. 이래 봬도 나도 젊었을 때는 한가락 했어, 이놈아!"

젊어서 한가락 하지 않은 사람이 과연 몇 명이나 있을까마는 표영은 들은 체 만 체 몽둥이를 허공 중에 빙빙 돌렸다.
"자, 간다. 너에게도 지금 상태론 일찍 죽는 것이 더 나을 것이다."
표영은 말을 끝냄과 동시에 인정사정없이 견왕봉을 휘둘렀다.
파파파파팍.
몽둥이가 움직이기 시작하면서 아까까지 큰소리쳤던 노인들은 후회하기 시작했다. 순식간에 상황은 돌변하고 있었다. 바닥에 꿈틀대던 누렁이는 두개골이 깨지고 피가 튀며 뇌수가 흘러내려 처참하기 그지없는 몰골로 변해갔던 것이다. 손이 보이지 않을 정도로 휘둘러진 가운데 개는 서서히 그 형체를 잃어갔다. 장내에 나타난 현상은 과연 그것이 진정 살아 있던 개였다고는 믿어지지 않는 방향으로 흘러갔다.
파파파팍— 파파파팍—
누렁이는 애초부터 비명 소리는커녕 숨소리도 내지 못한 채 무자비한 몽둥이질에 의해 전신이 분해되었다. 이 광경은 고함을 지르던 고경운 할아버지를 비롯한 몇 명의 노인의 숨을 멎게 하기에 충분했다. 이제껏 산전수전 다 겪으면서 살아왔지만 이런 참혹한 모습은 그들로서도 처음 보는 것이었다. 그들은 눈을 부릅뜨고 신음을 발하며 가슴을 움켜쥐었다. 더불어 서 있기조차 힘이 든 듯 바닥을 두 손으로 짚고 허물어졌다.
'어헉! 이것이었나.'
'이, 이럴 수가……'
'세상에… 으윽!'
더불어 개중에 비위가 약한 몇 명도 바닥에 아침에 먹었던 밥과 반

찬들이 무엇이었는지 주위 사람들에게 보여주느라 정신이 없었다.

"으웩!"

"으게엑~"

"우읍……."

흐트러진 면발, 으깨어진 계란 찜, 콩나물무침, 미역국, 만두, 두부 및 그 형체를 알아보기 힘든 것들이 다시 세상에 모습을 나타냈다. 참으로 그 종류도 다양하기 그지없었다. 그중 콩나물 몇 가닥은 방향을 잘못 잡았는지 입이 아닌 코로 기어나오느라 용을 쓰고 있었다. 그런 가운데도 표영의 광분(狂奔)은 계속 되었다.

"죽어! 이 새끼야. 죽어~!"

이미 죽은 지 오래된 누렁이었다. 더 이상 이 상태에서 어떻게 더 죽을 수가 있단 말인가. 표영이 몽둥이질을 멈춘 것은 고경은 할아버지가 가슴을 움켜쥐고 다가와 제지한 뒤였다.

"이, 이보게. 이젠 그만 하게나. 아, 아간 미안했네……."

곧 자지러질 것 같은 모습에 표영은 그제야 손을 거두었다.

"할아버지시로군요. 어떻습니까? 볼 만하시죠?"

"어? 어… 그럭저럭… 보, 볼 만하네……."

표영이 손을 멈춘 후 드러난 개의 최후는 말로 형용하기 곤란했다. 그것은 마치 정육점에서 고기를 잘게 썰어 운반하던 도중 일부를 떨어뜨리고 간 것 같은 형상과 같아서 여기저기 살코기와 핏덩이들이 바닥에 널려 있었다. 주변에 사람들은 얼이 나가 어찌해야 할지 모른 채 멍해져 있을 뿐이었다.

표영은 견왕봉으로 저며진 살코기들을 보며 이 기회에 다른 개들에게도 교훈으로 삼도록 해야겠다 생각했다. 어느새 주변에는 사람들뿐만 아니라 개들도 꽤나 모여들었던 것이다. 견왕이 때 아니게 시장통에 모습을 드러냈기에 도대체 무슨 일인가 하고 찾아온 것이다. 개들은 하나같이 주눅이 든 기색이 역력했다. 표영은 개들을 쭉 둘러보며 크게 소리쳤다.

"너희들, 잘 보았겠지! 오늘 죽어간 누렁이처럼 이후로 감히 내 허락 없이 미친 개새끼가 있다면 이와 같은 결과물이 될 것임을 명심해라. 야, 야, 거기 흰둥이, 너 죽고 싶어! 여기 똑바로 안 쳐다볼래?! 똑바로 보란 말이야!"

비록 미쳤다고 해도 같은 동족(同族)의 처참한 죽음 앞에 개들은 차마 볼 수가 없었고 그중 마음이 약한 흰둥이가 딴 곳을 바라본 것이었다. 흰둥이는 사색이 되어 낑낑 소리를 내며 어쩔 줄을 몰라 했다. 까닥 잘못하다가는 자신도 잘게 부숴질지도 모르는 일이니 말이다. 표영은 흰둥이가 약간은 반성하는 기미를 보이자 누그러뜨리고 이번에는 사람들을 보며 말했다. 개들에게 말할 때와는 달리 송구스럽다는 듯한 표정이 얼굴에 가득했다.

"흠흠… 앞으로는 개들이 미쳐 발광하는 일이 없도록 각별히 신경 쓰도록 하겠습니다. 다들 오늘 욕보셨습니다. 흠흠… 그럼 전 이만……."

방금 전에 무슨 일이 있었냐는 듯 표영은 건들거리며 사람들 사이를 지나갔다. 사람들은 모두 얼음이라도 된 듯 굳어 있다가 표영이 거리에서 완전히 자취를 감춘 뒤에서야 각자 일을 보기 시작했다.

한편 나름대로 멋지게 등장했던 개방 분타주 묵백은 멋쩍은 기분에 머리만 연신 긁었다. 개를 순식간에 이 정도로 걸레를 만들어 버리리라고는 생각지도 못했던 것이다.

'허허, 정말 대단한 친구로군. 예전의 개방을 생각나게 하는 젊은 이야.'

그의 눈엔 따뜻함이 배어 있었다. 진짜 거지다운 거지를 오랜만에 본 것이다.

'과거 엽 방주님이시라면 이 광경을 보시고 좋아하셨을 텐데……'

그는 씁쓸한 표정으로 10년 전 의문에 휩싸인 채 실종된 엽지혼 방주를 떠올리고 상념에 잠겼다. 진정 그때는 몸은 힘들었지만 마음은 얼마나 편했던가. 뜻하지 않게 오늘 구지경외자를 보게 되자 과거의 향수가 아련히 떠오른 것이다. 그는 향수에 젖어 자신도 모르게 미소를 지었다. 그런 그의 상념은 옆에서 들려온 목소리에 의해 깨어졌다.

"묵 분타주님을 뵙습니다."

"언제 이곳까지 오셨습니까?"

허운 지역의 두 개방 제자들이었다. 잿빛 옷을 기워 입었는데 중간중간 청색 옷감으로 덧붙인 게 운치를 더해주었다. 그들은 사람들이 모여 있는 것을 보고 무슨 일인가 하여 둘러보다가 분타주를 발견하게 된 것이었다. 가끔씩 소리소문없이 감찰(監察)을 하고 간다는 것을 익히 알고 있었기에 그리 놀라운 것도 아니었다.

"음, 내 이곳을 한번 둘러보고자 가만히 와봤느니라. 내 잠시 볼일을 치른 후 지타주에게 갈 터이니 너희는 말을 전해놓도록 하여라."

"네, 분타주님의 명을 받들겠습니다."

두 제자가 머리 숙이는 것을 뒤로하고 묵백은 표영이 사라져 간 곳으로 향했다. 묵백은 지나는 사람들에게 구지경외자가 어디에 사는지 물어 신형을 날려 바짝 쫓았다. 얼마 지나지 않아 그는 구지경외자가 걸어가고 있는 것을 발견할 수 있었다.

'어디에 사는지 가만히 뒤따라 가보도록 하자.'

그는 소리를 죽여 표영을 따라갔다. 표영이 걸음을 멈춘 것은 허운 지역의 서쪽 외곽에 위치한 허술한 서원이었다. 이곳은 과거 꽤나 이름난 서원이었으나 세월이 너무 지나 낡아 폐쇄되어 사람들이 드나들지 않는 곳이었다.

'허허, 사는 곳도 그럴싸하군.'

묵백은 문밖에 이르러 다 떨어져 나갈 것 같은 문짝을 바라보며 흐뭇하게 웃었다. 진정 거지가 살기엔 이보다 안성맞춤인 곳이 없을 것만 같았다. 그가 문을 밀자 통째로 자빠질 듯 문이 흔들거리며 요란스럽게 열렸다.

"구지경외자, 좀 들어가도 되겠나?"

안에 있던 표영은 아까부터 자신을 미행하던 사람이 있음을 알고 있었다. 그의 발걸음은 땅을 꽃발을 딛고 걷는 것처럼 미세하고 가벼웠기에 분명 대단한 고수일 것임을 직잠했지만 크게 죄진 것이 없는 이상 모른 척하고 먼저 집으로 들어선 것이었다. 표영은 시치미를 뚝 떼고 대답했다.

"누구인지는 모르나 들어오십시오. 여긴 따로 주인이 있는 것이 아니랍니다."

"고맙네그려."

묵백이 안으로 들자 표영은 아까 시장 골목에서 누렁이와 맞서고 있던 노인임을 알아보았다. 또한 그의 차림새로 개방인임도 알아보았던 터였다.

"아하하, 노인장은 아까 누렁이를 혼내주려고 하셨던 분이로군요. 어서 들어오세요. 조금 누추하지만 이곳에 앉으세요."

표영은 바닥에 짚으로 엮은 돗자리를 가리켰다. 조금 누추한 정도가 아니라 상당히 심각한 것이었지만 묵백은 개의치 않았다.

"반겨주어 고맙네. 하하하, 그나저나 아간 정말이지 보기 드문 구경을 했네그려. 내 견문을 넓히는 계기가 되었지 뭔가."

표영은 약간 쑥스러운 미소를 지었다.

"혹시 제가 노인장의 일을 방해해서 기분이 상하신 것은 아니신가요?"

"허허, 그럴 리야 있겠나. 위험한 개를 아주 시원하게 손을 봐줘서 나도 기분이 좋았다네. 근데 몽둥이질이 보통이 아니더군."

"아하하, 그 정도야 뭐 별거 아니죠. 저의 사부님께 전수받은 것의 백 분의 일도 안 되는 것이랍니다."

"오! 사부님이 계셨군. 그분의 존함이 어떻게 되는지 물어도 되겠나?"

묵백은 아까 미친개를 혼내줄 때 공중제비를 도는 모습을 떠올렸다. 그 정도는 어떻게 보면 별것도 아닌 것처럼 보일 수도 있지만 둔탁해 보이는 동작 속에 절묘함 같은 것을 느꼈던 터였다. 혹시 대단한 사문을 배경으로 두고 있으나 무슨 특별한 사연이 있어 이런 거지 생활을 하는 것일 수도 있다 여기고 막연한 기대감으로 물었다.

"사부님의 존함은 원구협이라고 합니다."

"음, 원 대협이셨군. …내가 모르는 기인이신가 보네."

묵백은 꽤나 강호 경험이 있다고 생각했지만 자신의 기억을 총동원해 봐도 그런 이름을 떠올릴 수가 없었다.

"지금 그분은 무엇을 하고 계시나?"

"아하하, 사부님은 개장수를 하고 계신답니다. 저한테도 개장수를 하라고 얼마나 성화가 대단했는지 몰라요. 제가 그걸 뿌리치려고 정말 얼마나 마음이 아팠는데요."

"개, 개장수… 시라구… 하하하하……."

묵백은 기가 막혀 말을 더듬다가 크게 웃었다. 요즘 들어 부쩍 우울함을 느끼고 있던 묵백으로서는 참으로 오랜만에 유쾌하게 웃어보는 것이었다.

"자네 이름은 어떻게 되나?"

"표영이라고 합니다."

"표영이라… 좋은 이름이군. 그런데 사람들은 모두 자넬 이름 대신 구지경외자라고 부르고 있더군. 하하하, 누가 지었는지 대단한 작명솜씨야. 하하하, 그러고 보니 내 소개가 늦었군. 난 개방의 섬서 분타주로 있는 묵백이라고 하는 거지라네."

표영은 그의 옷차림과 옷에 매달린 여섯 개의 매듭을 보고 대충 분타주 정도일 것이라 생각했던 터라 그리 놀라지 않았다. 하지만 겉으로는 크게 놀란 척 호들갑을 떨었다.

"아이고, 이거 강호에서 알아주는 개방의 높은 분이시로군요? 개방분들에 비하자면 저야말로 거지라고 말하기조차 부끄럽죠. 거지 하면 개방 아니겠어요."

아부성 짙은 발언인 것 같으면서도 은근히 비꼬는 내용이었지만 묵백은 손을 내저으며 말했다.

"그렇지도 않아. 개방도 옛날 말이야. 지금은 진짜 거지라고 보기도 힘들지."

표영은 은근히 비꼬아 어떻게 나오나 보려고 했던 것인데 묵백의 응대는 의외였다.

'이 사람은 정의파에 물들지 않았나 보군.'

정작 묵백이야 분타주라는 위치에 있다곤 해도 실제 표영은—아무도 알아주는 사람이 없지만—개방의 방주가 아니던가. 표영은 사부와의 이별 후 조량의 집에서 1차 각성을 이룬 뒤 모든 생각의 기준을 개방의 방주라는 관점에 두고 사물을 바라보고 판단하고 있었다. 그런 의미에서 묵백의 이런 발언은 표영에겐 큰 의미였다.

'이런 생각을 가진 사람들이 개방엔 얼마쯤 있을까.'

오의파를 동경하는 이들이 많다면 개혁은 그다지 어렵지는 않을 것이라 생각한 것이다.

묵백은 과거에 대한 향수를 떠올리다 문득 말을 꺼냈다.

"자네에게 한 가지 제안을 하고 싶은데 어떨지 모르겠군."

"저 같은 거지에게 무슨 제안을 하신다는 말씀이십니까?"

"우리 개방에 들어오게나."

설마 이런 말을 하리라고는 생각지도 못한 표영이었다. 하지만 이건 사실 표영이 바라던 바가 아니던가. 호랑이를 잡으려면 호랑이 굴로 들어가야 하는 법. 이미 개방 방주라는 신분이 있긴 하나 어느 누구 하나 알아주지 않은 입장이다.

"하하, 농담도 잘하시네요. 어찌 저 같은 거지가 개방에 들어갈 수 있겠습니까. 저는 무공도 모르고 그저 개 잡는 것 외에는 할 줄 아는 것이 없답니다. 하하하, 하지만 듣기 싫은 말은 아닌걸요."

겸양을 하면서도 수긍하는 어조를 구사했다.

'이 노인장은 조금 특별하구나. 설마 내가 누군지도 모를 테니 함정일 리는 없을 테고… 어쨌든 기회가 닿는다면 개방에 들어가는 것이 좋겠지.'

표영이 어느 정도 마음이 있음을 본 묵백은 정색을 하고 말했다.
 "농담이 아니네. 개방은 그 뿌리가 거지네. 그러니 자네 같은 친구가 한 명 정도는 있는 것도 그리 나쁠 것은 없지 않겠나."
 "그럼 정말로 절 개방 제자로 맞아주시겠다는 말씀이십니까?"
 "그렇다네."
 "좋습니다. 저야 뭐 손해날 것도 없으니까요. 하지만 한 가지 부탁드릴 것이 있습니다."
 "뭔가 말해 보게나."
 "전 원래 깨끗한 옷 입는 것이 체질에 맞지 않기 때문에 그냥 이대로 지냈으면 하는데요."
 옷을 가리키며 표영이 말하자 묵백이 너털웃음을 지었다.
 "허허, 그렇게 하게나. 그렇지 않아도 내 자네는 특별히 예외로 둘 생각이었다네."
 "하하하, 감사합니다."
 표영은 소리 내어 웃으면서 각오를 새롭게 했다.
 '이제 시작인가.'
 드디어 개방에 한 발을 들이밀게 된 것이다.

11장
개방에 들다

개방에 들다

지타주 오선교의 거처로 하운 지역을 중심으로 한 당주급 인사들이 속속들이 모여들었다. 긴급 회의를 목적으로 지타주로부터 부름을 받은 터였다. 한 명 한 명 도착한 당주들은 이상한 광경을 목격하게 되었다. 도무지 어울리지 않게 구지경외자가 먼저 와서 앉아 있었기 때문이다. 그들 모두는 구지경외자에 대해 잘 알고 있었다. 하지만 그것은 친분 같은 것이 아니라 거지 노릇이나 하고 개들과 어울려 다니는 괴이한 놈 정도로 인식하고 있을 따름이었다. 아직 지타주가 들어오지 않은 가운데 오 당주 추혼이 말을 걸었다.

"이봐, 구지경외자! 여긴 뭐 하러 온 것이냐? 이곳에까지 밥을 얻어먹으러 온 것은 아니겠지?"

뀌다 놓은 보리 자루마냥 퀭하니 구석에서 딴청을 피우고 있던 표영이 머리를 긁어대며 답했다.

"저도 개방에서 활동을 해볼까 하는 마음에 오게 되었답니다."

표영의 말에 먼저 당도한 세 명의 당주는 깔깔대며 대수롭지 않게 웃어 젖혔다. 그들은 우스갯소리로만 여길 뿐 그 이상도 그 이하로도 생각지 않았다.

"썩 괜찮은 농담인걸. 이번 건 먹혔어. 하하하."

"하긴 이놈이 이곳에 밥을 얻으러 온 것은 아닐 것이네. 듣자하니 주식(主食)으로 개밥을 먹고 부식(副食)으로 일반 가정에서 얻은 것을 먹는다고 하지 않던가 말일세."

"클클, 미친놈 같으니라구."

당주들은 기다리는 시간이 지루할까 염려했었다. 무슨 모임이나 회의든 그걸 기다리는 시간이란 여간 따분한 것이 아닌 것이다. 그러나 다행히 시기도 적절하게 구지경외자가 있어, 가지고 놀며 시간 때우기에는 이보다 더 좋은 것이 없었다. 한참을 농담 따먹기를 하며 이야기를 나눌 때 계속해서 한 명 한 명 당주들이 도착했다. 뒤에 온 네 명의 당주들도 모두 한결같이 놀려먹기에 정신이 없었다. 유쾌한 웃음이 방 안 가득 울려 퍼지고 서로가 서로에게 호응하듯 주거니 받거니 하며 시간들을 보냈다.

"하하하, 오늘 모임엔 이진구 당주도 올까?"

사 당주 정막경이 주제를 바꿔 이진구 당주에 대한 말을 꺼내자 칠 당주 고헌이 말을 받았다.

"예끼, 이 사람아. 당주가 뭔가. 이젠 지타주님이라고 불러야지."

이진구라는 인물은 과거 표영도 본 적이 있는 인물이었다. 그때 개방의 사정이 어떠한지 살피고자 마을에 내려왔을 때 잔악하게 상대를 짓밟았던 이가 바로 이진구였다. 하지만 지금 표영으로서는 이름만으로는 그가 누구인지 알 수 없는 노릇이었다.

"하하, 그렇군. 내가 실수했네그려. 아마 이진구 지타주께서 오셔서 구지경외자를 보았다면 노발대발했을 텐데 그것을 보지 못해 아쉽네그려."

"정말 자네 말이 그럴싸하군. 그래서 지타주를 칭하길 백결(白潔)서생이라고 부르지 않은가. 개방에서 백결서생이라는 별호를 가진 이가 나오리라고 누가 생각이나 했겠는가."

"맞네, 맞어."

"하하하… 하하하……."

칠 당주 고헌의 말에 여러 당주들은 탁자를 두드리며 깔깔댔다. 그럴 수밖에 없는 게 이진구 지타주의 깔끔함은 거의 병적이라고 할 만했기 때문이었다. 그 증세를 살펴보자면 하루에 세수는 10번 이상을 했으며 매일매일 옷을 갈아입는 데다가 조금이라도 이물질이 묻어 있으면 반드시 옷을 갈아입는 등 결벽증에라도 걸린 것처럼 유난을 떨었기 때문이다.

그런 이진구였기에 이렇듯 가까이 구지경외자를 보게 되면 어떤 발작을 일으킬지 상상만으로도 이들 모두는 즐거웠던 것이다. 물론 그렇다고 모두가 이진구를 좋아하는 것만은 아니었다. 깔끔함과 동시에 성격이 워낙 까탈스러운 데다가 잔인함까지 갖추고 있어 한번 눈에서 벗어나게 되면 어떤 식으로든 보복을 하는 성격이라 모두들 두려워하고 있었다. 게다가 그 인맥이 총타의 팔장로 중 집법장로와 인척 관계에 있다 보니 당주로 있을 때부터 지타주조차 함부로 다루기 어려운 인물이었다.

한편 한쪽에서 멍한 눈으로 딴 곳을 응시하던 표영은 속으로 기가 막혔다. 개방에서 백결서생이라는 별호가 나온 것을 자랑으로 여기다니… 그저 어이가 없을 따름이었다. 지금 표영은 개방에 입방하기 위해 여기에 있었지만 실제로는 개방의 방주가 아닌가. 수하들이라고 할 수 있는 당주들이 깔깔대고 있는 것이 속으론 못마땅했다.

'저런 것들이 개방을 움직여 가고 있으니 꼴이 말이 아니로구나. 내 장차 모든 것을 뜯어고쳐 주마.'

당주들이 이런저런 이야기를 나누고 있을 때 옆문이 삐그덕 하고 열리며 지타주 오선교(吳璿嶠)가 모습을 드러냈다. 그는 마흔 살이 넘은 나이로 강호에서는 쌍목자(雙目者)로 불리웠다. 그 이유는 그의 외모의 특징 때문이었다. 눈 밑으로 두 개의 검붉은 점이 눈 크기로 넓게 퍼져 있어 멀리서라도 보노라면 눈이 네 개가 있는 것처럼 보이기 때문이었다.

그런 특징 때문에 처음 보는 사람은 위압적으로 느끼며 자신들도 모르게 움츠러들게 되곤 했다. 하지만 그를 가까이에서 지켜본 사람들은 오선교가 상당히 친절한 사람이란 것을 잘 알고 있었다. 오선교는 제일 상석에 앉아 눈썹을 꿈틀대며 모두를 한차례 둘러보더니 말했다.

"다 모인 건가?"

그는 차례로 살피다가 눈에 이채를 띠고 물었다.

"이진구는 오지 않았나?"

"오지 않았습니다만……."

오 당주 추혼의 말에 오선교는 인상을 찌그러뜨렸다.

'시건방진 녀석 같으니라구.'

이진구는 현재 본인이 담당하고 있던 당에 대한 인수 과정을 밟고 있었다. 인수 인계 절차가 끝나는 대로 하북의 경헌 지역 지타주로 옮겨갈 예정이다.

오선교는 평소에 이진구를 눈엣가시처럼 싫어했는지라 하는 일마다 짜증스럽게 느꼈다. 지금 오지 않아 짜증을 냈지만 아마 이 자리에 참석했더라면 그것조차 결코 좋게 보지 않았을 것이다. 오선교는 쩝쩝 하고 쓴 입을 다신 후 본론으로 들어갔다.

"오늘 이렇게 당주들을 보자고 한 것은 이번에 새로이 개방에 든 형제를 소개시켜 주기 위함이다."

여러 당주들로서는 이례적인 말이 아닐 수 없었다. 이제껏 방에 새로운 형제를 받아들일 때 당주들이 모두 모여 회의 같은 것을 한 적이 없었던 까닭이다. 그들은 모두 호기심에 가득한 눈으로 오선교를 바라보았다. 그러면서도 어느 누구 하나 결코 그 형제가 표영을 가리키는 말은 아닐 것이라 생각했다. 아니, 그런 생각 자체를 철저히 배제했다. 기대에 찬 눈으로 지켜보는 당주들을 오선교는 쭈욱 훑어보았다.

"원래 이 일은 묵 분타주님께서 직접 말씀을 하시려고 했지만 총타에서 갑작스럽게 연락이 오는 바람에 급히 돌아가시어 내가 대신 그 뜻을 전달하게 되었다. 분타주께서 새로 거두어들이라고 한 형제는 여기 앉아 있는 구지경외자다."

오선교가 표영을 가리키며 말하자 7명의 당주들은 각기 하던 동작을 멈추고 그 자리에서 굳어버렸다. 그건 마치 시간이 정지되어 버린 것 같았다. 일순 처소에 적막이 감돌았다. 앞에 놓인 찻잔을 입으로 가져가다가 멈춰 선 자, 뜨악한 표정으로 입을 벌리고 목젖을 벌렁거리는 이, 눈을 크게 치켜뜨고 실핏줄을 여실히 드러내는 자 등등… 모든 세계가 고정돼 버린 것만 같았다. 지타주 오선교는 그런 광경에 예상했었다는 듯 껄껄거렸다.

"하하하, 모두들 대대적으로 환영해 주는군. 자, 인사하게나."

표영이 자리에서 일어나 수줍은 미소를 지으며 고개를 숙였다. 지금의 몰골과 수줍은 미소와는 도무지 어울리지 않은 것이었지만 표영은 태연자약하게 수줍음을 드러냈다.

"표영이라고 합니다. 앞으로 지타주님을 비롯해 당주님들을 본받아 훌륭한 거지가 되도록 노력하겠습니다. 험험, 기념으로 저의 생활신조를 말해 드리겠습니다. 그건… 좀 더 거지같이, 좀 더 추접하게, 좀 더 집요하게랍니다. 사실 거지의 총본부인 개방의 앞선 분들에 비한다면 턱없이 모자라는 구걸 실력입니다요. 하지만 열심히 노력해서 선배님들과 같이 구걸하는 데 온 힘을 기울이겠습니다. 잘 부탁드리겠습니다. 헤에~"

거창한 소갯말에 오선교는 열광적으로 박수를 치며 환호했다. 하지만 박수를 치는 이는 오직 그 혼자뿐이었다. 다른 당주들은 비로소 정지됨에서 풀려나 싸늘히 굳은 얼굴로 목소리를 높여 반발했다.

"이건 말도 안 됩니다! 개방이 거지들의 소굴은 아니잖습니까?"

"강호인들의 비웃음거리가 되고 말 겁니다."

"한 사람으로 인해 개방의 명성을 깨뜨리는 게 될 것이 분명합니다!"

"우리는 오의파로서의 개방이 아니잖습니까?"

"있을 수 없는 일입니다. 재고해 주십시오!"

화살이 빗발치듯 퍼부어지는 비난은 오선교가 두 눈에 불끈 힘을 주고 버럭 고함을 지른 후에야 진정되었다.

"조용히 못할까! 누구 앞에서 큰소리를 치는 것이냐!"

하지만 여전히 당주들의 얼굴엔 도무지 납득할 수 없다는 표정이 역력했다. 오선교의 말이 이어졌다.

"분타주께서 아무 생각도 없이 결정하셨을 것 같으냐! 내 여기 분타주께서 남기신 서신을 읽어줄 테니 모두 잘 새겨듣도록 하라."

오선교는 소맷자락에서 종이 한 장을 꺼내 펼치고선 읽어 나갔다.

"지타주를 비롯하여 모든 당주들에게 알린다. 구지경외자를 형제로 받아들임에 대해 의아하게 생각하는 사람이 있을까 하여 서신을 남긴다. 현재 개방은 강호의 거대 문파와 어깨를 나란히 하며 큰 세력을 형성하고 있다. 이미 10년 전부터 정의파의 길을 가며 구걸을 한다든지 일반 사람들을 돌아본다든지 하는 일은 접은 지 오래다. 그러다 보니 그저 개방이라는 이름은 맏뺀, 실제로는 무림문파 중 하나가 되었다. 그런 점에서 본 타주는 허전하게 느껴지는 부분이 없지 않다. 그런 점에서 이번에 구지경외자를 방의 형제로 받아들임은 지나간 과거에 대한 유물을 남겨두고자 함이다. 이로써 개방이 최초 거지 집단이었던 점을 상기시키고 기념한다는 의미를 갖고자 한다. 진짜 거지 같은 행동을 하는 형제가 한 명 정도는 상징적으로 있는 것도 나쁘지 않겠다는 뜻에서 받아들이게 된 것이다. 즉, 개방 내의 문화재 같은 거라고 보면 될 것이다. 본 타주의 의도를 곡해하여 과거 오의파로의 회귀를 꾀하는 것이 아닌가라는 과장된 의문을 갖지 말라. 구지경외자 한 명으로 개방이 영향을 받는다고 생각하는 것은 스스로 개방이 보잘것없다고 말하는 것과 다름이 없다. 그러니 모두는 괴이한 시선으로 구지경외자를 바라보지 말고 방의 형제로서 진심으로 대하길 바란다. 그의 소속은 부족한 당에 넣도록 하라. 현재로썬 마땅한 조가 없으니 추걸조라는 명칭으로 활동케 하라. 혹여 이에 불만을 가진 이가 있다면 본 타주에게 직접 찾아와 이야기하도록 하라. 모두에게 삶의 축복이 함께하길 빈다."

묵백의 서신에서 부족한 당에 표영을 넣으라고 했으니 여기서 잠깐 개방의 조직 구조에 대해 알아볼 필요가 있을 것이다. 그 구성은 이러했다. 개방은 크게 총타와 분타, 그 밑으로 당(黨)으로 구성되어 있다. 분타는 각 성에 한 개씩 두었으며 분타 밑으로 지타를 두었는데 성의 크기에 따라서 7개에서 많게는 15개 정도로 이루어졌다. 거기에서 다시 지타 밑으로 10여 개의 당을 두었는데 각 당주 밑으로는 네 개의 조가 형성되어 있다. 조는 각자의 역할을 따라 나누어졌는데 세부적인 구성은 이러하다.

타구조(打狗組):무력 담당.

은영조(隱影組):정보 담당.

파발조(播發組):연락 담당.

재행조(財行組):행정 담당.

이러한 구성 중 개방 제자들에게 가장 인기를 끌고 있는 곳은 단연 타구조(打狗組)였다. 타구조는 위에서 살펴보았듯 무력을 담당한다. 즉, 강호에 문제가 생겼거나 알력이 발생했을 때 해결사 같은 임무를 띠고 실력 행사를 하곤 하는 것이다. 그런 까닭에 무공을 가장 빨리 전수받을 마음에 모두들 타구조에 들길 원했다. 하지만 타구조에는 엄격한 심사 아래 자질이 우수한 제자들만을 선별했기에 마음만 있다고 들 수 있는 곳이 아니었다. 하지만 그곳에 뽑히게 된다면 고속 승진을 할 수 있는 곳이기도 했다.

타구조 다음으로 인기가 높은 곳은 은영조(隱影組)다. 이곳은 무림

정세를 파악하고 정보를 분석하는 일을 주로 했기에 제자 중 두뇌가 우수한 인재들이 속해 있는 곳이었다. 그리고 파발조(播發組)는 정보를 전달하는 역할을 맡았고, 재행조(財行組)는 행정 부분과 재정 부분에 참여하며 모든 절차상의 문제나 재정적인 문제들을 해결하는 일을 수행했다.

일단 누구든 개방 제자로 들어오게 되면 그의 근골과 자질을 살펴 그에 맞는 조에 편입시키는 것이었다. 그런 가운데 표영이 들어갈 만한 마땅한 곳이 없었기에 추격조라는 것을 만들게 되었던 것이다.

서신의 내용을 들은 당주들은 아까와 같은 발작은 일으키지 않았지만 여전히 불만이 가득한 얼굴은 변함이 없었다. 게다가 부족한 당에 충원한다는 말로 인해 혹시나 하는 불안감까지 생겨났다.

불안함에 떠는 당주들 중 오 당주 추혼을 바라보며 오선교가 조용히 말했다.

"내 기억이 틀리지 않다면 전에 추혼, 자네가 인원이 부족하다고 호소했던 것 같은데……."

내심 불안해하던 오 당주 추혼은 소스라치게 놀라며 황급히 손을 내저었다.

"아, 아닙니다. 제가 언제… 그런 말을 했다는 겁니까? 절대로! 절대로 부족하지 않습니다! 오히려 지금 넘쳐 나서 다른 곳으로 몇 명을 보내야 할 판입니다."

"음, 그래?"

오선교가 추혼에게서 눈을 떼고 다른 당주들을 쭈욱 바라보자 모두는 변명하기에 바빴다.

"칠 당은 충분합니다, 지타주님."

"저희도 그렇습니다."

"저희도……."

그들 모두는 하나같이 구지경외자와 함께하고 싶지 않았다. 같이 있게 되면 두고두고 놀림거리가 될 것이 분명했기 때문이다.

"음, 아무리 생각해도 역시 오 당에 인원이 모자란 것 같군. 추혼 당주, 앞으로 표영을 잘 관리해 주도록. 혹시 어려운 일이 생기면 그때그때 나에게 보고하도록 하라."

"네?! 그, 그건 말도……."

추혼이 변명의 말을 끄집어냈지만 오선교의 고함으로 인해 이어지지 못했다.

"두 번 다시 이 문제에 이의를 제기하면 하극상(下剋上)으로 간주하도록 할 테니 알아서 하도록."

그렇게 단단히 못을 박은 후 오선교는 표영을 향해 부드럽게 말했다.

"추 당주는 좋은 사람이니 앞으로 부족한 것을 배워가며 잘 적응해 가도록 하거라."

표영은 자리에서 일어나 앞으로 모실 상관에게 정중히 인사를 올렸다.

"앞으로 잘 부탁드리겠습니다. 제가 당주님의 밥은 확실히 얻어오도록 할 테니 밥 걱정은 안 하셔도 될 겁니다."

"고, 고, 고맙네……."

오 당주 추혼은 땀만 삐질삐질 흘렸다.

당주들이 모두 돌아간 늦은 밤. 오선교의 거처에 이진구가 찾아왔다. 그는 오선교를 대면하기 무섭게 다짜고짜 쏴붙였다.

"오늘 이야기를 다 들었소이다. 도대체 분타주님과 당신은 머리에 뭐가 들어 있는 것이오?"

이제 30대 초반의 나이인 이진구의 행동과 말은 상당 부분 싸가지가 결여되어 있었다. 얼마 전까지 당주로 있을 때만 해도 존대를 했건만 이제 갓 지타주로 임명되었다고 해서 맞먹고 있는 것이다. 같은 직급을 가졌다고 해도 선임자에 대한 예우를 갖추어야 하는 것은 기본 도리다. 게다가 나이 차가 10년이 날 때는 더 말할 것도 없을 것이다. 하지만 이진구는 그저 같은 직급을 가진 동료로만 여길 뿐이었다. 오선교는 인사말도 없이 시비조로 뱉어내는 말에 울화가 치밀었다.

"이런 시건방진 녀석 같으니… 어디서 감히 큰소리냐?! 나이도 어린 놈이 버르장머리가 없구나!"

"내 말에 무슨 잘못된 것이라도 있단 말이오? 이 일이 큰소리칠 일이 아니라면 큰소리칠 일이 무엇이 있겠소. 그리고 이 일에 왜 나이를 들먹이는 것이오."

마치 두 마리의 호랑이가 마주 보며 으르렁거리듯 둘은 핏대를 세웠다.

"개방의 집법장로가 네놈의 숙부인 점을 믿고서 겁을 잃어버렸구나."

"할 말이 없으니 말을 돌리려 하지 마시오. 당신과 나, 같은 지타주로서 내가 못할 말이 무엇이 있단 말이오."

이진구는 째진 눈을 더욱 가늘게 뜨고 살기 어린 말투로 말을 이었다.

"이 일은 납득할 수 없소. 우리 개방은 거지들을 받아들이는 곳이 아니란 말이외다. 강호의 인재를 받아들이고 나날이 발전해 가는 다른 구대문파, 오대세가와의 힘의 균형을 맞추기 위해서는 한낱 거지로서의 삶으로는 안 된다고 방주님께서도 누차 말씀하신 것을 잊어버린 게요? 방의 목표는 최고의 방파가 됨이건만 방의 길과 반대되는 행동을 함은 도대체 무슨 의미요. 당신들은 역모라도 꾸미겠다는 것이오? 과거 오의파의 길을 주장하던 이들은 모두 개방을 떠났건만 어찌하여 다시 추접스러운 구지경외자를 받아들여 물을 흐려놓으려 하느냐는 것이오. 내 결코 이 일을 그냥 보아 넘기진 않겠소이다!"

"뱀대가리 같이 생긴 놈아, 입이 있다고 함부로 말하는 것이냐! 누구를 모함하려 드느냐. 역모라니!"

"뱀대가리고? 이 눈깔 병신이 못하는 말이 없구나!"

이진구가 눈깔 병신이라고 한 것은 두 눈 밑에 자리한 검붉은 반점을 가리키는 말이었고 오선교가 말한 뱀대가리라는 말은 이진구의 얼굴 형태와 눈이 꼭 뱀을 연상시키는 형상을 띠고 있었기 때문이다. 서로의 용모를 헐뜯는 가운데 분위기는 살벌한 지경에 이르렀다. 당장에라도 주먹이 교차할 것 같은 상황에서 이진구가 흥! 소리를 내며 돌아섰다.

"이 일은 내 결코 그냥 넘기지 않을 것이니 그리 아시오. 조만간 아무런 조치가 취해지지 않는다면 최후엔 총타에 보고할 것이오. 그때 가서 후회해 봐야 때가 늦은 것임을 잊지 마시오!"

오선교는 분노에 쌓여 온몸을 부들부들 떨었다.

'당장 때려죽여도 시원찮을 놈 같으니…….'

이진구가 비웃음을 남기며 떠나자 오선교는 주먹으로 탁자를 깨부숴 버렸다.

허운 지역의 개방 제자들은 경악을 금치 못했다. 구지경외자가 방의 형제로 들어온 것은 불가사의함으로 다가왔다. 그들에게 있어서 구지경외자는 그저 '웃기는 놈', '약간 맛이 간 놈', '세상에서 제일 추접한 놈', '아주 재밌는 놈', '좀 특이한 놈' 으로 통용되고 있었을 뿐이다. 그런데 이제 이 괴이한 구지경외자가 동료가 된 것이니 모두들 기가 막힐 노릇이었다. 그들 모두는 그동안 구지경외자를 바라보며 얼마나 우스갯소리를 해댔는지 모른다.

'우린 늘 구지경외자에게 감사해야만 하네.'

'왜지?'

'저 녀석은 우리에게 사람이 저리 살아서는 안 된다는 것을 가르쳐 주고 있잖는가.'

'하하, 그렇군. 거지도 거지 나름이지. 저게 사람이 모양이랄 수 있겠나.'

'만약에 구지경외자가 우리 개방에 들어온다면 그날 부로 우린 오의파가 돼버리고 말 걸세.'

'예끼, 이 친구야. 농담이라도 그런 말은 하지 말게나. 부정 타네, 부정 타.'

'하하하······.'

이러한 우스갯소리가 현실이 되어 떡하니 나타난 것이다. 개방 제자들은 서넛만 모이노라면 구지경외자에 대한 이야기로 길게 탄식했다.

"개방이 불쌍한 거지들을 돌보는 곳도 아닌데 이거 너무 무분별하게 받아들이는 것은 아닌가 모르겠네."

"그러게 말이야. 세상 사람들이 우릴 보고 뭐라고 할지 벌써부터 걱정되는군."
"분타주님의 추천이라 어쩔 수 없지만 왠지 입맛이 쓰네그려."
"제일 먼저 목욕부터 하라고 해야겠어."
"이 사람들아, 자꾸 그런 소리 하지들 말게나. 분타주님께서 각별히 아끼신다는 소문이 있어. 분타주님께서 지타주님께 특별히 말씀하시길, 그저 하고 싶은 대로 놔두라고 하셨다더군."
"그나마 우린 오 당이 아니니 다행이야. 오 당은 거의 초상집 분위기더구먼."
"말도 말게. 추 당주는 앓아 누웠다고 하지 않던가."
"말세야, 말세."
 대부분의 개방인들의 이런 의식 구조는 10년이라는 시간 동안 정의파로 살아온 때문이었다. 이미 거기에 길들여진 상태라 거지 집단이라는 인식보다는 무림방파로서의 의식이 더욱 강하게 자리하고 있었다. 그랬기에 분타주의 추천으로 들어왔다는 구지경외자 표영을 바라보는 시선은 결코 고울 수가 없었다.

12장
양아치 소탕

양아치 소탕

 어슴푸레한 달빛 아래 뒷짐을 진 채 백의를 입은 한 사람과 그 뒤쪽에 두 사람이 서 있었다.
 "한 놈을 없애주어야겠다."
 뒷짐 진 백의인의 목소리였다. 그 목소리는 매우 음침하여 뱀이 풀숲에서 쉭쉭거리는 소리 같았다.
 "누구입니까?"
 뒤쪽에 두 사람은 약간은 의외라는 듯 물었다.
 "구지경외자."
 "음, 그는 개방의 제자가 되었다고 들었습니다만… 그런데도 저희들이 손을 대도 되겠습니까?"
 "상관없다. 뒷일은 내가 책임지겠다."
 "어느 정도까지 진행해야 합니까?"

"운신치 못할 만큼 확실히 병신으로 만들어놓아라. 혹시 그 와중에 죽어버린다면 아무도 모르게 조용히 묻어버리도록."

"알겠습니다. 그러나 뒤에 일이 생기면 저희들을 살펴주셔야 합니다."

그 말에 음침한 목소리의 백의인이 돌아서며 날카로운 눈빛을 빛냈다. 차가운 눈빛은 두 사람을 질리게 만들었고 자라의 목처럼 움츠러들었다. 그들은 이 사람이 자신들이 상대할 수 없는 고수라는 것을 잘 알고 있었다. 분명 손 한번 움직이는 것만으로도 목숨이 날아갈 것이다.

"빠르면 빠를수록 좋다. 후사는 두둑이 할 것이니 기대해도 좋다."

"삼 일 이내에 처리하도록 하겠습니다."

"좋다."

그때 구름에 가려진 달이 살짝 모습을 드러냈다. 그로 인해 세 사람의 모습이 노출되었다. 째진 눈에 뱀 형상의 머리를 지닌 백의인. 그는 바로 이진구였다.

이진구가 떠난 뒤 명령을 받은 둘은 그 자리에 머물러 머리를 맞대고 상의했다. 이들은 허운 지역의 폭력배 두목으로 이름은 양조포와 일각두였다. 허운 지역에는 두 개의 큰 조직이 있다. 여기서 말하는 조직이란 무림에 뛰어든 문파나 방파를 일컬음이 아니라 뒷골목 불량배 집단을 일컫는 것으로 서쪽은 각두파가 동쪽은 조포파가 장악하고 있는 실정이었다.

각두파는 두목의 이름이 일각두였기에 그 이름을 딴 것이었고 조포파는 양조포라는 두목의 이름을 따서 조포파라 부르게 된 것이었다.

이들이 하는 일은 실로 유치하기 짝이 없었다. 주로 서당이나 서원에서 글을 배우고 돌아가는 아이들의 호주머니를 털거나 가끔씩 도둑질로 근근히 연명하며 지내곤 했던 것이다. 큰 기루나 주점의 이권에 개입하는 것이 더 짭짤한 수입을 보장해 주는 것을 모르는 바는 아니었다. 허나 그런 곳은 무림인들이 암암리에 장악하고 있는 터라 곁눈질조차 할 수 없는 실정이었다.

그럼, 이런 양아치들이 무림인들 사이에서 어찌 생명력을 가지고 존재할 수 있는 것일까. 그 이유는 무림인으로서는 뒷골목 패거리들에게 손을 쓴다는 것 자체가 체면을 구기는 일이라 여긴 데다 더 큰 이익을 쫓고 있었기 때문에 마음에 여력이 없는 까닭이었다.

"이봐, 양조포. 자네 생각은 어떤가?"

질문을 던진 이는 각두파의 두목 일각두였다. 그는 오른 뺨에 길게 칼에 찢긴 자국을 가지고 있었는데 인상을 쓰자 더욱 흉악스럽게 보였다. 그 말에 조포파의 두목 양조포도 이맛살을 찌푸렸다.

"글쎄 말이네. 개방에서는 구지경외자를 제자로 받아들이고서 왜 그를 죽이려고 하는지 모르겠군."

이들이 원래부터 이렇게 서로 머리를 맞댈 만큼 사이가 좋은 것은 아니었다. 둘의 친목은 이진구가 암암리에 하찮은 일을 시키면서 비롯되었다. 그런 일을 처리함에 있어서는 서로를 아껴가며 열심히 처리해 가는 그들이었다. 질문을 던졌던 일각두가 조심스럽게 목소리를 낮추어 말했다.

"혹시 이건 함정이 아닐까? 이번 기회에 우리 건달들을 쓸어버리려는 것은 아닐지 모르겠네."

그 말에 양조포는 흠칫했지만 살며시 고개를 내저었다.

"음… 그건 그렇지 않을 걸세. 굳이 이런 방법을 동원하지 않더라도 우리를 제압하는 것은 식은 죽 먹기일 테니까 말이야. 게다가 개방은 우리 같은 무리들은 크게 신경 쓰지도 않았잖은가. 아마 구지경외자가 개인적으로 죄를 지은 것이겠지. 그러니까 우리 손을 빌려서 처치하려고 하는 것이 아니겠나. 나중에 탈이 나더라도 크게 문제될 것이 없을 테니 말일세."

"그렇군. 만일 그런 상황이라면 이번 일은 의외로 쉽게 매듭 지어지겠는걸. 구지경외자야 개만 잘 잡을 뿐이지 무공을 익힌 게 아니잖은가. 하지만 이 일은 마음에 썩 내키진 않아. 구지경외자는 아주 재밌는 녀석이었는데 말일세."

일각두의 연민 어린 말에 양조포는 냉막한 표정으로 답했다.

"그런 연민에 젖어서야 되겠나. 마음을 모질게 먹어야 하네. 대충 병신만 만들어놨다가는 나중에 우리에게 불리해질 수도 있어. 그러니 손을 쓸 때 확실히 숨통을 끊어놓아야 할 거야. 그런 다음 야산에다 적당히 묻어버린다면 실종 사건으로 생각하거나 구지경외자가 개방이 싫어서 도망간 것으로 생각하지 않겠나."

"음… 좋네. 우리 애들을 내일 모두 소집하도록 하겠네."

"나도 그렇게 함세."

둘은 그렇게 다짐하고 각자의 거처로 향했다.

각두파의 조직원 둘은 으슥한 길목에서 먹잇감을 기다리고 있었다. 그곳은 표영의 거처로부터 지척에 위치한 곳이었다. 달은 비록 반달이었지만 구름 한 점 없다 보니 조직원 송비와 두철심은 나무 그늘에 몸을 묻은 채 은신했다.

"그럴싸한 먹이가 안 나타나는걸."

"그러게 말이야. 이러다 계획이 틀어지는 것은 아닐까 모르겠네."

"좀 더 기다려 보세. 지나가는 놈들이 아예 없진 않을 것이네."

이제나저제나 초조하게 기다리던 둘의 시야에 10대 후반으로 보이는 서생이 잡혔다. 둘은 속으로 뛸 듯이 기뻐하며 냉큼 모습을 드러냈다.

"어이, 친구. 어딜 그리 급하게 가시나?"

"클클클… 집에 가는 길인가?"

어둠 속에서 불쑥 튀어나와 건들거리는 말투를 건네는 두 사람을 보며 서생은 깜짝 놀라 뒷걸음질쳤다.

'뭐, 뭐지… 이런, 잘못 걸렸구나.'

하지만 이제 와서 후회한들 아무 소용도 없는 일이었다. 그들의 험상궂은 얼굴은 결코 쉽게 놓아줄 것 같지 않았던 것이다.

"네? 네, 전 집에 가는 길인데… 무슨 일이시죠?"

어느새 목소리가 덜덜 떨렸다.

'어머니께서 늘 큰길로 다니라고 하셨는데… 조금 일찍 가려고 골목으로 들어와서 이런 봉변을 당하는구나.'

그는 오늘 친구네 집에서 시간 가는 줄 모르고 글을 읽다 이제야 돌아가는 중이었다. 두려움에 떨며 전전긍긍하는 서생에게 송비가 주먹을 어루만지며 이죽거렸다.

"우리가 너를 부른 것은 인생을 살아감에 있어서 중요한 것을 체험케 하고자 함이야."

"암, 그렇고 말고."

두철심이 옆에서 박자를 맞춰주었다.

"주, 중요한 것이라뇨?"

"이런이런, 쯧쯧. 배웠다는 녀석이 그것도 모르고 있다니……."

송비가 연신 혀를 차며 말을 이었다.

"흐흐흐, 그건 바로 말이야. 상.부.상.조.(相扶相助)야. 알겠어? 상부상조."

"아, 네… 사, 상부상조… 아, 아주 좋은 말이죠. 그럼요."

서생은 비로소 말뜻을 간파하고 식은땀을 흘리며 소매 속에서 돈을 꺼냈다.

"저 이것밖에 없거든요. 죄송해요."

송비는 새가 먹이를 채듯 돈을 낚아챈 후 손 위에서 올렸다 내렸다 하면서 껄껄거렸다.

"음, 그래도 아주 예의가 바른 서생이로군. 그렇지 않은가 철심이?"

"후후, 그러게 말일세. 미련한 줄 알았더니 그래도 머리가 크게 나쁜 편은 아니군."

"음… 그런데 말이야, 상부상조를 하기엔 양이 너무 적군. 이 정도로는 길을 지날 수가 없지 않겠어? 이거 어떻게 한담."

서생은 실제로 더 이상 가진 게 없었다.

"그것뿐입니다. 제가 두 분을 속여 조금 드린 것이 아닙니다. 믿어 주세요."

"암, 믿고 말고. 나도 상부상조를 한두 번 해본 것이 아니기 때문에 그 정도는 척 보면 알 수 있지. 허나 내 말의 요지는 좌우당간 돈이 모자라다는 것이야."

"그, 그럼 어떻게……."

"방법이 없진 않아. 그것도 아주 쉽지. 대개 이럴 땐 우리 세계에서는 나머지 몫만큼 몸으로 때우는 게 보통이지. 클클클."

뚜드득— 뚜드득—

송비와 두철심은 협박용으로 뼈마디 부딪치는 소리를 냈다. 서생은 주먹을 바라보고 그만 하얗게 질려 버렸다. 주먹이 어찌나 큰지 맞는 날엔 뼈조차 남아나지 않을 것만 같았다.

"한 번만 용서해 주십시오. 잘못했습니다!"

도대체 무엇을 잘못했는지는 몰랐다. 아마 잘못이 있다면 힘이 없는 것이 잘못이리라. 약자가 강자 앞에 서면 어떤 논리조차 먹혀들지 않는 것이다. 힘이란 잘못 사용되면 이렇듯 말도 안 되는 상황을 태연히 연출하기도 하는 것이다. 무릎을 꿇고 애원하는 서생을 보며 둘은 킬킬댔다.

"킥킥킥, 이거 마음 약해지게 왜 이러나. 이런 것도 다 커 나가는 데 필요한 교훈이러니 생각하고 몇 대 맞으면 되는 거야. 염려할 것까진 없다구."

뚜드득— 뚜득—

송비와 두철심은 준비 운동 겸 손을 풀었다.

"이런 말도 있잖아. 쇠도 불에 달구어졌다가 망치로 맞은 뒤에 더욱 견고해지듯이 사람의 몸이나 뼈도 한번씩 부러지고 멍들고 어긋났다가 다시 회복되었을 때 더욱 튼튼해진다. 후후후, 근데 이 말을 누가 했는지는 생각이 안 나는군. 유명한 사람이었던 것 같은데 말야. 클클."

서생은 잠시 후 뼈가 부러질 생각에 형용 못할 공포에 휩싸여 그저 맥없이 눈물만 하염없이 흘렸다. 그때였다.

"야, 야, 거기 두 놈! 애 데리고 뭐 하는 거야?"

송비와 두철심은 소리난 쪽을 바라보고 의미심장한 미소를 지었다.
'훗, 구지경외자로군.'
혹시나 나타나지 않으면 어떻게 하나 고심했는데 제때 등장해 준 것이 고마울 지경이었다.
"너는 구지경외자가 아니냐. 거지새끼가 왜 남의 사업을 참견하느냐? 네놈이 개방에 들었다고 이제 무서운 것이 없어졌나 보구나."
표영은 건들건들거리며 다가가 씨익 웃으며 말했다.
"짜식들, 내가 아까부터 듣고 있었다만 계속 듣고 있자니 참을 수가 없더구나. 다 큰 놈들이 어린애를 데리고 뭐 하는 짓이냐? 이런 개만도 못한 놈들 같으니."
송비와 두철심은 구지경외자가 이렇게 세게 나올 줄은 몰랐던지라 어이없어 말문이 막혔다.
"허허허……."
"허, 나참."
표영은 두 건달이야 어떻든 간에 고개를 돌려 서생을 바라보며 부드럽게 말했다.
"뒷일은 내가 감당할 테니 어서 집으로 가보시구려. 늦으면 부모님이 걱정하실 테니까 말이오."
서생은 뜻하지 않은 구세주의 출연에 어리둥절했다. 비록 거지였지만 말하는 폼이 꽤 힘을 쓰는 것 같았다.
"저, 정말 가도 되나요?"
"그럼. 어서 가도록 하세요."
젊은 서생은 두 건달의 눈치를 살폈다. 얼이 나간 듯 입을 벌리고 있는지라 지금이 아니면 기회가 없을 것 같았다. 후닥닥 일어나 부리나케 뛰는데 뒤에서 부르는 소리가 들렸다.

"잠깐!"

원래 멈춰서는 안 되지만 들리는 목소리가 어찌나 간곡하게 마음을 파고들던지 멈추지 않을 수 없었다. 불렀던 이는 표영이었다.

"네?!"

뒤돌아보는 서생을 향해 표영이 한쪽 눈을 찡긋 하고서 말했다.

"공부 열심히 하세요."

"네? 네……."

서생은 이마에서 식은땀을 흘리며 간신히 대답하고는 다시 부리나케 집으로 뛰었다.

송비와 두철심은 서생이 도망갈 때 표영을 앞뒤에서 포위했다.

"거지 놈이 간덩이가 부었구나. 클클."

"오늘 또 송장 치르게 생겼군."

위협적인 말에 표영은 아까와는 달리 허리를 굽신거렸다.

"아고아고, 건달님들은 마음을 너그럽게 가지셔야 합니다요. 제가 잠깐 정신이 나갔던 것 같습니다요. 전 그냥 단지 폼 한번 잡아보고 싶어서… 헤에~"

표영은 이제 막 개방에 들었기에 소란을 피우고 싶지 않았다. 이런 양아치들도 언젠가는 손을 봐줘야 하는 것은 확실하지만 지금은 때가 아니라고 생각했다.

"흥, 이제 와서 빌어본들 봐줄 성싶으냐? 어림없는 수작 부리지 말아라."

"네놈 정도는 쥐도 새도 모르게 묻어버리면 그만인 게야. 클클."

표영은 더욱 굽신거리며 온갖 아양을 다 떨며 말했다. 도무지 지금

양아치 소탕 221

차림새가 아양하고는 맞지 않았지만 하는 데까지 최선을 다했다.
"그럼요, 그럼요. 제가 잘못했으니 두 분의 마음을 마땅히 풀어드려야 합죠. 아까 저 서생에게 하시는 말씀을 들으니 돈 대신 몸으로 때우라고 하신 것 같은데 저도 몸으로 때우겠습니다요. 음, 한 백 대 정도만 맞으면 되겠습니까요?"
그 말에 송비와 두철심은 일이 착착 풀려 나가는 것이 여간 기분 좋은 것이 아니었다. 처음부터 이들이 목표한 바는 표영이었다. 두목인 일각두와 양조포가 세운 구체적인 계획은 이러했다.

1. 구지경외자의 집 근처에서 잠복한다.
2. 아무나 어수룩한 이가 지나면 삥을 뜯는다.
3. 그 소란스러움에 구지경외자가 끼어들면 그것을 빌미로 시비를 건다.
4. 싸우다가 지는 척하며 두목과 조직원들이 모여 있는 곳으로 구지경외자를 유인한다.
5. 거기서 확실히 매장한다.

사실 조잡한 계획이고 조금 어지러운 계획이었지만 각두파와 조포파가 나름대로 머리를 쓴다고 써서 만든 것이었다. 이들에게는 최선책이었던 것이다. 이미 세 번째까지 순조롭게 이루어지고 네 번째를 단계로 넘어가려 했기에 송비와 두철심은 흐뭇하기 그지없었다.
'후후, 이 정도면 굳이 두목님과 전 대원들이 모일 필요조차도 없었잖은가. 이런 허접한 놈을 없애는데 너무 걱정이 지나쳤던 거야. 혹시나 싸움 실력이 뛰어날 줄로 생각한 것은 오산도 큰 오산이었군.'

"흐흐흐, 알아서 기니 편하긴 하구나. 좋다. 이곳은 사람들이 그래도 왕래가 있는 편이니 한적한 곳으로 자리를 옮기도록 하자."

송비의 말에 표영이 고개를 설레설레 저었다.

"맞는 것도 쉬운 일이 아닙니다요. 어디서 맞으나 마찬가지니 그냥 여기서 맞도록 하겠습니다요."

표영은 말을 끝내고 걸음을 옮겨 근처에 있는 나무에 매미처럼 꼭 달라붙었다. 그건 마치 세상에서 가장 강력한 접착제로 붙여놓은 것처럼 전혀 빈틈이 보이지 않는 자세였다.

"자, 패세요."

송비와 두철심은 어이가 없었다.

'살다살다 이런 미친놈은 처음 보는군.'

'이거 안전히 돌이이 이냐.'

둘은 일단 이렇게 되었으니 우선 매질을 가해 기절시킨 다음에 계획된 곳으로 옮겨야겠다고 생각하고 주먹과 발길질을 인정사정없이 가했다.

"이 새끼, 죽어라~"

"건방진 녀석 같으니라구!"

퍼퍽. 퍼퍼퍽.

연속 공격이 가해지며 무자비한 폭력이 표영의 몸으로 향했다. 허나 표영에게 있어서 이 정도의 공격은 마치 솜방망이로 두들기는 수준에 불과했다. 만약 호신강기를 조절하지 않았다면 때리는 두 놈의 몸이 벌써 날아갔을 터였다. 하지만 온갖 아픈 척을 다 하며 끙끙거렸다.

"으윽… 어억… 커억……."

양아치 소탕

그러면서도 중간중간 맞은 숫자를 세는 것도 잊지 않았다.
"25대, 으윽… 29대, 으아악… 40대, 사람 살려… 58대… 어거걱……."
거의 80대 가까이 후려 팼지만 여전히 나무에서 떨어질 기미가 보이지 않자 송비와 두철심은 울화가 치밀었다.
"이 자식아, 떨어져… 떨어지란 말야!"
"뭘 잘못 먹었냐, 이놈아! 어서 떨어지지 못해!"
퍼퍽. 퍼퍽. 퍽퍽퍽.
"82대, 으윽… 87대… 엄마야… 93대, 흑흑… 99대… 으악… 100대."
드디어 100대가 채워졌다. 그렇게 맞고도 전혀 나무에서 떼어내지 못한 송비와 두철심은 은근히 초조해지기 시작했다. 의외로 끈질긴 놈인 것이다. 조급해진 둘은 주변에서 몽둥이를 쥐어 들고 달려들었다.
"100대 다 맞았습니다요. 이제 다 끝난… 아악!"
표영의 말이 채 끝나기도 전에 이젠 몽둥이질이 가해졌다.
퍼퍼퍼퍼퍽— 퍼퍽— 퍽퍽—
"이제… 으아악… 그만… 윽! 때리세요……. 130대… 커어억! 138대… 으윽……."
마치 비웃기라도 하듯이 울부짖음 속에서도 숫자를 세는 구지경외자가 이젠 치가 떨렸다.
'이 새낀 정말 지독한 놈이로구나.'
송비는 한쪽에서 물러나 두철심이 몽둥이질을 하고 있는 걸 보며 다른 방법을 찾아야겠다고 생각했다.

'몽둥이로는 안 되겠어. 내 이 자식을……'

그는 눈에 불을 켜고 짱돌을 찾았다. 근처에 한눈에 보기에도 단단하기 그지없는 짱돌이 보였다. 사람 머리통 두 개만한 크기였는데 맞았다가는 최소한 사망일 것이 분명했다.

'내 이놈을 살려서 데려가지 못하면 죽여서라도 데려가야겠다.'

송비는 '영차' 소리를 내며 짱돌을 들어 올리고 표영에게 다가갔다. 몽둥이질에 여념이 없던 두철심도 그 광경에 질겁을 하고 물러섰다.

"이 새꺄~ 죽어~!"

짱돌은 여지없이 표영의 머리통을 찍었다. 송비는 '퍽!' 하고 수박 깨지는 소리를 기대하며 느긋해했다. 하지만 그것은 오산이었다. '퍽'이 아닌 '콰광'이라는 소리가 들린 것이다. 그와 함께 짱돌의 파편이 사방으로 튀었다.

"뭐, 뭐야, 이건……"

"이 새끼 완전히 돌대가리 아냐. 설마 철두공이라도 익혔단 말인가?!"

그건 표영의 호신강기가 머리를 보호하자 짱돌이 반탄력에 의해 깨져 버린 것이었다. 송비와 두철심은 짱돌을 맞고도 여전히 나무에 매달려 있는 표영에게 다가가 몸을 살폈다.

"이 새끼 살아 있잖아."

"그럴 리가… 음… 거지새끼들은 명이 길기도 하군."

"그러게. 기절한 것 같은데?"

"계획된 시간에서 거의 일 식경이나 지났어."

"자자, 어서 떼어내서 데려가세."

"그래."

표영은 계속해서 비명 소리만 지른다고 일이 끝날 것 같지 않자 속 편하게 혼절한 시늉을 내기로 마음먹은 것이다. 둘은 조급한 마음을 달래며 표영을 뜯어내려 혼신의 힘을 다했다. 하지만 어떻게 된 노릇인지 전혀 떼어놓을 수가 없었다. 화석처럼 굳어버린 듯 혹은 나무와 한 몸이 돼버린 것 같았다.

"으차차!"

"뭐, 뭐야."

두 발을 나무에 대고 잡아뜯어도 소용이 없었다. 그러길 다시 일 식경(약 30분)이 지났다. 둘은 제풀에 지쳐 주저앉고야 말았다.

"이씨… 뭐, 이런 놈이 다 있지?"

"추접한 것뿐만 아니라 아주 악착 같은 놈일세. 기절을 해도 어째 이렇게 더럽냐는 거야."

"이봐, 너무 시간이 많이 지난 것 같지 않나?"

"큰일이군. 이번 일은 개방의 이진구님께서 각별히 두목님께 명하셨다고 했는데 말이야."

혼절한 척하며 대화를 듣던 표영의 귀가 번쩍 뜨였다.

'이진구라니… 이번에 새로 지타주로 발령났다는 사람 아닌가. 음, 대체 무슨 속셈일까. 그래, 내가 정의파의 길과 다르기 때문에 소리소문없이 죽여 버릴 심산인 게로구나. 후후, 그렇게는 안 되지. 감히 지타주 주제에 방주를 죽이려 들다니… 가소로운 놈.'

표영이 나름대로 일의 상황을 파악하고 있을 때도 둘의 대화는 계속되었다.

"음, 이진구님은 한번 화나면 물불을 가리지 않잖는가 말이네. 전에도 두목님이 일을 조금 늦게 처리하는 바람에 왼팔을 부러뜨려 버리지 않았나."

"하지만 어쩌겠나. 이놈은 완전히 찰거머리 아닌가. 그럼 일단 두목님께 상황 보고를 드린 후 지원을 받아서 다시 오던지 하세."

"그러지."

송비와 두철심은 깔끔하게 일을 처리하지 못한 것에 화가 치미는지 나무에 매달린 표영의 뒤통수를 연달아 갈긴 후 자리를 떴다. 표영은 그들의 발자국 소리가 멀어짐을 확인한 후 비로소 나무에서 내려섰다.

'음… 좋아. 이번 기회에 양아치들을 정화시키는 것이 낫겠어.'

생각을 정리한 표영은 부지런히 걸음을 재촉하며 어디론가 사라졌다.

송비와 두철심은 언덕배기를 넘어 뒷산에서 기다리고 있는 두목과 동료들에게 도착했다. 일각두와 양조포는 이제까지의 상황을 다 듣고 울화통이 치밀었다.

"이런 머저리 같은 놈들! 나무에 매달린 녀석 하나를 끌고 오지 못했단 말이냐? 가서 뒈져라, 뒈져!"

일각두는 두 부하를 인정사정없이 패버렸다. 아까까지 신나게 표영을 두들겨 팼던 송비와 두철심은 반대로 신나게 얻어맞는 입장이 되었다. 방금 전 표영을 때리기까지 어찌 그들이 이런 지경에 처할 것이라 생각했겠는가.

퍼퍼퍼퍽— 퍽퍽—

"죽어, 새꺄~"

양아치 소탕 227

각두파 두목 일각두가 더욱 열받은 것은 조포파의 두목 양조포와 핵심을 이루는 친위대원들이 지켜보고 있었기 때문이다. 이건 완전히 체면 구기는 일이 아닐 수 없었던 것이다. 일각두는 양조포와 그 부하들이 민망해할 지경까지 팬 후 비로소 손을 멈추었다.

"이 못난 놈들 같으니라구."

옆에 있던 양조포는 괜히 시간만 끌어서는 좋지 않을 것 같아 자신의 생각을 말했다.

"거지 놈이 패나 끈질긴 구석이 있는 모양이니 사람을 좀 더 여럿 보내도록 하는 것이 좋을 것 같네."

"아무래도 그래야겠지."

둘은 각기 대원들 중에서 덩치가 크고 힘이 좋은 놈들을 대여섯 명 정도 추렸다.

"정 안 떨어지거든 칼로 토막을 내든 살만 도려내서 오든 좌우지간 데리고 와."

"네."

떡대가 좋은 놈들이 씩씩대며 사명을 받들고 막 떠나려 할 때였다.

"어이, 건달들. 거기들 모여서 무슨 작당을 하고 있는 것인가? 나를 토막 내주겠다고?"

갑작스런 말에 모두는 소리난 쪽으로 시선을 돌렸다. 목소리의 주인공은 놀랍게도 그들이 찾는 구지경외자 표영이었다.

"어라, 어떻게 이곳까지 오게 되었지?"

일각두와 양조포는 의아함에 송비와 두철심을 찾았다.

"야, 새끼야! 저렇게 멀쩡하게 나타났는데 뭣이 이쩌구저쩌??! 나무에서 떨어지질 않아?! 이놈들이 나를 물로 보는 거냐! 가 죽어, 죽어~!"

퍼퍽— 퍼퍼퍽—

다시 송비와 두철심은 얻어터지느라 정신이 없었다. 도대체 어떻게 된 일인지 마음만 답답할 뿐이었다.

'어떻게 저놈이……'

'이건 정말 말도 안 돼.'

구지경외자를 어서 잡아야 한다는 생각도 잊은 채 패던 일각두는 간신히 정신을 수습하고 개운한 듯 두 팔을 깍지 끼고 기지개를 켰다.

"어쨌든… 구지경외자가 제 발로 찾아왔으니 우리 수고는 던 셈이군."

표영은 느긋하게 다가와 7장여(22미터 정도) 정도 거리를 두고 말했다.

"오늘 날짜로 이 지역 양아치들은 모두 취직하도록 한다."

취직이라는 말은 둘째 치고 표영의 발언 중 양아치라는 말은 두 조직원들의 심사를 건드렸다. 이들에게 있어서 가장 듣기 싫어하는 말이 양아치라는 말이었기 때문이다.

"야, 자식아! 양아치라니. 엄연히 우리는 각두파라는 이름이 있는데 무슨 망발이냐! 콱 이걸 그냥 입을 찢어놓을까 보다."

"차가운 땅속에 파묻혀 보아야만 이 세상이 얼마나 따뜻한 곳이었는지를 느낄 셈이냐."

"저걸 그냥 내장을 꺼내 줄넘기 해버릴까 보다. 조포파가 물로 보이냐?"

"입을 곱게 놀리지 않는다면 횟감으로 변신할 줄 알아라."

온갖 양아치들의 수준에서나 나올 법한 험한 말들이 일거에 쏟아졌다. 하지만 애초부터 그런 말에 흔들릴 표영이 아니잖은가.

"허허, 고놈들… 귀엽긴. 각두파라 이거냐. 각두파라… 각두파. 그럼 깍두기 녀석들이구먼. 에라, 이 깍두기들아."

쿠궁! 깍두기!!

깍두기라는 말에 각두파 두목 일각두의 두 눈은 실핏줄이 일어서며 당장에라도 터질 것같이 변해 버렸다. 더불어 주위에 있는 각두파의 조직원들과 조포파의 두목과 대원들도 모두 긴장에 휩싸였다.

깍두기! 이 말은 일각두가 제일 싫어하는 말이었던 것이다. 깍두기라는 단어는 각두파에게 있어서 사용해서는 안 되는 단어로 등록된지 오래였다. 낳아주고 길러주신 부모님을 원망해선 안 되는 일이지만 왜 하필이면 부모님이 자신의 이름을 각두(角頭)라고 지었는지 일각두로서는 얼마나 원망했는지 모른다. 아무리 처음 태어날 때부터 얼굴이 네모나게 각졌다기로서니 각두라고 할 수 있느냔 말이다.

사실 그 부모가 각두라고 이름을 정한 것은 네모난 얼굴처럼 항상 바르고 정돈된 삶을 살라는 좋은 뜻으로 지은 것이었지만 오히려 그로 인해 유년기 때 놀림을 받은 일각두는 삐뚤어진 길을 걸어갔고 지금에 이르러 각두파의 두목이 된 것이었다.

"까, 깍두기라니… 이 거지새끼가 짧은 명을 더욱 재촉하는구나."

바르르 떠는 일각두는 분노 수치가 최대치를 향하고 있었다. 하지만 여전히 표영은 유들유들하기 그지없었다.

"거지라… 후후, 좋은 말이지. 계속해 봐. 난 그 말을 들을 때가 제일 행복하더라. 너도 깍두기가 어울리는데 뭘 그래. 좋으면서 괜히 그러는 거지."

표영이 타는 불에 기름을 끼얹었다.

"이런… 개자식을……. 애들아, 쳐라!"

각두파는 물론이거니와 조포파의 조직원들까지 100여 명에 이르는 졸개들이 우르르 몰려들었다. 그때였다.

"잠깐!"

표영이 오른손을 번쩍 내뻗으며 일갈했다. 벼락을 치듯 큰 소리인 데다가 묘하게 마음을 움직인 터라 모두는 일순 주춤거리며 멈춰 섰다. 표영이 천음조화를 시전해 외친 탓이었다. 아직 부족한 천음조화였지만 이런 양아치들의 마음을 움직이는 것은 그리 어려운 것이 아니었다.

"두목들은 움직이지 않고 부하들만 보내는 것이냐. 그건 좀 비겁한 걸. 네놈들이 부하를 보낸다면 나도 내 부하들을 상대하게 해주마."

일각두와 양조포는 혹시 개방의 고수들이 동원된 것은 아닌가 하여 흠칫했다. 하지만 곧 생각을 부인했다. 이진구님은 철저하기 이를 데 없고 한 번도 자신들을 버린 적이 없었기 때문이다.

"후훗, 네놈에게도 부하들이 있었단 말이냐."

"지나가던 개가 웃을 일이로군. 그래, 부하들은 어디에 있느냐?"

표영이 씨익 하고 웃었다.

"좀 많은데 괜찮을지 모르겠군. 모두 나와라."

"킬킬킬, 죽을 놈이 허풍은… 허거걱?!"

일각두는 킬킬대다 말고 숨넘어가는 소리를 질렀다. 엄청난 광경이 목격된 것이다. 표영이 '모두 나와라' 라는 말을 외치기 무섭게 사방팔방에서 시커먼 그림자들이 몰려들었기 때문이다.

"으허헉!"

"이건 뭐냐?!"

"늑대다. 늑대 떼야!"

사방에서 경악성이 터져 나왔다. 어두운 밤중에 보는 것이라 재빠른 몸 동작과 떼지어 등장한 광경은 흡사 늑대 떼를 연상하기에 부족함이 없었다. 하지만 나타난 짐승들은 사실 개 떼였다. 대략 그 숫자는 1,000여 마리를 상회하고 있었다. 허운 지역에 있는 개라는 개는 모조리 동원된 것이 분명했다.

삽시간에 양아치들은 개들에게 포위당하고 말았다. 양아치들은 이런 상황에서 그저 호기만을 부릴 수는 없었다. 생각해 보라. 야심한 밤중에 꿈틀대는 천여 마리의 개 떼들이 포위하고 있는 모습을.

아까까지 죽일 듯 외치던 일각두나 양조포는 일이 이 지경에 이르자 당황하여 어쩔 줄을 몰라 했다. 구지경외자가 개들을 잘 다룬다는 것은 알고 있었지만 이런 식으로 장악하고 있을 줄은 꿈에도 생각지 못했던 것이다.

"어떠냐, 내 부하들의 위용이. 한번 붙어볼 테냐?"

양아치들이 아무리 깡다구가 좋다고 해도 개와 혈전을 벌일 수는 없는 노릇이었다. 이건 이긴다고 해도 아무것도 남을 것이 없는 싸움인 것이다. 게다가 개들을 다 제압할 수 있다는 것은 있을 수도 없는 일이었다.

"도, 도대체… 어쩌자는 거냐?"

"개, 개를 돌려보내라. 오늘 일은 없었던 것으로 하자."

일각두와 양조포는 일단 이 순간을 모면해야겠다는 생각으로 타협안을 제시했다.

"흐흐흐… 그건 안 될 말이지. 이 개만도 못한 놈들에겐 개 이빨이 약이거든."

표영의 말이 채 끝나기도 전에 조각두의 진영에서 한 그림자가 튀어나오며 외쳤다.

"감히 거지 놈이 누굴 협박하는 것이냐!"

양아치들이라고 인물이 없는 것은 아니었나 보다. 튀어나온 이는 각두파의 쌍도끼였다. 예전 패싸움을 벌였을 때 쌍도끼로 상대 진영을 누벼 공로를 세운 후 쌍도끼라는 별명이 붙은 무지막지한 건달이었다.

두목들과 모든 조직원들은 한가닥 희망과 또 한가닥 염려 속에 쌍도끼를 지켜보았다. 쌍도끼는 언제 빼 들었는지 도끼날을 번뜩이며 표영에게 달려들었다. 하지만… 쌍도끼의 움직임은 표영의 손짓 한 번에 그 목적한 바를 잃고 말았다. 근처에 있던 오십여 마리의 개 떼들이 순식간에 쌍도끼에게 달려든 것이다.

월월.

으르릉.

워워— 웍—

용기를 내 뛰쳐나온 쌍도끼는 개들의 틈바구니 속에서 처참한 비명을 질러댔다. 도끼는 어디 갔는지 보이지도 않았다. 지켜보는 양아치들은 등줄기에서 식은땀을 흘렸고 주먹을 입으로 꽉 물고 불안에 떨었다. 개중엔 쌍도끼처럼 뛰어나가려고 했던 녀석도 있었는데 그들은 한결같이 안도의 한숨을 내쉬었다. 그 정도로 쌍도끼의 상황은 처참하기 그지없었다.

"으아악! 사람 살려!"

비명은 끊이지 않았는데 갑자기 이제까지 들어보지 못한 괴성이 메아리쳤다.

"캬아악~!"

소름이 확 돋았다.
"우어어~ 사람 살려! 잘못했어요. 으아악! 제발… 거긴 안 돼~! 아악~!"
다시 물리지 말아야 할 곳을 물린 것 같았다. 쌍도끼는 가슴 절절히 후회하고 있었다.
'어머니께서 객기 부리지 말라고 신신당부하셨는데 괜히 난 척하다가 이게 무슨 꼴이냐.'
양아치들은 날이 그다지 춥지 않은데도 보는 것만으로도 한기(寒氣)를 느꼈다. 처참한 비명이 계속 이어지자 별의별 상상이 다 떠올랐다.
'이러다 개들이 쌍도끼를 다 먹어치우는 것은 아닐까?'
'쌍도끼는 앞으로 고자로 평생을 살겠지?'
'불쌍한 놈.'
부질없는 용감이 얼마나 큰 화를 자초하는지를 여실히 보여주는 좋은 예였다. 표영은 이 정도면 됐겠다 싶어 두 번 박수를 치는 것으로 신호를 보냈다.
짝짝.
이젠 됐다라는 뜻이었다. 표영의 박수 소리에 개들은 아쉬운 기색으로 쌍도끼를 흘낏거리면서 본래의 자리로 돌아갔다. 모든 건달들은 손짓 한 번에 개들을 움직이고 박수 소리로 물러서게 하는 구지경외자의 신비스런 능력에 경악을 금치 못했다. 개들이 물러선 뒤에 쌍도끼의 모습이 드러났다. 그건 더 이상 쌍도끼가 아니었다. 옷은 갈기갈기 찢기고 피를 뒤집어쓴 채 축 처져 있는 게 살아 있는지도 의문이었다. 부하들이 쌍도끼를 한쪽으로 끌어냈다.
"후후, 어떠냐? 아직도 한판 붙어볼 생각이 나느냐?"

일각두와 양조포는 아무 말도 못하고 그저 식은땀만 연신 흘릴 수밖에 없었다.

"조, 좋다. 오늘 일은 우리가 잘못했다. 이러면 됐지?"

일각두는 일단 후일을 도모하는 편이 낫다고 여겼다. 하지만 표영은 가만히 고개를 저었다.

"후후, 그건 안 될 말이지."

"그럼 대체 어떻게 하자는 것이냐?"

답답하다는 듯 버럭 양조포가 소리를 질렀다. 그 소리에 주위의 개들이 기분이 상했는지 으르렁거렸다.

으르르르ㅡ 르르르ㅡ

감히 견왕에게 큰 소리를 치다니 개들로서는 결코 용납할 수 없는 일이었다. 중저음으로 짙게 깔리는 개 소리에 양조포의 얼굴이 핼쑥하게 변해 버렸다.

"흐흐흐, 아까도 이야기했다시피 앞으로 깍두기파와 양아치파는 해체하도록 한다. 더불어 건달 활동은 접고 모두 취직을 하도록 한다."

쿠궁!

취직이라니……!

각두파와 조포파 일당들은 너무도 충격적이었다. 이 일을 천직(天職)이라고 생각하며 살아오지 않았던가.

"다른 건 몰라도 그, 그건 절대 있을 수……."

일각두는 떨리는 음성으로 말을 끝맺지도 못했다. 하지만 표영의 의지는 단호했다.

"오늘 이 자리에서 모두 개 밥이 되고 싶은 거냐?"

표영이 말을 하면서 손을 중간 정도 치켜들자 모든 개들이 일제히 으르렁거리며 서너 발짝씩 포위망을 좁혔다. 한두 마리가 으르렁거리는 것이 아니라 이번에는 1,000여 마리가 동시에 으르렁거리는 것이어서 그 소리는 심장과 폐부까지 저며오는 공포감을 안겨주었다.

급기야 양아치들은 술렁이기 시작했다. 서로 주위에 있는 건달들끼리 수군수군대는 것이 나름대로 회의를 하는 것 같았다. 그러던 차에 무리들 중에 한 건달이 큰 소리로 외쳤다. 그는 각두파의 행동대장인 일명 무대포라 불리우는 공환이었다.

"보자 보자 하니 이 거지새끼가 못하는 말이 없구나! 죽는 한이 있더라도 조직을 해체할 수는 없는 일이다. 나는 이제껏 죽음의 고비를 수없이 맞이했지만 그때마다 단 한 번도 용기를 잃어본 적이 없었다!"

행동대장은 확실히 뭔가가 다른 모양이다. 그의 목소리엔 힘이 넘쳤고 모두의 마음 가득 담대함을 심어주고자 함이 역력했다. 두려움이란 마치 전염병과 같아서 순식간에 물들어간다. 그럴 때 누군가가 패기 어린 말로 그 벽을 깨뜨려 준다면 상황은 바뀔 수도 있는 것이다. 바로 그것을 공환은 실전을 통해 깨달은 터였다.

"우리 모두 죽을 각오로 개 떼들과 싸우자!"

그의 용기는 하늘을 찌를 듯했다. 하지만······.

뒤를 이어 나오는 더 큰 고함 소리가 있었으니 그건 일각두와 양조포의 입에서 동시에 터져 나온 것이었다.

"방금 말한 새끼 어떤 놈이야. 당장 나오지 못해~!"

공환은 무리의 중간에 자리했는데 두목들의 음성이 떨어지기 무섭게 공환의 곁에 있던 조직원들이 썰물이 빠져나가듯 주르르 물러났다. 순식간에 공환을 중심으로 방원 2장 안이 공터로 변해 버렸다.

"너냐? 이 새꺄, 죽고 싶냐!"

일각두와 양조포는 성난 황소처럼 씩씩거리며 뛰어가더니 주먹과 발로 무참히 두들겨 패버렸다.
퍼퍽— 퍼퍼퍽— 퍼퍽—
"이놈아, 죽으려면 너 혼자 죽을 일이지 왜 우리까지 끌어들이는 거야?! 저기 개 떼들이 네 눈엔 하나도 안 보인단 말이냐!"
"너, 지금 정신이 있는 거냐 없는 거냐. 환장을 하지 않고서야 그게 인간이 할 소리냔 말이다!"
"으어억! 잘못했어요. 다신 안 그럴게요. 아악!"
한동안 신나게 두들겨 팬 후 일각두와 양조포가 다시금 표영에게 다가가 공손히 손을 모으고 말했다.
"미안하다. 이놈 말은 깊이 새겨들을 필요 없어. 한번씩 애가 맛이 가거든."
"교육을 시켜도 이거 참, 안 되는 놈들이 있으니 말일세. 이해하게."
표영은 나지도 않은 턱수염을 쓰다듬기라도 하듯 어루만지며 느긋하게 말했다.
"후후, 내 말 명심해서 들어라. 젊은 나이에 건들거리면서 살아서야 바른 인생이라고 할 수 없다. 더 이상 길게 말하지 않겠다. 한참 일할 나이에 놀아선 안 돼. 가뜩이나 일손이 모자라서 난리들이 아니냐. 기한은 삼 일이다. 삼 일 안에 직장을 잡지 않고 빈둥거리는 놈들이 있으면 그땐 장래를 보장하기 힘들 것만 알아둬라."
쿠궁!
다시 심장이 울렸다. 삼 일이라니…….
시커먼 하늘이 노랗게 변하는 순간이었다. 이제 그 달콤하고 행복한 날들은 끝난 것이다.
"알아들었나?"
표영이 힘차게 외쳤지만 어느 누구도 대답하는 이가 없었다.
"알아들었냐니까?"
두 번째 물음에도 아무도 대답하는 이는 없었다. 반항하려는 의도보다는 아직까지 충격에서 벗어나지 못해 정신이 몽롱해진 상태다 보니 소리를 듣지 못했다고 보는 편이 옳았다. 표영은 뭔가 확실하게 깨우쳐 주지 않고서는 이들을 고쳐 놓기가 힘들 것 같았다.
'음, 회선환을 먹여야 하나… 아니야. 이놈들은… 좋아. 좀 보여주도록 하자.'
표영은 일각두와 양조포에게 다가가 귀싸대기를 날렸다.
짝— 짝—
"이것들이 정신을 어디다 두고 있는 거야!"
얼떨결에 한 대 얻어맞은 둘은 속으론 부글부글 끓었지만 그놈의 개들 때문에 어떻게 할 도리가 없었다.
"이봐, 정신 차리고 내 말 잘 들어. 너희 둘은 건달들 중 지도자급 양아치들 20명을 데려와라."
"우리가 왜 그래야 하지?"
일각두도 오기가 있는지라 순순히 말을 듣고 싶진 않았다. 하지만 표영이 손을 한번 들자 개들이 일각두를 감싸 버렸다.
"아, 알았다. 그만 해라. 어서 개들보고 비키라고 해."
둘은 이내 조직에서 영향력을 행사하는 중간 지도자급까지를 가려 표영 앞에 이르렀다.
"좋아. 너희 모두는 잠깐 나를 따라와."

도대체 무슨 일인지 모르지만 지금은 상황이 상황인지라 말을 듣지 않을 수가 없었다. 표영은 그곳에서 가까운 언덕을 하나 넘어 다른 양아치들이 보이지 않게 되자 걸음을 멈추었다.

"내 너희들에게 보여줄 것이 있어서 특별히 따로 불렀다."

일각두와 양조포를 비롯한 모두는 속으로 욕을 퍼부었다.

'지랄하고 있네.'

"이제부터 내가 하는 말과 행동은 일체 비밀을 유지해야 한다. 사실 난 독의 황제다."

그 말에 양아치들은 하마터면 웃음을 터뜨릴 뻔했다.

'이 새끼 완전히 똘아이 아냐.'

'지깟 놈이 개를 좀 다룬다고 이젠 아예 독의 황제라고 해! 에라이, 썩을 놈아!'

'이놈이 아주 우릴 바보로 아나!'

하지만 표영은 태연하게 말을 이었다.

"자, 여러 번 보여주지 않을 테니 잘 봐두어라."

표영은 걸음을 몇 발작 옮겨 나무 옆에 섰다.

"내가 셋을 세면 이 나무는 말라비틀어질 것이다. 하나, 둘, 셋."

표영은 식탐지를 이용해 손가락을 나무에 박은 채 독기를 불어넣었다. 그러자 거짓말같이 나무가 녹아내렸다. 말라비틀어진다는 표현은 너무도 양호한 표현이었다. 거의 흐물흐물해지며 녹아버리고 있는 것이다. 그와 동시에 양아치들의 얼굴도 경악에 차 시커멓게 변해 버렸다.

"험험. 어때, 봤냐? 힘을 많이 썼더니 좀 모양새가 안 좋군."

반응은 즉각 나타났다. 곧바로 양아치들이 바닥에 무릎을 꿇고 빌기 시작한 것이다.

"왜, 왜 그러시는 겁니까?"

"잘못했습니다. 앞으로 착하게 살겠습니다."

"처자식이 있는 몸입니다. 용서해 주십시오."

"나이 드신 어머니께서 흑흑……."

그들은 온갖 불쌍해 보이는 표정을 다 지으며 무릎을 꿇고 애걸복걸했다. 일각두와 양조포도 눈에 보이는 것이 없었다. 옆에 뒤에 부하들이 있는 것은 신경도 쓰지 않고 눈물을 펑펑 쏟았다. 구지경외자를 혼내주라고 했던 이진구는 이에 비하면 무서운 것도 아니었다. 표영은 이 정도면 시각 효과는 충분히 준 것이라 생각하고 말했다.

"방금 전 멀쩡하던 나무가 쓰러진 것을 보았을 것이다. 이건 좀 심한 것이었지만 내가 너희들에게 적용할 독은 대강 이렇다. 첫 증상은 먼저 속이 매스꺼워지며 하루 종일 토한다. 그 다음엔 귀에서 피를 흘리게 되지. 그때부터 고통은 시작되는 거야. 그렇다고 바로 죽는 것은 아니야. 하루 정도 지난 다음에 다리가 썩어 들어간다. 그리고 점점 위로 썩어 들어가지. 그래도 죽지 않다가 결국 심장이 썩으면서 죽게 되는데 걸리는 시간은 열흘 정도다. 어떠냐? 한 방 먹여주랴? 아니면 앞으로 잘할래?"

이미 선택의 여지는 없었다.

"잘하겠습니다~!"

어찌나 목소리가 큰지 언덕 너머의 다른 부하들까지 놀랄 지경이었다.

"다시 한 번 말하지만 오늘 여기에서 본 것을 입 밖에 내는 자는 어떤 처벌이 기다릴지 잘 염두해 두어야 할 것이다. 그리고 이진구가 묻거든 그저 개가 동원된 이야기로 변명하도록 해라."

"네~!"

다시 우렁찬 대답이 나왔다.

"좋아좋아, 맘에 들었어. 자, 삼 일이라고 했다. 그 기간이 넘도록 여전히 일자리를 잡지 못하면 각오하도록. 부하들은 너희들이 잘 지도해서 올바르게 인도하도록 해야 한다."

"네~!"

다시 목소리가 쩌렁쩌렁하니 울려 퍼졌다.

"허허, 고 녀석들."

표영은 다시 언덕을 넘어 아까 그 자리로 돌아왔다.

"모두 기억해라. 삼 일이다. 혹시나 이 지역에서 도망치는 녀석이 있다면 세상 끝까지 쫓아가서 찾아내고 말 테니 도망갈 생각은 하지 않는 게 좋을 것이다. 그땐 수많은 개들의 추적을 받으며 일평생을 살게 될 테니 알아서 행동하도록."

표영은 단호하게 말한 후 개들에게 신호를 보냈다. 그러자 개들은 100여 명의 건달들 사이를 지나다니며 각자의 냄새를 기억했다. 천여 마리의 개들이 무리들에게 다가가 냄새를 맡는 광경은 대단했고 건달들은 혹시나 개들이 갑작스레 돌변하지 않을까 두려운 마음에 식은땀만 삐질삐질 흘릴 수밖에 없었다.

"자, 그럼 개새끼들과 양아치들 모두 해산한다. 해산!"

그 말에 모든 건달들과 개들이 썰물처럼 빠져나갔다.

표영은 돌아서는 모습을 보며 흐뭇한 미소를 지었다.

'일자리가 많이 있어야 할 텐데……'

13장
취직 사태

취직 사태

양아치들과 약속을 맺은 지 삼 일째 되는 날이다. 표영이 골목 귀퉁이에서 여유로운 낮잠을 즐기고 있을 때 다급한 소리가 귓가를 때렸다.

"저… 저 드릴 말씀이 있습니다."

눈을 떠보니 일각두와 양조포였다.

"뭐냐?"

"저, 다름이 아니라… 저희들이 최선을 다해 일자리를 잡으려고 했지만 아무도 받아주는 사람이 없는 겁니다요. 얼마나 노력을 많이 했는지 모릅니다요."

"믿어주십시오. 진심입니다요."

둘의 눈동자는 결코 거짓을 말하고 있지 않았다.

"음, 그러고 보니 그렇기도 하겠군. 그럼 일단 앞으로는 모든 사람들에게 새롭게 태어났음을 알리기 위한 봉사 활동에 들어가도록 한다. 먼저 양로원과 고아원, 그리고 장애원을 돌면서 회개의 뜻을 진실되이 보이도록."
"네? …아, 네……."
"말 끝났으면 어서 가봐. 나는 좀 더 자야겠거든."
표영이 손을 들어 주먹을 쥐어 보이자 둘은 순식간에 시야에서 사라졌다.

"허허허, 양아치들이 사람이 다 됐어."
"저것들이 못 먹을 것을 먹었나. 왜 저러는지 모르겠군."
"세상 오래 살고 볼 일일세. 개만도 못한 놈들이라고 생각했는데 사람이란 변하는가 봐."
처음에는 곱지 않은 시선으로 바라보던 허운 지역의 사람들은 서서히 양아치들을 바라보는 시각이 바뀌어갔다. 양아치들의 노력은 참으로 눈물겨운 것들이었다. 양로원으로 가서는 홀로된 노인들을 위해 공연 행사도 치렀다. 장기 자랑이며 노래 자랑, 그리고 온갖 재롱이란 재롱도 다 떨었다. 게다가 가진 재산을 털어 쌀과 여러 음식들을 창고에 사 나르기도 했다. 하지만 양로원에 거주하는 노인들이 그런 양아치들을 바라보는 시각은 가히 엽기적이었다.
'무슨 속셈이지? 저렇게 행사를 치르고 재롱을 떨고 나서 돈을 달라고 하는 것은 아닐까? 잡것들이라니까.'
'우웩! 덩치가 산(山)만하고 흉악무도하게 생긴 놈들이 아양 떠는 모습이라니…….'
'왜 하필 우리 양로원에 와서 난리냐, 난리긴. 재수없어…….'

'저것들이 쌀 사놓고 나중에 이자를 엄청 붙여서 돈 내놓으라고 할지도 몰라. 내 결코 하나도 건드리지 않겠다.'

하지만 이런 노인들의 염려는 시간이 지나면서 점차 바뀌어갔다. 건달들의 태도는 처음이나 나중이나 변함이 없었던 것이다. 흉악스럽던 얼굴 또한 차츰 대하자 그 또한 나름대로 정감이 있었다. 이러한 노력은 양로원에서만 이루어진 것이 아니었다. 고아원과 장애원 같은 곳에서도 마찬가지였다.

고아원의 아이들은 찾아오는 손님들 중 가장 기다려지는 사람 1위로 양아치들을 꼽을 정도로 좋아하게 되었다. 장애원의 몸을 움직이기 힘든 아이들도 고아원의 아이들과 다를 바가 없었다. 양아치들이 몸을 씻겨주는 등 헌신적인 노력을 아끼지 않았던 까닭이다.

이런 일이 20여 일 정도 지속되면서 양아치들은 점전 마음에 평범한 삶에 대한 기쁨 같은 것을 느끼기 시작했다. 이 기쁨의 정체는 예전 양아치 시절 때 삥을 많이 뜯었을 때의 기쁨과는 비교할 수 없는 것이었다. 이런 정성 어린 노력으로 어느덧 양아치들에 대한 인식이 바뀌어갈 무렵 완전히 양아치들을 다시 보는 계기가 있었으니 그건 바로 산불 화재였다.

"불이야, 불!"

"옥운산에 불이 났어."

옥운산이라면 허운에서는 많은 사람들이 등산을 즐기는 곳이며 약수를 떠먹는 곳이기도 했다. 이 소식을 접한 표영은 이 일이 양아치들의 입지를 완전히 쇄신하는 좋은 기회라고 생각했다. 다급히 일각두를 찾은 표영은 지시를 내렸다.

"자, 모든 양아치들을 소집하고 불을 끌 만한 것들을 준비해 옥운산 아래로 집합하라."

표영은 명령을 내린 후 서둘러 지역의 모든 개들을 소집했다. 모든 준비가 완료된 후 옥운산 아래 모였을 때는 아직 관에서는 출동도 하지 않은 상태였고 그 주변 주민들만이 발을 동동 구르며 어쩔 줄을 몰라 하고 있었다. 양아치들과 1,000마리가 넘는 개들은 비장한 각오로 눈빛을 불태우며 신호가 떨어지기만을 기다렸다.

"자, 출동!"

표영의 손이 올라가자 양아치들과 개들은 질풍같이 산을 올랐다. 불길은 거세기 이를 데 없었지만 양아치들과 개들의 열기는 그보다 더욱 거셌다. 개들은 시냇가에 풍덩 몸을 적신 후 불길을 향해 몸을 굴리며 온몸을 아끼지 않고 불길을 잡았고 양아치들은 옷이며 담요, 그리고 큰 나뭇가지들로 불의 진행 방향을 따라 꺼 나갔다.

양아치들 중 산에서 오래 살아본 몇 명의 건달들은 바람의 방향을 보고 맞불을 지르는 것이 좋을 것 같다는 의견을 내놓기도 했다. 그런 노력의 결실은 곧 모습을 드러내 불길은 사그러들기 시작했다. 불이 다 꺼진 후 수많은 개들과 표영, 그리고 100여 명의 양아치들은 개선 장군처럼 산을 내려왔다. 산 아래쪽에서 이제야 출동한 관원들과 많은 주민들은 산 위에서 내려오는 영웅들의 모습에 가슴 뭉클한 감동을 받았다.

"우리 마을에서 이런 영웅들이 살고 있었다니……."

"저 개들을 보라. 호랑이보다 낫지 않은가."

"누가 저들을 가리켜 양아치라고 부를 수 있겠는가."

그렇다고 희생이 없었던 것은 아니었다. 1,000여 마리의 개 중 200여 마리 정도가 불에 타 죽었고 양아치들 중에서도 일부는 몸에 화상을 입기도 했다. 하지만 이처럼 신속히 대처하지 않았다면 아마도 모든 산림이 다 타고 산에서 거주하는 이들이 그동안 가꾸어온 작물 등이 모두 다 타버렸을 것이다. 이 일로 인해 양아치들은 그동안의 인식을 깨뜨리고 온전히 새사람으로 인식되는 결과를 낳게 되었다.

옥운산 산불 사건 이후 양아치들의 취직은 아무런 문제될 것이 없었다. 아니, 오히려 서로 자기 일터로 데려가려고 경쟁이 치열해질 지경이었다.
이렇게 성실한 이들이라면 어떤 일이라도 맡길 수 있다.
이것이 모든 사람들의 일치된 의견이었다.

추혼루는 이진구가 즐겨 찾는 음식점 중의 하나였다. 특히 이곳에서 그가 가장 좋아하는 음식은 '모기 눈알 요리' 였다. 모기 눈알은 그 맛이 꼬들꼬들하고 뒷맛이 담백한 것이 여간 맛있는 것이 아니었다. 값이 비싼 것이라 보통 사람들은 먹기 힘들지만 이진구는 돈이 얼마든 그런 것에는 개의치 않았다. 그런 그가 지금 추혼루를 찾았다. 워낙에 자주 드나들다 보니 2층 창가 끝 좌석은 그의 지정 좌석이나 다름이 없었다.
주루에는 저녁 시간이 되어가는지라 하나둘 손님들이 모여들고 있었다. 이진구가 자리에 앉은 후 점소이가 냉큼 달려오더니 허리를 깊이 숙여 인사를 올렸다. 점소이의 얼굴엔 오늘따라 송구스런 기색이 역력했다.
"대인, 오셨습니까."
"여기 모기 눈알로 한 접시 가져와라."

더욱 난처한 기색으로 변한 점소이가 어렵사리 말을 꺼냈다.

"대인, 저… 실은 마침 오늘 모기 눈알이 다 떨어져 남은 게 없지 뭐겠습니까. 아마도 삼 일 후면 공급이 이루어질 것 같으니 그때까지……."

"뭐라고?!"

이진구가 벼락같이 소리를 내질렀다. 그의 심기는 일각두와 양조포, 그리고 양아치들로 인해 편치 못한 상태였다. 보잘것없는 녀석들이 구지경외자를 묻어버리라고 했더니 느닷없이 착한 일을 하며 취직을 해버린 것이다. 그로선 어떻게 이런 어처구니없는 일이 일어날 수 있는지 이해할 수가 없었다. 그렇다고 양아치들을 혼내주기엔 자존심이 허락지 않았다. 그는 먼저 구지경외자를 자신의 손으로 매장시켜 버린 후에 양아치들마저 본래로 돌려놔야겠다고 생각했다. 그런 지금 기분 전환도 하고 앞으로 한 시진(2시간) 후에 만날 더러운 구지경외자를 위해 입을 씻어둘 요량이었건만 모기 눈알이 없다니……. 그는 언짢은 기색을 드러내며 소리쳤다.

"뭣이 어째! 왜 하필이면 내가 시킬 때 모기 눈알 요리가 떨어졌다는 것이냐. 네놈들이 나를 어떻게 생각하길래 이따위로 대접한다는 말이냐!"

이진구는 인간이 치졸한지라 어지간해서는 사람의 말을 잘 믿으려 하지 않았다. 점소이가 없다고 한 것은 분명 거짓말일 것이라 생각했다. 대부분의 음식점에서는 특급 손님을 위해서 귀한 것은 일정 부분 남겨놓았다가 내오는 것을 알고 있었기 때문이다.

"대인, 대인께서는 저희 집의 단골이신데 어찌 소홀히 대할 수 있겠습니까. 부디 마음을 너그럽게 가지시고 이해해 주십시오."

사실 모기 눈알은 구하기가 무척이나 어려운 것이었다. 규칙적으로 공급이 이루어지지 않는지라 가끔씩 이런 날이 있게 되는 것이다.
 원래 모기 눈알은 구하기가 매우 까다롭고, 그 방법은 참으로 기기묘묘한 데가 있었다.
 그 방법이란 이랬다. 실제 일일이 모기를 잡아서 눈알을 빼낸다는 것은 시간이 많이 걸린다는 단점과 더불어 영양가도 조금 처지는 점이 없지 않았다. 그래서 대부분의 요릿집은 박쥐를 통해 모기 눈알을 구한다. 박쥐는 주로 모기들을 잡아먹는다. 그렇기에 박쥐가 싸놓은 배설물을 동굴 주변에서 대량으로 수집하고 그것을 물에 헹구어 그 가운데 소화가 되지 않아 그대로 나온 모기 눈알을 추출해 내는 것이었다. 박쥐의 몸속에 잠복해 있다가 나온 것이야말로 박쥐의 기묘한 힘까지 받아낸 것이라는 생각에 그 값어치는 더욱 컸던 것이다.
 이진구는 여전히 막무가내였다.
 "나는 이곳에서 그동안 수많은 모기 눈알을 먹으며 너희들의 배를 불려주었다! 그런데 너희는 날 대체 어떻게 여기길래 이따위로 대접하더란 말이냐! 내가 거지로 보이느냐?!"
 탁자를 치고 고함을 지르는 소리에 저녁을 먹으러 들른 다른 손님들의 시선이 일제히 쏠렸다. 하지만 이진구는 아랑곳하지 않고 여전히 고래고래 소리를 질렀다.
 "여기 주인장 어디 갔어? 당장 이리 오지 못해!"
 어찌나 소리가 크던지 추혼루의 주인 막문걸이 뛰어왔다.
 "대인, 무슨 일이십니까?"
 "흥, 너는 내가 무엇을 원하는지 알면서도 시치미를 떼는 것이렷다. 여기 돈이 있으니 어서 모기 눈알을 내오란 말이다."

허리춤에서 한 움큼의 은전을 탁자에 내려놓은 이진구에게 주인 막문걸은 허리를 굽신거렸다.
"저희들이 어찌하여 대인 같은 분을 속일 수가 있겠습니까. 정말 모기 눈알이 떨어져서 그러니 이번 한 번만 용서해 주십시오."
용서해 달라는 말은 이진구의 좁쌀만한 마음을 콕 찔렀다.
"흥! 네놈들이 숨기는 것이 없으면 어찌 용서해 달라는 말을 할 수 있겠느냐. 이 고얀 놈들 같으니라구."
이진구는 분노로 가득한 얼굴을 하고서 탁자와 의자를 부숴 버리고 난동을 부렸다. 그에 놀란 다른 손님들이 모두들 놀라 허겁지겁 나가 버렸고 아직도 분이 덜 풀린 이진구는 다른 탁자들까지 다 박살 내고 있었다. 주인 막문걸과 점소이는 안타까움에 발만 동동 굴렸다.
'개방의 고수라면 고수답게 굴 것이지, 정말 못돼 먹은 놈이군. 벌써 이게 몇 번째야.'
'내 점소이 생활 10년에 저런 새끼는 처음 본다. 더러운 모기 눈깔에 환장을 했나. 난 자식아, 돈 있어도 안 먹는다. 거지새끼!'
한동안 깨부수던 이진구는 이제야 분이 좀 풀렸는지 씩씩거리며 멈춰 섰다.
"내 오늘은 그만 가지만 다시 한 번 이런 일이 일어나면 네놈들을 가만두지 않겠다. 자, 여기 이 돈으로 파손된 기물을 사도록 해라."
주인장이 굽신거렸다.
"네네, 그저 송구스러울 따름입니다. 다음번에는 꼭 어김없이 준비해 놓도록 하겠습니다."
하지만 속으로는······.
'미친 새끼! 우리 주루의 점수를 다 깎아먹은 값은 생각지도 않지.

바보 같은 녀석!'

 주인과 점소이가 뒤에서 욕을 하고 있는지도 모른 채 이진구는 태연한 기색으로 추혼루를 빠져나왔다. 모기 눈알은 먹지 못했지만 힘을 썼더니 기분은 조금 나아진 것이다.

 '이제 소하산 중턱 곤천암 쪽으로 서서히 이동해 볼까.'

 그가 소하산의 곤천암으로 가고자 함은 그곳에서 구지경외자 표영을 만나기로 했기 때문이었다.

14장
동굴, 그리고 비참

동굴, 그리고 비참

표영은 오늘 낮에 느닷없는 방문을 받았다. 그는 자신을 개방의 지타주인 이진구라고 소개했다. 이미 일각두와 양조포를 통해 이진구가 자신을 죽이려 했음을 알고 있던 표영은 깜짝 놀랐다. 하지만 그보다 더욱 놀란 것은 이진구의 얼굴이었다. 지난날 사부님의 부탁을 받고 개방의 내부 사정을 알아보려 갔을 때 무자비한 폭력을 행사했던 이가 바로 그였기 때문이었다.

"긴히 할 말이 있으니 오늘 밤 소하산 중턱 곤천암 아래로 오거라."

이진구는 이 말만 남기고 홀연히 왔던 것처럼 홀연히 가버렸다. 그로 인해 지금 표영은 곤천암 아래에서 나무 밑둥을 발로 툭툭 차며 기다리고 있는 중이었다.

'비가 오려나.'

표영이 어두운 밤하늘을 보며 중얼거리자 그 말을 듣기라도 한 듯 하늘에서 후드득 굵은 빗줄기가 쏟아졌다.

'훗, 진짜 비가 오네. 재밌는걸.'

시원한 빗줄기가 온몸을 타고 내려오자 기분이 상쾌해졌다.

'오늘은 힘을 좀 써야겠다. 이진구는 건달들을 동원한 것이 실패하자 직접 손을 쓰기로 한 것이 분명해. 하하, 하지만 그렇게 쉽게 일이 이루어지리라 생각하면 오산이지. 과거 네놈이 무자비하게 행동한 바로 그놈인 줄 알았다면 진작 손을 봐주었을 텐데. 짜식, 오기만 해봐라.'

표영이 그처럼 단단히 벼르고 있을 때 빗방울 소리 사이로 스스스슥— 잎사귀 스치는 소리가 들렸다.

'이제 오는군.'

잠시 후 신형을 빠르게 날리며 이진구가 비에 흠뻑 젖은 모습으로 도착했다.

"후후, 먼저 와 있었군. 거지 녀석이 약속은 잘 지키는걸."

자기는 철저히 거지임을 부인하고 있는 말투였다.

"선배 거지님을 기다리는데 후배 거지된 도리로 당연한 것이 아니겠습니까."

이진구가 발끈했다. 그가 제일 싫어하는 말이 바로 거지라는 말이었기 때문이다.

"이 자식, 말하는 것이 영락없이 죽을 놈의 발작과도 같구나. 하긴 죽을 놈이 무슨 말인들 못하겠느냐. 캬캬캬!"

쿠르르— 쾅쾅!

이진구의 음산한 목소리와 괴이한 웃음소리에 이어 번개가 일며 뇌성이 천지를 진동시켰다. 번개가 칠 때 한 번씩 비추인 이진구의 얼굴은 살인 직전의 잔인함이 가득 배어 있었다. 하지만 그는 곧 김빠진 소리를 내질러야만 했다.

"거지새끼가 거지인 것을 부끄러워하다니. 쯧쯧, 네놈이 말하니까 하늘도 기가 막힌지 우렛소리를 내지 않느냐."

"헉!"

이진구는 잔뜩 쫄아야 할 놈이 오히려 당당하게 말하자 순간 주위를 돌아보았다. 일각두가 한 말이 떠올랐다.

"말도 마십시오. 1,000마리의 개하고 어떻게 싸울 수 있겠습니까?"

이건 일각두가 궁여지책으로 변명하듯 한 말이었다.

'이런, 제길.'

물론 개를 모조리 데려온다 해도 자신의 무공으로 깨뜨릴 수 없는 것은 아니었지만 추접스러움은 피할 수 없을 것이다.

"너, 너 혹시 개 데려왔냐?"

그 말에 표영이 털털거리며 웃었다.

"짜식, 겁은 많아가지구."

'짜식?!'

원래 싸움을 더욱 격하게 만드는 것은 싸움 전의 상대방을 부르는 호칭이다. 당신이라는 말을 하면 '뭐라고? 나보고 당신이라고?', 혹은 '이 양반이' 하면 '니가 언제 봤다고 나보고 양반이라고 하냐' 며 주먹이 교환되는 것이다. 그런 이치로 이진구는 '짜식'이라는 말에

동굴, 그리고 비참 259

심장이 벌렁거리고 뜨거운 열기가 온몸을 달구었다. 이제 막 입방(入幇)한 개방의 신참이(비록 자신은 개방의 일원으로 여기지도 않았지만) 지타주에게 '짜식'이라니. 이건 도저히 용납할 수 없는 것이었다.

"이 거지새끼가 명을 재촉하는구나!"

빗줄기가 거세진 속에서 이진구가 신형을 날려 표영을 공격했다. 표영은 이미 방비하고 있던 터라 주먹이 뻗어옴을 보고 오른손을 쭉 뻗음과 동시에 회전시켰다. 이것은 타구봉법의 인(引)자결을 장법으로 응용한 것으로 잡아 끌어당기는 힘이 적용되는 수법이었다.

이진구는 자신의 주먹이 소용돌이 속에 빠진 것처럼 쭉 앞으로 당겨지자 깜짝 놀라 오른발을 들어 표영의 얼굴을 갈겼다. 슈웅 하는 소리와 함께 발길질이 가해지자 표영은 끄는 힘을 풀고 뒤로 물러섰다.

한 번의 교전이 마쳐진 후 이진구는 도무지 이 상황을 이해할 수가 없었다. 한 수의 교환이었지만 명백히 자신이 몰린 것이다.

'아니야, 아냐. 이건 어쩌다가 그냥 일어난 일일 거야. 저놈이 고수일 리는 없어.'

그는 애써 부인하고 싶었다. 하지만 표영은 그가 부인하든 말든 오늘 회선환(回善丸)을 꼭 먹여야겠다고 작정한지라 어리벙벙해 있는 이진구를 향해 파옥권을 전개했다. 지금 표영의 무공 수준은 사실 이진구가 당해낼 수 있는 경지가 아니었다. 굳이 비교하자면 분타주인 묵백보다 한 수 위 정도라고 할 수 있을 것이다. 단지 부족한 것이 있다면 실전 경험이 부족하다는 점이었다.

파옥권 중 위군위선파(僞君僞善破)를 펼치자 단번에 주변은 표영의 주먹으로 가득 차버렸다. 이진구는 개악신권(凱惡神拳)으로 방어하려고 했지만 결코 쉬운 일이 아니었다. 표영의 경험 부족은 이진구를 상대함에는 아무런 문제될 것이 없었다. 실력이 엇비슷한 상황에서나 노련한 경험도 통하는 법이지 그 차이가 많으면 고작 잔머리에 불과할 뿐인 것이다. 일 다경(15분) 정도가 되면서 이진구는 한두 대씩 얻어맞다가 급기야 몰매를 맞는 상태가 돼버리고 말았다.

"헉헉, 이게 대체…… 으윽!"

표영은 기를 적절히 조절해 가면서 이진구의 몸을 다져 놓으려 했다. 진정한 골병은 이렇게 착실하게 다져야지 나이가 들어도 두고두고 고생하는 법인 것이다. 그래서 옛말에 이르길 '잔 매에 골병든다'는 말이 있잖은가.

퍼퍽! 퍼퍽!

일 식경(30분)이 되면서 이진구는 가슴이며 얼굴이며 온몸에 시퍼런 멍이 들지 않은 곳이 없었다. 허나 표영은 아직까지 결정타를 날리지 않았다. 적어도 여기서 일 식경 정도는 더 주물러 줄 계획이었던 것이다. 이렇게 되자 이진구는 서서히 두려운 마음이 일었다. 옅은 미소를 띤 채 두들겨 패는 모습은 성난 표정으로 패는 것보다 더욱 무서웠다.

'어쩌면… 오늘 살아서 돌아가지 못할지도 모르겠구나. 안 돼~!'

그는 이런 식으로 방어한답시고 버텨봐야 아무 소용이 없음을 깨닫고 주먹이 가슴에 닿자 고통에 찬 비명을 지르며 과장되게 나자빠졌다.

'도망쳐야 해, 어떻게든!'

그는 혼절한 척하며 기회를 엿봤다. 그때 표영은 자신의 주먹을 들여다보고 있었다.

"어라, 그렇게 세게 때렸나? 어허허."

이젠 깨워서 회선환을 먹여야 할 차례였다. 표영은 손을 옷 안으로 집어넣어 큰 뭉텅이의 때를 동그랗게 만든 후 고개를 끄덕거렸다. 때의 크기가 아주 만족스러웠다.

'이 녀석도 이것을 먹으면 착하게 변하겠지?'

흐뭇한 미소를 짓고 흔들어 깨우려고 고개를 숙일 때였다. 느닷없이 이진구가 품에서 손을 꺼내며 하얀 분말을 뿌려 버리는 것이 아닌가.

푸스슥.

"으아악! 이거 뭐야."

비가 내리는 상황이었지만 거리가 워낙 가까웠던 탓에 하얀 분말은 그만 표영의 눈에도 상당수 들어가 버렸다.

'이때다!'

이진구는 지금이 아니면 자기에게 남는 건 죽음뿐이라 생각하고 온 힘을 다해 뛰었다. 그로선 조금 비열한 짓을 하긴 했지만 살기 위해서는 어쩔 수 없는 일이었다. 흔히 악한 자들일수록 다른 사람의 목숨은 파리 목숨처럼 여기면서 자신의 목숨은 금쪽같이 여기는 법이다. 이진구도 그런 범주에 속한 사람으로서 자신을 지키기 위해 백혼산(白俒散)을 상비하고 다녔다. 백혼산은 비록 소량이라도 눈에 들어가면 일시적으로 시력을 잃게 만드는 작용을 하는 것이었다. 대개 뿌림과 동시에 몸을 빼 달아나거나 상대에게 불의의 일격을 가할 때 사용되곤 했다. 이건 강호에서 비열한 자들의 필수품 같은 것이라고 할 수 있었다.

뜻하지 않은 공격을 당한 표영은 눈앞이 캄캄해졌으나 다행히 비가 세차게 내리고 있는지라 얼마 되지 않아 거의 대부분을 빗물로 씻어낼 수 있었다.

"허허, 의외로 겁이 많은 놈이었군."
 표영은 어쨌든 회선환을 먹일 각오가 분명했기에 연쌍비를 시전해 추격하기 시작했다.
 "이봐, 같이 가야지. 어딜 가는 거야. 멈춰~"
 한참 죽을 둥 살 둥 도망치던 이진구는 멀리서 표영의 음성을 듣고 화들짝 놀라 젖 먹던 힘까지 뽑아 달음질쳤다.
 '따라오지 마, 이 자식아.'
 그로선 저승사자가 따라붙는 것처럼 여겨졌기에 눈앞에 보이는 것이 없었다. 거기다 비로 인해 땅이 미끄러웠던지라 가다가 넘어지는 경우가 허다했다. 그럴 때면 그는 강시처럼 벌떡 일어나 다시 달렸다. 가시나무에 긁히고 나뭇가지에 얼굴에 생채기가 나는 것은 염두에 둘 입장도 못 되었다. 그의 별호가 백결서생인 점을 감안할 때 참으로 처참한 지경이 아닐 수 없었다. 얼마쯤 달렸을까. 그는 점점 힘이 부침을 느꼈다. 이렇게 한없이 달릴 수만은 없는 것이다.
 '일단 숨을 곳을 찾도록 하자.'
 이곳이 도무지 어딘지도 몰랐지만 어쨌든 은신처를 찾아야만 했다. 그때 무슨 조화인지 모르나 그의 눈에 시커먼 아가리를 떡하니 벌리고 있는 동굴이 보였다.
 '아, 하늘이 날 도우시는구나. 감사합니다.'
 현재 위치는 상당히 외진 데다 지금은 사방이 어두운지라 동굴은 가까이에서 보지 않으면 그저 큰 바위로만 여겨질 것 같았다.
 '일단 이곳에 숨어 기력을 돋운 후에 날이 새면 떠나도록 하자.'
 이진구는 동굴의 제일 끝 구석으로 가서 가부좌를 틀고 운기행공에 들어갔다. 불행 중 다행히도 내상을 입지 않은 것이 확인되자 그나마 안도하는 마음이 일었다. 운기행공에 들어가면 부상당한 몸을 빨리 회복할 수 있게 된다. 하지만 운기행공에도 어려움이 있었으니 그건 운기를 급작스럽게 중지해서는 안 된다는 점이었다. 중단해야겠다는 생각을 하고 기를 정리한다고 해도 그 시간이 만만치 않은 것이다. 절정의 고수가 아닌 바에야 거의 모든 무인들에게 적용되는 기본적인 것이라 할 수 있었다.

그렇게 한참을 운기행공에 몰입한 이진구는 어느덧 중요한 지점을 넘고 있었다. 바로 그때였다. 천지개벽이 일 듯한 우렛소리가 나더니 동굴 입구가 폭발하고 말았다. 벼락이 동굴을 강타해 버린 것이다. 그 소리가 어찌나 크던지 운기조식하던 이진구가 번쩍 눈을 떴다.

우드드— 콰광! 푸스스—

큰일이었다. 어처구니없게도 동굴 입구가 매몰되고 있는 것이다.

'어… 어… 저러면 안 되는데…….'

이진구는 당장 뛰쳐나가야만 했지만 지금 운기를 중단하면 심할 경우 목숨을 잃을 수도 있는지라 그저 마음만 졸이며 동굴이 무너져 내리는 것을 지켜볼 수밖에 없었다.

'이씨… 이게 아닌데…….'

그의 마음이 조급해지자 몸을 감돌던 기가 탁해지며 요동 쳤다. 잠시 후 그는 커억 하고 피를 토하며 크게 비명을 질렀다.

"안 돼~!"

흔히들 어처구니없는 일을 당했을 때 기(氣)가 막힌다라는 말을 사용하는데 지금 이진구의 처지가 말 그대로 기가 막히는 상황이었다. 그는 실제로 기(氣)가 막혀 내부가 부글부글 끓는 것 같았고 정신이 흐릿해졌다. 돌더미에 의해 입구가 완전히 봉쇄되고 어둠이 동굴에 가득 차게 되었을 때 그는 옆으로 고꾸라지며 정신을 잃고 말았다.

한편 표영은 풀과 땅의 흔적을 보고 차근차근 추적하고 있었다. 특이하게도 이진구가 도망치고 있는 방향은 산 밑이 아닌 산 위로 도망가고 있는 형편이었던지라 굳이 서두를 필요도 느끼지 않았다. 더불어 비가 와서 질퍽해진 땅은 발자국을 또렷하게 남겨줘 추적하기엔 더없이 좋았다.

이젠 지칠 때도 됐겠거니 생각하며 여유있게 뒤쫓던 표영은 엄청난 굉음의 벼락 치는 소리를 들었다. 그와 동시에 번개가 어느 한 지점을 강타하는 것이 아닌가. 표영은 가까이에서 돌들이 무너져 내리는 것을 보고 서둘러 비껴섰다. 그리고 잠시 후 단말마의 비명을 들을 수 있었다. 그건 '안 돼~!' 라는 이진구의 처절한 외침 소리였다. 표영이 이진구의 목소리를 알아듣고 가까이 이르렀을 땐 이미 굵직한 돌무더기가 가득 쌓인 후였다.

"허허, 이거 참. 매장돼 버린 건가."

이진구의 명은 다한 것이 아니었다. 기(氣)가 일시적으로 막혀 쓰러지긴 했으나 다음날 오후쯤에 그는 정신을 차릴 수 있었다. 몸은 좋지 않았지만 그렇다고 움직이지 못할 정도는 아니었다.

'침착하자, 이진구야. 넌 지혜롭지 않더냐. 하늘이 무너져도 솟아날 구멍이 있다고 했다. 난 할 수 있어.'

그는 스스로에게 용기를 불어넣고 침착하게 생각했다.

'그래, 일단 돌을 걷어내 보도록 하자.'

칠흑 같은 어둠이 동굴을 지배하고 있었기에 이진구는 동굴 벽을 짚으며 더듬더듬 입구 쪽으로 향했다. 작은 돌이 발에 걸렸고 그 돌을 넘어서자 점점 큰 돌이 만져졌다. 그는 힘을 사용하기 위해 내력을 끌어 올려보았다.

"헉헉."

하지만 어제의 후유증으로 내력은 모여들 기미가 없었다. 이렇게 되고 보니 돌을 걷어낸다는 게 여간 힘든 일이 아닐 수 없었다. 게다가 어제 표영에게 얻어맞아 근육이 뭉치고 멍들어 있었기에 힘을 쓰기도 쉽지 않았다.

'때려죽일 놈! 내 이곳에서 나가면 천 배 만 배로 복수해 주리라.'

구지경외자를 떠올리자 분노가 힘을 일으키는 원동력이 되어주었다. 갑자기 힘을 낸 그는 돌을 하나둘 걷어냈다. 하지만 그것도 잠시 그는 심장이 멎을 듯한 충격에 사로잡히고 말았다. 사람 대여섯 명을 붙여놓은 듯한 크기의 거대한 바위들이 꽉 밀착된 채 박혀 있었던 것이다. 절망이 온몸을 비틀어 버렸다.

'흑흑흑… 이런, 씨팔! 흑흑흑……'

욕이 안 나올래야 안 나올 수가 없었다. 그는 눈물을 뿌리며 바위를 밀어보기도 하고 발로 차보기도 하다가 끝내 절망으로 허물어지고 말았다.

동굴 생활 3일째.

몸과 마음이 피폐해진 이진구에게 남은 희망은 외부로부터의 도움뿐이었다. 그는 산행을 하는 사람이나 약초를 캐는 노인이 자신의 목소리를 듣고 구조대를 보내주길 간절히 희망했다.

"살려주세요. 여기 사람이 갇혔습니다. 살려주세요~"

동굴 입구에 입을 바짝 대고 소리 지르는 것이 하루 일과의 전부였다. 하지만 목이 터져라 외쳐 보았으나 밖에서는 들리지 않는지, 아니면 지나는 사람이 없었는지 아무런 응답도 없었다.

"흑흑흑, 살려주세요······."

입구에 자리한 바위를 붙들며 이진구는 서서히 주저앉았고 지친 심신으로 다시 잠에 빠져들었다.

동굴 생활 4일째.

이날도 이진구의 일과는 그전 날과 다를 바가 없었다. 그저 온 힘을 다해 구조 요청을 하는 것뿐.

"살려주세요··· 살려주세요··· 제발··· 제발 살려주세요······."

역시 아무런 응답도 없었다. 눈물을 그렇게 흘리고도 또 눈물이 나왔다. 눈물 범벅이 된 채 외치길 얼마나 했을까 급기야 이젠 목이 쉬어버리는 엄청난 사태가 벌어지고 말았다. 그럴 수밖에 없는 게 목이 터져라 외쳐 대니 제아무리 대단한 목청을 지녔다 해도 목이 버텨낼 수 없음은 당연한 것이리라. 이제 그의 외침은 아무리 질러대도 소리가 되어 나오지 않았다.

"허어어어··· 허어어어······."

자신은 분명 '살려주세요'라고 말하는 것이었지만 정작 나오는 소리는 '허어어어'일 뿐이었다. 그는 또다시 좌절했고 기력이 다해 쓰러지고 말았다. 하지만 이진구 본인은 모르고 있었지만 그의 노력이 헛된 것만은 아니었다. 놀랍게도 그의 구조를 바라는 외침을 들은 사람이 있었던 것이다. 그는 바로 표영이었다. 표영은 행여나 살아서 구조를 요청하지나 않을까, 그 자리에서 계속 머물면서 동굴 안쪽의 기척을 기다리고 있었던 것이다.

삼 일째 되는 날 표영은 희미한 목소리를 들을 수 있었다. 그건 아주 미세하게 들렸지만 표영은 이진구의 '살려주세요' 라는 외침임을 단번에 알아들었다.

"살아 있었구먼. 하하하."

표영은 기쁜 마음으로 너털웃음을 터뜨렸다.

동굴 생활 5일째.

목까지 쉬어버린 이진구에게 남은 희망은 아무것도 없었다. 칠흑같은 동굴 안에서 멍하니 누운 이진구는 서글픔이 밀려들며 다시 눈물을 흘렸다. 오직 탈출해야 한다는 생각으로 배고픔도 잊고 외쳤건만 그 희망도 끊어진 이때 목마름과 배고픔은 그를 더욱 서럽게 만들었다. 양식도 없는 상황에서 이진구는 문득 신(神)을 떠올렸다. 이제껏 신의 존재는 생각조차 해보지 않은 그였으나 의지할 데라곤 없는 이 마당에 남은 건 오직 하늘뿐이었다. 인간이란 나약하기 그지없어서 더 이상 자신의 힘으로 어떻게 할 수 없을 때라야 신을 찾는 몰지각한 면을 보이곤 한다. 그는 벌떡 일어나 하늘을 향해 기원을 올리기 시작했다.

"하늘이시여, 도우소서. 저는 개방에서 지타주로 있으면서 나름대로 개방을 위해 열심히 살아왔습니다. 또한 별호를 백결서생이라고 불리울 만큼 깔끔하게 생활했습니다. 그걸 유지하기란 얼마나 힘든지 모른답니다. 제가 죽는 것은 이 세상이 큰 인재를 잃는 것입니다. 부디 하늘은 저를 도우시어 이 어려운 난국을 벗어나도록 해주십시오. 부탁드립니다. 흑흑흑. 저는 어릴 적부터 총명하다는 소리를 자주 들었습니다……."

그의 기원의 소리는 인격만큼이나 모자란 구석이 철철 넘쳤다. 구원을 바란다고 하면서도 순 자기 자랑이 거의 전부라 할 수 있었다. 그 어떤 신이 있어 그를 구원할 마음이 들겠는가. 하지만 그의 기원은 하루 온종일 쉬지 않고 계속되었다.

동굴 생활 6일째.
어제 하루 내내 기원을 올렸으나 결국 아무런 응답도 받지 못한 이진구는 부질없는 짓이라며 포기했다. 과거 표영의 모친 화연실이 5천 번의 기원을 올려 응답받았던 것과 비교해 보면 참으로 어이없는 작태가 아닐 수 없었다. 그는 육 일째에 이르자 더 이상 배고픔을 참을 수가 없었다. 속절없이 굶어죽을 수는 없는 노릇이었다.
'먹을 것을 찾아야 한다.'
그가 기대한 것은 동굴에 사는 쥐나 박쥐였다. 사실 4일째가 되면서 찍찍거리는 소리를 듣고 언젠가는 양식이 될지도 모르겠다고 생각했는데 이제 피할 수 없는 현실이 되고 말았다. 원래 쥐나 곤충들은 자연 재해에 대단히 민감해 폭풍우가 몰아치거나 지진이 날 것 같으면 제일 먼저 대비를 하기 마련이다. 하지만 동굴 봉쇄는 벼락을 맞은 터라 미처 빠져나가지 못하고 갇혀 버리고 만 것이었다.
이진구에겐 불행 중 다행한 일이 아닐 수 없었다. 이진구는 일단 박쥐를 잡았다. 쉽게 들쥐를 잡을 수도 있었지만 나중에 힘이 빠지면 그때가선 영영 박쥐를 잡을 수 없을 것이기에 먼저 박쥐를 택한 것이었다. 어렵사리 박쥐 열 마리를 잡은 이진구는 박쥐를 매만지며 부르르 떨었다.
"흑흑흑……."

비참하기 이를 데 없었다. 그가 누구인가. 백결서생이라 불리며 청결함에 있어서는 비교 대상이 없을 만큼 살아오지 않았던가. 그는 자신의 처지가 이렇게 몰락한 것이 서럽기만 했다. 하지만 언제까지 울고 있을 수만도 없었다. 그는 떨리는 손으로 박쥐를 쥐고 입으로 가져갔다.

으드득.

"흑흑흑, 내 인생아. 아적아적… 흑흑흑… 어째서 내가 이 지경이… 아적아적… 되었단 말인가."

그는 씹어먹으면서도 눈물을 그칠 줄 몰랐다. 그날 이진구는 박쥐 7마리를 먹어치웠다. 사실 이 일은 그가 몰라서 그렇지 또 다른 즐거움인지도 모른다. 그가 즐겨먹는 모기 눈알이 박쥐의 몸속에 들어 있으니 그로선 박쥐뿐만 아니라 모기 눈알까지 먹게 되었으니 말이다. 어쩌면 하늘은 그가 모기 눈알을 간절히 먹길 원하자 동굴에 갇히게 하여 싱싱한 모기 눈알을 먹게 한 것인지도 모른다.

동굴 생활 12일째.

동굴 안에 있는 쥐와 박쥐는 10일째가 되어 씨가 말랐다. 이제 그에게 있어서 가장 고통스러운 것은 목마름이었다. 그동안은 쥐와 박쥐의 피를 마심으로써 어느 정도 목마름을 해소했지만 이젠 그마저 기대할 수 없는 것이다. 그의 머리 속에서 도저히 생각하고 싶지 않은 장면이 떠올랐다.

"그건 안 돼… 절대로 그럴 순 없어…… 사람이 어찌 그런 일을……."

그가 떠올린 것은 자신의 오줌을 받아 먹는 것이었다. 그는 고개를 도리질하며 부인했지만 그 외엔 실질적으로 다른 길이 없었다.
"절대 나는 먹지 않을 것이다. 그건 나의 존재를 부인하는 것이야!"
그는 이를 악물고 갈증을 참고 또 참았다.

동굴 생활 13일째.
대(大)자로 드러누운 이진구는 웃고 있었다. 그의 입에선 연신 실실거리는 웃음이 새어 나왔다. 그리고 그의 입가엔 마시다 만 오줌 물이 촉촉이 적셔져 있었다. 이를 악물고 버티던 그의 결심은 하루를 넘기지 못한 것이다.
"흐흐흐… 그래도 먹을 만한걸. 다른 사람 것이라면 난 죽어도 먹지 않았을 거야. 이건 내 몸 안에 들어 있던 거잖아. 나온 것을 다시 내 몸 안으로 집어넣은 것뿐이라구. 흐흐흐흐……"
이진구. 그는 진정 참다운 거지의 모습으로 변하고 있었다.
"아껴서 먹어야 되겠어. 한없이 나올 수는 없으니까 말이야. 흐흐흐흐."

동굴 생활 15일째.
간신히 소변으로 목마름은 해결되었지만 그것으로 생명을 지속하긴 힘든 노릇이었다. 어느덧 이진구의 양손에는 가죽 신발이 들려 있었다. 그는 과거에 들었던 말을 기억하고 있었다.

"금광에서 일하던 광부가 글쎄 거의 20일 만에 구출되었다지 뭔가. 그는 자기 소변도 먹고 게다가 가죽 신발까지 먹고 버텼다더군. 대단한 사람이야."

예전에 이 말을 들었을 때 비웃음을 지었던 이진구였다. 하지만 지금에 이르러 그는 자신이 가죽 신발을 신고 다닌 것에 진정으로 감사했다.

"비싸게 주고 산 것이라 맛도 기가 막힐 거야."

그는 천천히 오른손을 들어 가죽신을 입에 넣고 뜯었다. 질기기가 보통이 아니었다. 그는 앞부분을 자근자근 씹으며 누글누글해질 때까지 씹고 또 씹었다. 예상했던 것만큼 맛있지는 않았다. 하지만 그는 최대한 합리화시키는 데 전력을 다했다.

'원래 몸에 좋은 것은 몸에 쓰다고 했지 않던가. 흐흐흐.'

그는 이날 가죽 신발 하나의 절반을 씹어먹었다. 하지만 문제가 있었다. 정상적인 음식이 아닌 가죽 신발인지라 몸에서 거부 반응이 일어나며 소화 장애가 일어나고 만 것이다. 오장육부(五臟六腑)가 뒤틀리는 고통을 겪으며 온 동굴을 구르고 다녔다. 진정 몸에 좋은 것은 입에만 쓸 뿐 몸에는 좋으나 가죽 신발은 입에도 쓰고 위장도 쓰라리게 만들었다.

동굴 생활 18일째.

아쉽지만 가죽 신발조차 이젠 다 떨어지고 없었다. 가죽 신발에 위(胃)가 적응한 듯싶자 어느새 다 먹어치우고 만 것이다. 이제 그에게 남은 건 최후의 보루인 큰 것(?)만이 남아 있을 뿐이었다. 그동안 고이고이 모셔둔 큰 것들은 동굴 한쪽 구석에서 풀풀 냄새를 풍기고 있었다. 설마 저것들마저 먹지야 않겠지라고 생각했건만 이제 드디어 때가 오고 만 것이다.

"안 돼, 안 돼… 이것만은 안 돼……!"

그의 절규는 처절했다. 하지만 어느새 그의 마음은 서서히 먹을 수 있다는 쪽으로 기울었다.

'맞아, 이것들도 모두 내 몸속에 들어 있었던 것이 아니냐. 내가 오줌도 먹었는데 이것도 그것과 다를 바가 없다구.'

한쪽에선 반대 의견이 들고 일어섰다.

'인간으로서 도저히 그럴 수는 없다. 차라리 혀를 깨물고 죽을지언정 절대… 절대 안 된다!'

'아니야. 괜찮아. 목숨은 무엇과 바꿀 수 없을 만큼 소중한 거야. 지금의 고난을 참고 이기면 언젠가 빛을 볼 날이 있을 것이야.'

'안 돼, 안 돼… 안~돼~ 안 돼… 돼… 돼… 돼……. 그래, 되는 거야.'

이렇게 그의 생각은 결국 된다는 쪽으로 온전히 돌아서고야 말았다. 그날 이진구는 눈물을 흘리며 큰 것을 우적우적 먹어댔다. 이제 그의 모습은 표영보다 더한 거지꼴로 변해 버리고 말았다.

동굴 생활 20일째.

텅~ 텅~

아련히 들려오는 소리에 이진구는 힘겹게 눈을 떴다. 그의 입가엔 큰 것들이 여기저기 묻어 있었지만 이제 그런 냄새조차 그에겐 아무렇지도 않게 느껴질 뿐이었다.

'무슨 소리지?'

이제까지 제대로 된 소리를 들어보지 못했던 이진구였다. 그는 가슴 밑바닥에서부터 희망이 솟아오름을 느끼고 황급히 기어 동굴 입구로 향했다.
 '이건… 이건…….'
 분명 동굴 바깥 입구에서부터 들리는 소리가 분명했다.
 '난 살았어. 난 살았어!'
 "여깁니다. 여기예요. 아직 살아 있습니다."
 그는 힘겹게 목소리를 높였다. 그저 꿈만 같았다. 생명을 포기하지 않고 버틴 것이 얼마나 다행인지 몰랐다. 잠시 후, 돌이 툭 하고 하나 떨어지더니 조그마한 구멍으로 빛이 새어 들어왔다. 얼마 만에 본 햇빛인지 모른다. 그는 눈이 부셔 정면으로 바라보지 못했다. 너무 오랫동안 어둠 속에서 눈이 적응되어진 까닭이었다. 이럴 때 빛에 급작스럽게 노출되면 실명하기 딱 좋은 것이다. 이진구는 목소리를 높여 말했다.
 "살려주세요. 거기 누굽니까?"
 구멍은 어린아이 팔뚝 정도의 크기였고 동굴 안쪽과 바깥쪽까지는 바로 맞대어 있지 않고 어른의 긴 팔 정도의 두께로 이어져 있었다.
 "대답 좀 해보시구려. 누구시오."
 다급하게 물은 이진구의 말에 뜻하지 않은 소리가 들렸다.
 "어어… 어거거거… 어거거거……."
 '이런, 벙어리인 게로구나.'
 다소 실망은 되었지만 벙어리들은 말을 하지 못할 뿐 들을 수 있는 이들이 많기에 희망이 없는 것은 아니었다. 하지만 사실 이 벙어리(?)의 출연은 이진구로서는 실망을 해야 할 일이라 할 수 있었다. 그 벙어리(?)의 정체가 바로 표영이었기 때문이다.
 표영은 오랜 시간 동굴을 살피며 나름대로 계산을 했다. 어느 정도가 되어야만 가장 위급할 것인가 하는 것이었다. 표영은 때를 맞춰 동굴에 작은 구멍을 내기로 하고 만두를 준비해 왔다. 그 만두는 표영이 직접 만든 것으로 정성이 한껏 담긴 것이었다. 그리고 거기에 들어간 재료는 이 세상 어느 누구도 넣어본 적이 없는 특이한 것이었다. 재료의 이름은 바로 표영의 때였던 것이다. 표영은 때 만두 다섯 개를 죽봉에 차례로 꽂아 작은 구멍 안으로 들이밀었다.

"어거거… 어거거……."

표영이 벙어리 흉내를 내며 때만두를 들이미는 것도 모른 채 안에 있던 이진구는 냉큼 만두를 챙겼다. 구수한 냄새가 얼마나 향긋한지 몰랐다.

"고맙네, 고마워. 이 은혜는 평생 잊지 않겠네."

"어거거… 어거거…… "

표영은 대충 대답(?)한 후에 준비한 진흙으로 뚫어놓은 구멍을 막아 버렸다. 이렇게 해야 만두 속에 든 재료가 무엇인지 모르고 맛있게 먹을 것이기 때문이다. 이진구를 배려하는 마음이 극에 달한 표영이었다. 동굴 안의 이진구는 갑자기 칠흑 같은 어둠이 밀려들자 덜컥 다시 두려움이 일었다.

"이봐, 왜 구멍을 막은 거야. 이봐, 이보라구!"

허나 아무리 외쳐 봐도 아무런 소리도 들리지 않았다.

"음, 그래도 먹을 것을 건네주는 걸 보면 사람들을 모아 다시 올 게 분명해."

그는 삶의 대한 희망에 가득 차 만두를 입에 넣었다. 아까 전만 해도 큰 것(?)을 먹어치웠던 그의 먹성이었다. 우그적 씹으며 만두피가 입 안에서 터지고 표영의 때가 입 안을 가득 매웠다.

동굴, 그리고 비참

'좀 매캐하구나. 하하, 아니야. 내 입맛이 변했겠지. 원래 맛있는 것이었을 거야.'

그는 애써 좋게 생각하며 남은 만두를 모두 처치했다. 오랜만에 느껴보는 포만감으로 인해 뿌듯함이 밀려들었다. 하지만 그것도 잠시뿐이었다. 일 식경(30분)이 지나며 배에서 엄청난 통증이 몰려왔다.

"으윽… 아악… 어떻게 된 거야."

그는 구토와 함께 참을 수 없는 배설의 욕구를 느꼈고 끝내 바지춤을 내리고 주르륵주르륵 일을 보았다. 더불어 입으로는 먹은 만두들을 토해냈다. 한 번에 두 가지 일을 동시에 수행하며 그는 죽을 맛이었다.

벙어리로 위장한 표영의 식량 공급은 계속되었다. 주식(主食)은 여전히 정성 들여 만든 때만두였고 음료수(飮料水)로는 주로 개 오줌이나 소 오줌 등이 주를 이루었다. 매일매일 음식을 얼른 집어넣고 구멍을 막아버렸기에 이진구는 예전 혼자 있을 때보다 마음은 더욱 괴로웠다.

"아이 벙어리자식아! 어서 가서 사람을 데려오란 말이야. 그리고 왜 자꾸 오줌 물만 퍼오는 거야. 시냇물이라도 가져오란 말이다. 이 바보 멍청아!"

이진구로서는 화가 나서 견딜 수 없어 끝내 욕을 퍼부었다. 하지만 욕을 퍼부은 다음날은 표영이 아예 가질 않았기에 다음부터 이진구는 욕도 할 수 없게 돼버렸다.

"미안미안, 그렇다고 사람이 삐치면 곤란하지. 근데 이보게. 만두가 좀 이상한 것 같은데 안에 뭘 넣었나? 먹기만 하면 설사를 하니 이거 몸이 배겨나질 못하겠단 말일세."
하지만 들려오는 소리는 여전히 매한가지였다.
"어거거… 어거거……."
'저 새끼는 저 소리밖에 못하나. 쌩!'
때만두를 주식으로 먹게 된 이진구의 몸은 더욱 피폐해졌다. 먹는 것도 변변치 않은데 거기에다 설사를 해대니 몸이 배겨날 수 없게 된 것이다. 그런데도 희한한 것은 살이 빠지는 게 아니라 부풀어 오른다는 점이었다. 그는 도무지 그 이유를 알 수 없었지만 실은 때를 너무 많이 먹어 부작용이 일어난 것이었다. 그렇게 이진구는 동굴에 갇힌 지 30일이 지나고 있었다.

이진구가 행방 불명된 지 한 달이 되었지만 개방에서는 그를 찾으려는 노력조차 없었다. 원래 성격이 괴팍하고 유별났던지라 그를 좋아하는 무리는 거의 없었다. 단지 그의 뒷배경이 워낙 막강한 데다가 한번 찍히면 크게 곤욕을 치르는지라 그 앞에서만 비위를 맞춰줄 뿐이었다. 게다가 그는 남의 간섭을 받기 싫어했고 이번에 지타주로 발령이 난 상태였기에 보이지 않는 것도 발령지로 떠난 것이라 생각한 터였다. 개방의 형제들은 오히려 그런 그를 탓하는 마음까지 품었다.
'싸가지없는 놈, 아무 말도 없이 그냥 가다니.'
개방인들이 이렇게 생각할 때 표영은 이젠 이진구를 풀어주어야겠다고 생각했다. 고생은 충분히 했으니 이제 버릇은 고쳐졌을 터였다. 하지만 직접 구해주고 싶은 마음은 추호도 없었다. 그렇다고 개방에 사실 그대로 말할 수도 없는 노릇이었다. 표영은 해결책으로 '발 없는 말'을 선택했다. 표영은 이 일을 위해 일각두와 양조포를 불러 은밀히 말했다.
 "오랜만에 부탁 한 가지 들어주어야겠다. 할 수 있겠지?"
 누구 말이라고 거부하겠는가. 지금은 양아치 전선에서 은퇴하고 생활 전선에서 열심히 일하는 둘은 오랜만에 재밌는 일이 있을 것 같아 기쁜 마음으로 말을 받았다.
 "말씀만 하십시오."
 "이진구 지타주에 대한 이야기다."
 표영은 그가 지금 동굴에 갇혀 있으며 자신은 특별한 사정으로 그를 직접 구하기 힘드니 다른 사람의 손을 빌려야 한다고 설명해 주었다.
 "…그래서 너희들이 소문을 내주어야겠다. 대충 여러 가지 소문을 내되 반드시 소하산 중턱 위쪽의 어느 동굴이라는 것을 강조해야 할 것이다."
 "하하하, 그런 것이라면 식은 죽 먹기 아니겠습니까?"
 일각두와 양조포는 자신들만 믿으라며 가슴을 두드렸다.

 소문은 삽시간에 퍼져 나갔다.
 '개방의 고수 한 명이 실종되었다더군.'
 '개방의 지타주라고 하지, 아마.'
 '나이도 별로 많지 않다고 하던데 참 불쌍한 사람이야.'
 '소하산 중턱의 어느 동굴에 갇혀 있다고도 하던데…….'
 어디서 어떻게 시작된지도 모른 채 소문은 계속 덩치가 커져 갔다. 원래 소문이란 게 처음에는 별것 아닌 것이 나중에 가서는 감당 못할 만큼 커지기 마련이다. 급기야 소문은 이렇게 변질되고 말았다.

'그는 절세비급을 얻어 소하산 동굴에서 수련하고 있다더군.'
'천년산삼 세 뿌리도 함께 얻었다고 하는 것 같지, 아마.'
꼬리에 꼬리를 물고 이어지는 소문은 당연히 개방에도 들어가게 되었다. 그저 막연하게 바라볼 수만은 없게 되어버리고 만 것이다. 이 소문은 여러 무림인들의 귀도 솔깃하게 만들었다.
'절세비급!'
'천년산삼 세 뿌리!'

개방에서는 이진구가 발령지에 도착했는지를 확인하기에 이르렀고, 도착한 적이 없음을 연락받자 본격적으로 수색에 들어갔다. 거기에 많은 무림인들이 구름같이 모여들었다. 무림인들에게 있어 비급과 산삼은 어떤 보물보다도 값진 것이 아니던가.

수색의 중심엔 구지경외자 표영이 있었다. 묵백이 개들을 통해 찾아보자고 제안했기 때문이었다. 이로써 500여 마리의 개들과 개방인들, 그리고 수많은 무림인들이 소하산을 뒤졌다. 개들은 하루를 넘기지 않고 이진구의 흔적을 찾아내는 기염을 토했다. 표영이 어느덧 동굴 앞에 이르러 묵백에게 말했다.

"분타주님, 이곳인 것 같습니다. 개들이 하나같이 이곳이라고 하는데요."

"음… 그럴 만하군."

묵백이 보기에도 돌 무더기가 이곳저곳 놓여져 있는 것이 얼마 전에 무너져 내린 것이 분명한 듯했다.

"이곳은 원래 어떤 곳이었나?"

묵백의 질문에 이곳 토박이인 지타주 오선교가 공손히 답했다.

"이곳엔 동굴이 있었습니다. 어찌하여 이렇게 무너지게 되었는지는 저도 모르겠습니다."

"좋다. 자, 모두 힘을 모아 돌을 치우도록 하자."

개방의 인원도 적지 않았지만 여러 무림인들도 가세한지라 돌을 치우는 것은 그리 어렵지 않았다.

곁다리로 따라온 무림인들은 돌을 함께 치워야만 혹시 떡고물이라도 얻을 수 있으리라 생각하고 굉장한 열심을 보였다.

'과연 이곳에 지타주가 있을까.'

'그는 어떤 모습을 하고 있을까.'

'이 동굴 안쪽은 어떤 신비한 장소와 통해 있는 것은 아닐까.'

'절세비급을 익혔다면 빼앗기 힘들지도 모르겠군.'

'산삼 세 뿌리 중 하나 정도는 남아 있으면 좋으련만.'

온갖 망상 속에서도 끝내 큰 바위까지 다 들어내고야 말았다. 확연히 드러난 동굴 안. 그 안의 광경을 바라본 개방인들과 여러 무림인들은 입을 귀까지 벌리고 다물지 못했다. 경악 그 자체였다.

"헉!"

"뭐, 뭐지!"

"사, 사람이 맞나?"

통통 부어 있는 한 인간의 모습은 더 이상 인간이 아니었다. 대자로 누워 있는데 온몸에 똥칠을 하고 있었고 그 주변엔 쥐 꼬리들과 먹다 남은 박쥐 껍질들, 그리고 신발 쪼가리 등이 널려 있었다. 여기 모인 모두는 세상에서 산전수전 다 겪어보았지만 이렇게 추접한 광경을 보긴 처음이었다. 더럽다고 생각했던 구지경외자는 되려 깨끗한 편이었다. 기연이나 절세비급, 산삼 따위는 어디에도 찾아볼 수 없었다. 그저 존재하는 것은 오로지 추접스러움뿐이었다. 그런 상황에서 먼저 정신을 차린 것은 개방인들이었다.

"이진구 지타주가 맞는지 확인해 보아라."

묵백의 지시에 개방 제자 둘이 달려갔다. 보니 얼굴이 부어 있고 온통 추접스러움으로 가득했지만 이진구가 확실했다.

"맞습니다, 분타주님."

묵백은 그 말에 너털웃음을 터뜨렸다.

"허허허… 허허허… 그것 참."

다른 개방 제자들도 누워 있는 사람이 이진구 지타주라는 말을 듣고 모두 하나같이 기가 막혀했다. 그동안 혼자 얼마나 깔끔을 떨고 다녔던가. 조금만 더러워도 혐오스러운 눈짓을 보내곤 했던 그였다.

"지타주님! 일어나십시오. 우리가 왔습니다."

흔들어 깨우는 소리에 힘없이 잠들어 있던 이진구가 부스스 눈을 떴다. 시야가 흐릿하다가 서서히 초점이 잡히며 사람의 얼굴이 보였다. 그는 이게 꿈인가 하고 눈을 몇 번이고 끔벅이다가 다시 눈을 뜨고 꿈이 아님을 알곤 기쁜 마음으로 자리에서 일어났다.

"살아나꾸녀… 사라쩌……."

발음도 안 되는 목소리로 그는 기쁨을 발했다. 하지만 곧 그는 동굴 앞쪽에 자리한 무리들을 보게 되었다. 낯익은 얼굴들도 보였고 처음 보는 이들도 있었다. 그리고 다시 천천히 느린 동작으로 고개를 돌려 주변을 둘러보았다. 사방에 범벅이 된 똥들과 박쥐 뼈다귀, 쥐 꼬리, 그리고 자신의 현재 모습.

다시 고개를 들어 사람들을 보았다. 심각하게 쳐다보는 자가 있는가 하면 실실거리며 웃는 자도 있었고, 또 한쪽에서 구토를 하는 자도 보였다. 그는 손에 들린 만두를 바라보았다. 거기엔 베어먹고 남은 절반의 만두가 시커먼 속피를 드러내 보이고 있었다. 감당할 수 없는 충격이 몰려들었다. 이진구는 두 손으로 머리를 쥐어뜯으며 비명을 지르며 바닥으로 쓰러졌다.
"안 돼~ 으어억~!!"

[제2권 끝]

마천루(摩天樓) 스토리 2 (마천루 독극물 테러 사건)

　세상이 온통 테러 사건으로 인해 떠들썩하다. 뉴스를 통해 들려오는 앵커의 긴박함을 알리는 목소리는 이제 당연히 들어야 할 뉴스의 한 부분이 되고 있다. 뉴욕의 고층 빌딩 숲을 일컬어 마천루라 하는데 같은 인간으로서, 또 동일한 이름을 지닌 단체로서 참으로 마음 아픈 일이 아닐 수 없다. 우리 인간은 왜 서로 죽이지 못해 안달하고 있는지 다시 한 번 의문을 품어본다.

　인류 역사를 돌이켜 생각해 보면 원시 시대로부터 지금까지 전쟁을 멈춘 역사가 없는 듯하다. 단지 그 전쟁의 방식이 돌도끼에서 총, 미사일 등으로 바뀌었을 뿐 그 마음에 품고 있는 호전성은 여전히 간직하고 있다. 역시 세상은 비정한 강호였단 말인가. 인간의 생명은 온 천하보다 귀한 것이다. 누구도 함부로 뺏을 권리 같은 것은 없다. 자신의 생명이 고귀한 만큼 다른 사람의 생명도 소중한 것이다.

　그런 차원에서 난 과거 무협을 읽으면서 늘 의문점을 가져온 것이 있었다. 왜 주인공은 고생 끝에 무공을 익혀 저리도 사람을 많이 죽이는 것일까 하는 점이었다. 두목급들만 죽여도 될, 혹은 두목급들만 손을 봐줄 수 있는 실력을 갖추고 있음에도 불구하고 조무래기들까지 모조리 죽이는 상황들을 이해할 수가 없었다. 그 모든 것이 원수를 갚는다든지 정의를 지킨다라는 명목 아래 합리화를 꾀하지만 아무리 그래 봤자 그저 변명일 뿐이다. 죽어간 수많은 사람들의 가족과 자녀들은 주인공을 원수로 생각할 것이며 어리석은 한 인간의 무모함으로밖에는 생각지 않을 것이기 때문이다.

　무협의 주인공이 지혜롭고 현명하다고 표현되지만 그런 점에서 도저히 납득할래야 할 수 없다(아무리 환상을 다룬 글들이라고 해도 여지껏 내가 보아온 책들은 한 질이 다 끝나갈 때쯤이면 사망자가 거의 만 명에서 많게는 수천만 명에 이르도록 죽어가는 것을 보아왔다. 파리 목숨도 이보다는 값지지 않을까? 되려 무협 소설에서는 파리들이 훨씬 생존률이 높다. 여하튼 등장했다 하면 어딘가 부러지는 것은 예사고 어지간하면 대부분 목숨을 부지하기 힘들다. 하지만 난 그렇게 하고 싶지 않았다. 내 마음이 여린 편이어서—사무실 사람들은 안 믿을 것이다. 끙~—누굴 죽여야 하는 것을 굉장히 싫어한다. 난 대신 글 쓰다가 방해하는 모기들은 무지 잘 죽인다). 그래서 내가 만약 무협을 쓴다면 그런 어리석음은 범하고 싶지 않았다. 진정한 주인공이라면 사람을 가려서 죽일 수 있어야 할 것이며 죽음을 선고하기 이전에 회개의 기본적인 과정을 거쳐야만 진정한 영웅이라고 생각한다.

게다가 악한 두목 밑에서 정신없이 따라다닌 똘마니들은 혼을 내줄지언정 죽여서는 안 된다. 난 나의 처음 글인 『만선문의 후예』를 통해 최대한 사람이 죽지 않고 돌이키는 쪽으로 글을 써 내려갔다. 만선문의 후예에서는 사망자 수가 대략 10명 미만을 이루었다. 더 줄일 수도 있었지만 스토리 전개상 어쩔 수 없이 죽어간 엑스트라들에게 미안한 마음을 이 자리를 빌어 표하는 바이다.

물론 평계가 없는 것은 아니다. 남궁무결(과일색마)를 호위하러 가다가 흑살단주에게 죽임을 당하는 상황인데 흑살단주도 냉엄하기 이를 데 없어 결국 호위무사들까지 도매금으로 죽어간 것이다. 더불어 과일색마에 대한 문제를 마무리하기 위함과 흑살단주의 정체를 숨기기 위해 근처에 있는 무사들까지 죽이지 않을 수 없었다.

이번 『걸인각성』에서도 되도록 죽어가는 사람이 없기를 바란다. 모든 것이 작가의 손에 달려 있는지라 캐스팅되어 출연하는 모든 인물들은 작가가 스트레스를 받지 않도록 늘 행동과 말을 조심해야 할 것이다.

어떻게 하다 보니 주제가 옆으로 샜는데 지금 이야기하고자 하는 것은 미국에서 연일 벌어지는 독극물 테러 사건이 아니라 마천루에서 벌어진 테러 사건이다. 탄저균이다, 천연두다, 세상이 어지럽지만 그보다 먼저 생화학 테러는 마천루 사무실에서 벌어졌다. 이 사건은 뉴스에 보도가 되지 않아 세인들이 전혀 모르고 있는 바이다.

정부에서는 이 일이 알려질 경우 사회에 미치는 영향이 너무 클 것을 우려해 보도를 하지 말기로 결정한 듯하다. 사건의 전말은 이러하다. 지금으로부터 한 달 전 『무상검』의 작가 일묘님께서 우유를 사 오셨다. 이분은 덩치와 외모에 어울리지 않게 콘플레이크를 즐겨 드시는데(정말 아무리 생각해도 매치가 안 된다. 생각해 보라. 사시미 옆에 차고 조폭 모드로 콘플레이크를 먹는 장면을…) 거기에 우유를 버무려 드신다. 하지만 그것마저 게을러져 큰 우유 팩에 담긴 우유는 유유히 날짜를 지나고 있었다. 하루, 이틀, 일주일이 지나 사무실에 있는 뭇 작가들은 한마디씩 하기에 이르렀다.

"우유 날짜가 지난 것 같으니 일묘님 이제 버리시죠."

"저러다 누가 먹기라도 하면 곤란하잖아요."

이러한 작가들의 외침에 일묘님은 천연덕스럽게 답했다.

"치울게요~"

물론 이곳에서 그 말을 믿는 사람은 한 명도 없었고 당연히 우유는 냉장고 안에서 유통 기한을 훨씬 넘긴 채 썩어가고 있었다. 그러던 어느 날이었다. 한동안 집에서 글을 쓰신다며 자리를 비우셨던 『표류공주』의 작가 최후식 선생님께서 사무실에 나오신 것이다. 시간이 지나 약간 출출함을 느낀 최후식님은 무의식적으로 냉장고를 열었고 든든히 채워져 있는 우유를 발견하게 된다. 얼마나 기뻤겠는가. 자신을 위해 먹어달라고 애원하듯 버티고 선 우유를 보고서 말이다.

일이 묘하게 되려고 하는지 마침 콘플레이크가 남아 있었던 관계로 최후식님을 통해 썩은 우유는 콘플레이크와 상봉하는 기막힌 일이 벌어지게 되었다. 그때쯤 뭇 작가들은 우유에 대해서는 거의 잊은 상태였다. 시간이 꽤 지났으니 당연히 우유가 버려졌겠거니 생각한 것이다. 아무리 그래도 지금까지 우유를 남겨두었겠냐라는 마음이었던 것이다. 인간으로서 최후의 양심을 우리는 믿었던 것이다. 드디어 최후식님은 우유를 들이키게 되었고 뿌듯한 미소까지 남기신 상태였다.

얼마나 지났을까… 대략 한 시간가량. 최후식님이 급하게 화장지를 찾고서 화장실로 경공을 발휘해 날아가셨다. 뭐 그럴 수도 있겠지. 우린 그저 대수롭지 않게 넘겼다. 화장실을 다녀온 최후식님의 말이 걸작이었다.

"변이 어찌나 독한지 내가 봐놓고도 너무하다 싶어."

이미 극독에 중독된 것도 모른 채 최후식님과 우리는 아무렇지도 않게 생각했다. 그러길 두어 차례 화장실에 신법을 날려 다녀오신 후에 비로소 사건의 전모가 드러났다. 우유=독극물!!

그때부터 시작된 집단 구타.

"인간이 할 짓이 아니다."

"이건 살인 미수다."

"생화학 무기를 제조하는 것은 징역 50년 감이다."

"생화학 무기 기술자로 아랍이나 북한으로 파견 나가야 한다."

기타 등등 수많은 갈굼이 일묘님에게 미사일처럼 쏟아졌고 그 와중에도 일묘님은 꿋꿋하게 버텨냈다. 하지만 그보다 더 무서운 것을 우리는 보고 말았으니 바로 최후식님의 내공이었다. 이미 강호의 초절정고수인 줄은 짐작하고 있었지만 그 경지가 노화순청에 이르른 건지 변 세 방으로 독을 다 몰아내 버린 것이다. 사무실의 작가들은 하나같이 감탄을 금치 못했고 모두 그 앞에 무릎을 꿇었다.

"진정 천하제일 고수십니다."

살인을 기도한(?) 일묘님은 이젠 더 이상 자신의 독공으로도 없앨 수 없음을 알았는지 사죄하는 뜻으로 밥 한 끼를 샀다. 하지만 모든 작가들의 두려움이 사라진 것은 아니었다. 그때부터 모두의 핸드폰 단축 다이얼 1번(대개 1번은 집을 설정해 놓기 마련이다) 번호를 다른 데로 옮기고 1번을 119로 설정해 놓기에 이르렀다. 언제 극독에 당할지 모르기 때문에 119만이 유일한 피난처요 생명의 길이라고 생각한 것이다. 다행히 그 뒤로 다른 테러가 발생하고 있지 않지만 어느 누구도 긴장을 풀지 않고 있다. 아마도 내 글이 늦어지는 이유도 거기에 따른 스트레스가 아닌가 싶다.

독극물 테러 사건에 대한 이야기는 여기서 정리를 하고 지난번 마천루 스토리 1로 인해 마천루 작가들로부터 극심한 갈굼을 당한 이야기를 해볼까 한다. 솔직히 스토리 1이 나간 후 후기를 쓰지 말아야 하는 것은 아닌가라는 극단적인 생각까지도 했었다. 하지만 독자 메일 중에서 본편보다 후기가 더 재밌다는 이야기를 듣고 마음을 고쳐먹게 되었다. 비록 스토리 2가 나간 후에 더한 폭행을 당하는 일이 있다 할지라도 써야겠다는 쪽으로 마음을 굳힌 것이다.

마천루 스토리를 중단하려 할 정도였다는 것을 통해 명철한 두뇌의 소유자인 독자님들은 대충이나마 본 작가의 고통이 어느 정도였는지 짐작할 수 있을 것이라 믿는다. 하지만 그 정도에 대해서는 아마 당해보지 않은 사람은 상상하기 힘들 것이다. 한마디로 '궁극의 고난!!' 이라고밖에는…(그건 직접 동호회 회원 자격으로 방문하신 독객님과 시안님, 철갑님, 그리고 청하님도 보았던 일이다) 갈굼의 주된 이유는 말도 안 되게 과장되이 썼다는 이유였다. 본인 또한 그런 외침에 솔직히 동의하는 바이다. 하지만 10%의 내용을 100%로 확대 재생산하는 과정이 얼마나 힘든지 그들은 알고 있을까. 이유야 어쨌든 과장은 과장이므로 진실한 마음으로 시인하는 바이며 반성하는 바이다.

(이후 3권에서도 마천루 스토리가 있을 예정입니다. 하지만 마천루 테러의 소지가 늘 존재하는 바 독자 분들의 기원을 바라는 바입니다.)

추가 1)

얼마 전 새로운 멤버가 마천루에 입성하게 되었습니다. 사실 새로울 것은 없군요. 이미 오래전부터 들락거리며 예정되어 있던 터였으니까요. 그는 바로 『황제의 검』의 작가 임무성님입니다. 넉넉함을 물씬 풍기는 인상에 예리한 성찰이 돋보이는 말투가 인상적인 분이랍니다. 모두 축하해 주시길(칼 맞지 않으려고 노력 중인 것이 보이시는지).

추가 2)

이번에 마천루 홈페이지가 문을 열었습니다. 앞으로 마천루의 모든 작가 분들을 한꺼번에 홈페이지에서 보실 수 있을 겁니다. 그곳에서는 작가 분들의 여러 연재와 신변잡기를 직접 볼 수 있을 것이니 많은 분들의 방문을 기다립니다. 홈페이지 주소는 http://www.machunru.net입니다. 홈페이지를 통해 자주 뵙도록 하겠습니다.